MOSCOU FELIZ

ubu

Она отлично учила
ФЗУ „Калибра", и
1935 г. производилс
щих заниматься
производства в лет
рального аэроклуба
она явилась одна
своей неотвязной
кая, совсем девчо
шла на все испыта
были посрамлены.
одна, единственная
ступавших калибро
среднюю группу. В
лись в слабой.

Медникова стала за
ной школе с мая. 24
серьезно и отеческ
посадил ее в самол
и перед Катей зад

...Небо огромно. Неоглядная прорва синевы и высоты. А ты очень мал, ужасно мал. Небо огромно. Зато земля кажется с овчинку. Но все-таки рядом — живая человеческая душа — летчик, надежный товарищ, который не даст тут в обиду. И вот надо вытащить тело, упираясь грудью, плечом, головой в сумасшедший ветер. Самолет, до этой минуты казавшийся утлым, шатким, теперь стал для тебя символом всего устойчивого, материального. Он такой милый, твердый. Это последний оплот в небе. А надо бросать его и прыгать

ЛУЧШИЕ В МИРЕ

ОБИЛИ ВСЕ МИРОВЫЕ РЕКОРДЫ

ПО ВЫСОТНЫМ И ЗАТЯЖНЫМ ПРЫЖКАМ

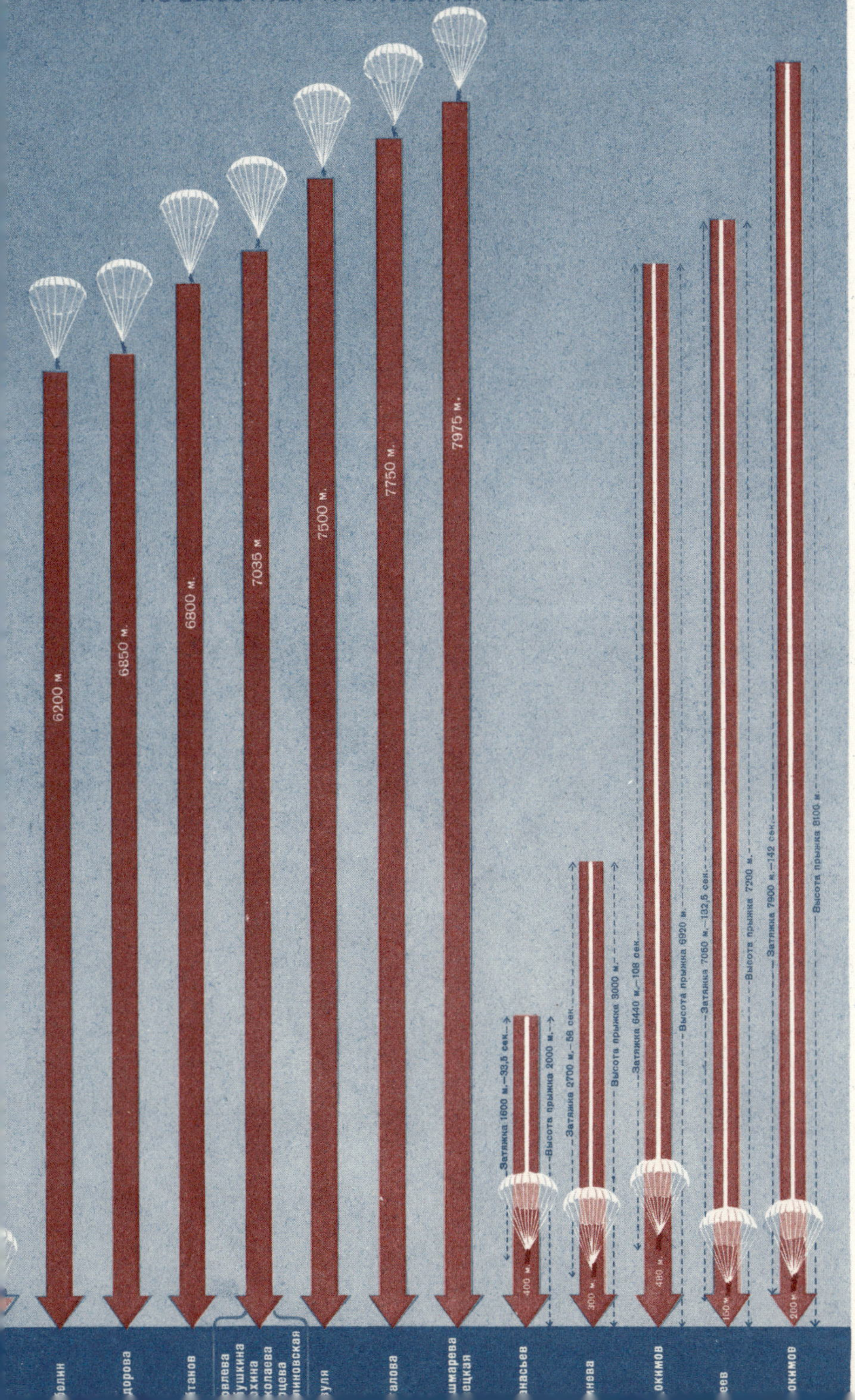

TRADUÇÃO E POSFÁCIO Letícia Mei
PRÓLOGO Juan Forn

и инструкторы пок
зали себя не толь
безупречными и бе
страшными рыцар
ми воздуха, но
отличными констру
торами - изобретат
лями. Непрестанн
улучшается сове
ский парашют.

PRÓLOGO

Juan Forn

Em 1922, o jovem Yasunari Kawabata publicou num jornal de Tóquio um folhetim no qual contava ter acabado de ver descer do céu uma brigada de sorridentes mulheres paraquedistas.[1] O jornal tinha uma tiragem grande, então muita gente repetia a história como se tivesse visto com os próprios olhos: do céu de Tóquio caíam mulheres de paraquedas. O russo Boris Pilniák estava no Japão nessa época. Quando voltou a Moscou pouco depois, começaram os anos difíceis, para ele e para muitos outros escritores, entre eles seu melhor amigo, Andrei Platónov, que caiu em desgraça quando teve a absurda ideia de escrever um pequeno romance chamado *Moscou feliz*, no qual uma menina órfã criada pela revolução e chamada Moscou Tchestnova estuda para ser paraquedista e, num momento memorável e fatídico, desce do céu de Moscou fumando um cigarro.

Do céu de Moscou, naqueles anos, não se podia esperar que descessem muitas coisas boas. Porém, o que Andrei Platónov elabora com essa cena é um romance inesquecível. E eu não consigo deixar de imaginar Pilniák contando a Platónov esse episódio durante uma de suas caminhadas pelas ruas moscovitas (o único lugar onde se estava a salvo de ouvidos indiscretos), tal e qual o ouvira em Tóquio. Creio que o próprio Kawabata teria ficado tão comovido com a cena quanto com a visão aérea que teve naquela tarde em Tóquio: refiro-me ao momento em que Platónov olhou para o céu de Moscou e imaginou o que aconteceria se, naquele instante, caísse uma moça de paraquedas.

Platónov era um sonhador. E, naquele grande caos efervescente da Rússia dos primeiros anos bolcheviques, um filho de operário parecia ter mais oportunidades para sonhar que qualquer outro: o mundo havia virado de cabeça para baixo e os filhos de proletários, que estavam, então, no topo, pela primeira vez tinham direito a seus sonhos; o mundo novo seria construído por eles, com as próprias mãos.

1. Prólogo publicado na edição em espanhol *Moscú feliz* (Buenos Aires: Tusquets, 2021). [N. E.]

Quando o jovem Platónov publicou seu primeiro conto, em uma revista ferroviária regional, apresentou-se assim: "Nasci em 1899 num assentamento ferroviário perto de Vorónej, composto não de casas, mas de barracas. Éramos onze irmãos e eu era o mais velho, portanto comecei a trabalhar antes de aprender a ler. O apito das locomotivas era a única música que tínhamos e os dias de descanso eram dedicados a eufóricas batalhas de punhos livres com os outros assentamentos. Além do som daqueles apitos, das cores do crepúsculo e da paciência da minha mãe, amo as máquinas a vapor e o suor do trabalho. Creio que existe um vínculo, uma afinidade secreta, entre o som dos apitos e a eletricidade, entre as locomotivas e os terremotos, entre o crescimento do pasto e a jornada na fábrica. Esse é o mecanismo que procuro retratar naquilo que escrevo".

As leis do cosmos, as leis da natureza, as leis da história e as do coração humano se entrelaçam em assombroso mecanismo em cada livro que Platónov escreveu. Não conseguiu publicar nenhum em vida, mas todos os seus pares o veneravam da mesma forma, em segredo, porque o que Platónov fazia era único: ele dinamitava a realidade soviética em nome do ideal soviético; fazia realismo socialista, ficção científica dissidente e grande literatura russa, tudo ao mesmo tempo.

Tatiana Tolstáia diz que a grandeza do pensamento russo reside mais em sua escala do que em sua lucidez, em sua força mais do que em sua atenção aos detalhes. Cada livro de Platónov é assim: os personagens sempre destroem tudo (pode ser uma fábrica, uma cidade, um coração ou uma formiga) em nome de uma ideia, em nome do futuro. "Além da sequência das noites, do murchar e florescer dos campos, além da esperança, lá está o nosso tempo", Platónov escreveu em um texto que teve a infelicidade de cair nas mãos de Stálin, como acontecera antes com Boris Pilniák, com Isaak Bábel, Óssip Mandelstam, Anna Akhmátova, Mikhail Bulgákov. Foi salvo de ir à Sibéria porque Górki convenceu Stálin de que ele só aspirava a ser "um bom escritor soviético", mas não pôde escapar do pior depois da morte de Górki em 1936. Viu se fecharem todas as portas, viu levarem seu filho de quinze anos para o gulag. Por intermédio de Mikhail Chólokhov, o "Tolstói proletário" que contava com os favores de Stálin, esse filho de Platónov conseguiu voltar da Sibéria nove anos depois, mas tuberculoso e agonizante: morreu nos braços do pai. Mesmo assim, Platónov continuou a buscar maneiras para que um novo mundo surgisse dessa pátria hostil. Acumulou cadernos com contos e romances que ninguém publicaria. Seu melhor amigo naquele tempo de penúria era Vassili Grossman, o autor de *Vida e destino*, que, depois de ler com devoção esses cadernos, disse que não ter sido publicado foi o que salvou Platónov de um destino pior.

O único trabalho que o escritor conseguiu, finda a guerra, foi como faxineiro na União dos Escritores. Vivia em um cômodo no porão desse edifício, com a porta sempre aberta, para provar à KGB que não tinha nada a esconder. Quando estava morrendo de fome, Chólokhov novamente o acorreu; deu-lhe para traduzir para o russo (anonimamente, é claro, porque seu nome continuava proibido) uma coletânea de lendas folclóricas basquires. A tradução resultou tão boa que o alto escalão ordenou que a retraduzissem para o basquir e que essa nova versão substituísse as lendas originais nos manuais escolares; razão pela qual, durante os anos seguintes, milhões de estudantes soviéticos leram Platónov sem saber que aquela prosa sublime era dele.

Morreu naquele quarto do porão da União dos Escritores de Moscou, em 1951, da tuberculose que lhe transmitira o filho. Seus livros só começaram a ser publicados durante a perestroika, quarenta anos depois. De todos eles, meu favorito é este que conta a história da moça paraquedista, e que foi um dos últimos a ser resgatado, pois estava em dois cadernos distintos que pareciam não ter relação entre si: a tinta era diferente, bem como a letra, o papel, a década. Um era dos anos vinte, o outro dos anos trinta; o primeiro era selvagemente alegre e otimista, o segundo parecia escrito com os dentes cerrados para não perder a fé. Mas em ambos brilhava a audácia estilística única de Platónov: seu diabólico dom para combinar e sobrepor a desabrida intensidade de Gógol e Dostoiévski, o oblomovismo[2] de Gontcharóv, a selvagem confiança no futuro de Pilniák e Maiakóvski, o utopismo racional de Zamiátin, os ecos satíricos de Ilf & Petrov, e, sob tudo isso, o esforço insano para parecer "um bom escritor soviético".

Górki dissera-lhe certa vez: "Você nunca conseguirá publicar, porque em tudo que você escreve há algo anárquico, algo que é evidentemente central em seu estilo: você retrata a realidade sob uma luz farsesca que é inaceitável. Apesar do carinho que sente pelos personagens, eles surgem satirizados aos olhos do leitor: não como revolucionários, mas como delirantes, crédulos, tontos, possuídos". Cinquenta anos depois, Joseph Brodsky afirmou: "Platónov é, com certeza, o mais brilhante prosador russo do século XX, não há nada parecido com ele. Em cada uma de suas páginas há tamanha profusão de sensações, e tantas camadas sobrepostas de literatura russa, que só de lê-lo a pessoa desenvolve novos órgãos sensoriais". O fato é que, em 1938, quando já estava claro que nunca lhe permitiriam publicar um livro como aquele, Platónov fez a seguinte anotação, no final do segundo caderno: "A trama não deve se resolver no último capítulo, porque a história não deve ter um final".

JUAN FORN (1959-2021) foi escritor, tradutor e editor argentino. Publicou, entre outros, *Nadar de noche* (1991), *Frivolidad* (1995), *María Domecq* (2007), *Los viernes* (2015), *Yo recordaré por ustedes* (2017) e *Películas mentales* (2020).

2. Referência ao personagem Iliá Ilitch Oblómov, do romance homônimo de Ivan Gontcharóv, de 1859. O complexo termo "oblomóvischina", cunhado no romance pelo personagem Andrei Stoltz, melhor amigo de Oblómov, expressa uma tendência à apatia e à contemplação. O crítico Nikolai Dobroliúbov discorreu sobre o conceito no ensaio "O que é o oblomovismo?". [N. T.]

MOSCOU FELIZ

е, в институте, в колхозе
арашютного кружка, тотчас

алась в такой кружок и
ика, слесарь, „фабзайчиха".
этого года минуло 18 лет.
а мечтала быть летчицей.
очем, весьма мало радости
она сама не верила. „Раз-

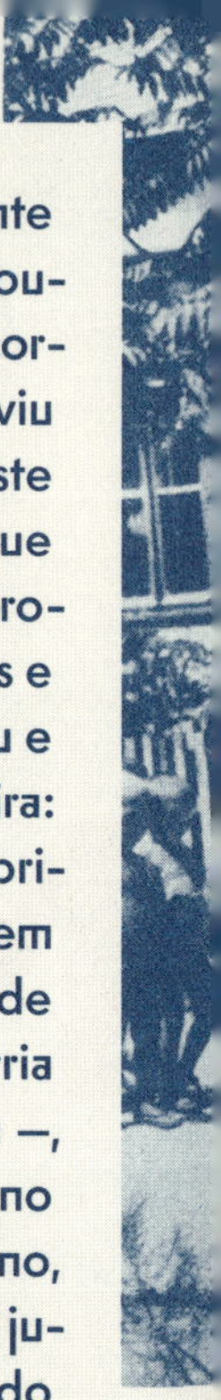

1

Um homem sombrio com uma tocha incandescente corria pela rua numa noite monótona de fim de outono. Uma menininha o viu da janela de casa ao acordar de um sonho monótono. Em seguida, ela ouviu um forte disparo de arma de fogo e um grito triste e infeliz — provavelmente mataram o homem que corria com a tocha. Logo se ouviram ao longe, provenientes da prisão nas cercanias, muitos disparos e o burburinho da multidão... A menina adormeceu e nos dias que se seguiram esqueceu tudo o que vira: era pequena demais, e a memória e a razão da primeira infância ficaram para sempre encobertas em seu corpo pela vida posterior. Todavia, até a idade adulta, súbito e com pesar, nela erguia-se e corria o homem sem nome — na pálida luz da memória —, e novamente ele perecia nas trevas do passado, no coração da criança crescida. Entre a fome e o sono, num instante de amor ou de alguma outra alegria juvenil, de repente, na distância, nas profundezas do corpo, de novo ressoava o triste grito do morto, e a jovem mulher logo mudava o curso de sua vida: interrompia a dança, se estivesse dançando, mais focada e confiante trabalhava, se estivesse trabalhando, cobria o rosto com as mãos, se estivesse só. Naquela noite inclemente de fim de outono começava a Revolução de Outubro — naquela cidade, onde vivia então Moscou Ivánovna Tchestnova.[1]

1. A raiz do sobrenome Tchestnova é o adjetivo russo "tchéstnyi", puro, honesto. [N. T.]

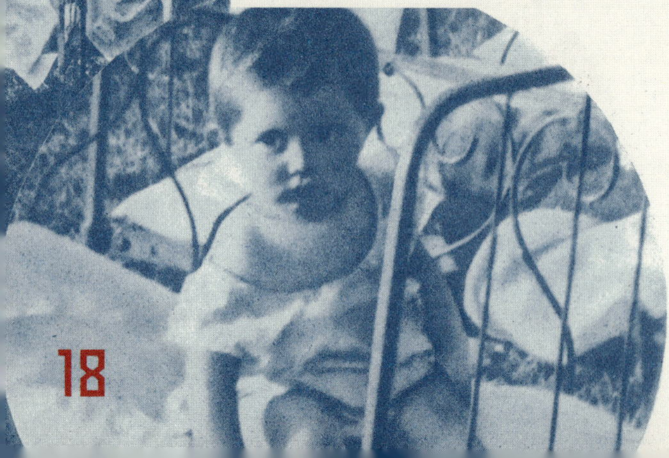

Seu pai morreu de tifo, e a menina faminta e órfã saiu de casa e nunca mais voltou. Com a alma adormecida, sem lembrar das pessoas ou dos lugares, por anos ela andou e comeu aqui e ali na terra natal, como num vazio, até despertar num banco de escola de um orfanato. Sentava-se na carteira junto à janela, na cidade de Moscou. No bulevar as árvores já haviam parado de crescer, delas caíam sem vento as folhas e cobriam a terra silenciosa — rumo ao longo sono que se aproximava. Era fim de setembro daquele ano em que terminaram todas as guerras e o transporte começava a se restabelecer.[2]

A menina Moscou Tchestnova se encontrava no orfanato havia dois anos, fora lá que lhe deram um nome, um sobrenome e até um patronímico, já que ela se lembrava muito vagamente de seu nome e da primeira infância. Tinha a impressão de que o pai a chamava de Ólia,[3] mas não tinha certeza e se calava como se não tivesse nome, como aquele homem noturno morto. Deram-lhe então o nome em homenagem a Moscou, o patronímico em memória de Ivan — um simples soldado russo do Exército Vermelho, caído em combate — e o sobrenome como sinal da honestidade de seu coração, que ainda não tivera tempo de se corromper.

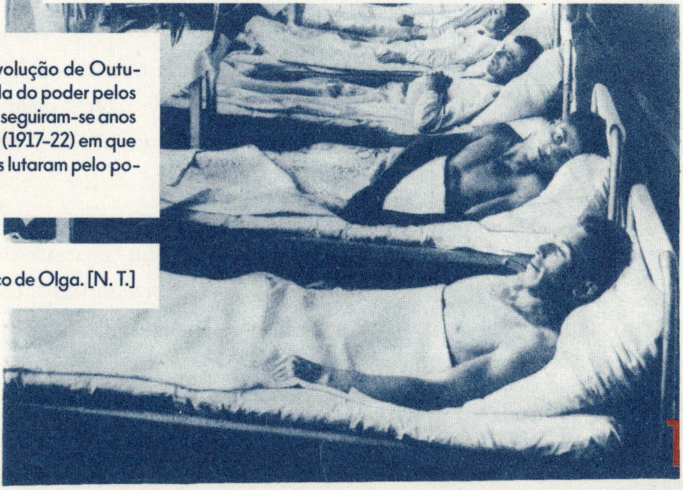

2. Após a Revolução de Outubro e a tomada do poder pelos bolcheviques, seguiram-se anos de guerra civil (1917-22) em que várias facções lutaram pelo poder. [N. T.]

3. Hipocorístico de Olga. [N. T.]

кают в своем санатории.

СВЕЖАЯ ДОРОГА УХОДИТ В СТОРОНУ ОТ РЕКИ. ЕЕ ЦЕЛЬ— ГОРНЫЙ ПИК—КУБИЧЕСКИЙ КИЛОМЕТР БОГАТЕЙШЕЙ МОЛИБ-ДЕНОВОЙ РУДЫ, НЕОБХОДИМОЙ СОВЕТСКИМ СТАЛЕВАРАМ.

A vida clara e ascendente de Moscou Tchestnova começou naquele dia de outono em que se sentou à janela da escola, já na segunda série, olhando a morte das folhas no bulevar e, com interesse, leu a placa do prédio em frente: Biblioteca Operário-Camponesa A. V. Koltsóv.[4] Antes da última aula, deram a todas as crianças, pela primeira vez na vida, pão branco com almôndega, e contaram de que são feitas as almôndegas — de vaca. Ao mesmo tempo, pediram a todas que escrevessem uma redação para o dia seguinte sobre as vacas — se as tivessem visto — e também sobre sua vida futura. À noite, Moscou Tchestnova, satisfeita com seu pão e sua densa almôndega, escreveu a redação à mesa habitual, quando todas as amigas já dormiam e ardia fraca a pequena lâmpada elétrica.

4. Aleksandr Vassílievitch Koltsóv (1809-42), poeta russo. [N. T.]

Relato de uma menina sem pai e sem mãe: sobre sua vida futura.

Agora nos ensinam a ter juízo, e o juízo está na cabeça, por fora não há nada. É preciso viver segundo a verdade com trabalho duro, quero viver a vida futura, que tenha biscoitos, geleia, balas e que possa sempre passear no campo entre as árvores. Senão não vou viver, não vou ter vontade. Tenho vontade de viver normalmente e com felicidade. Não tenho mais nada a dizer.

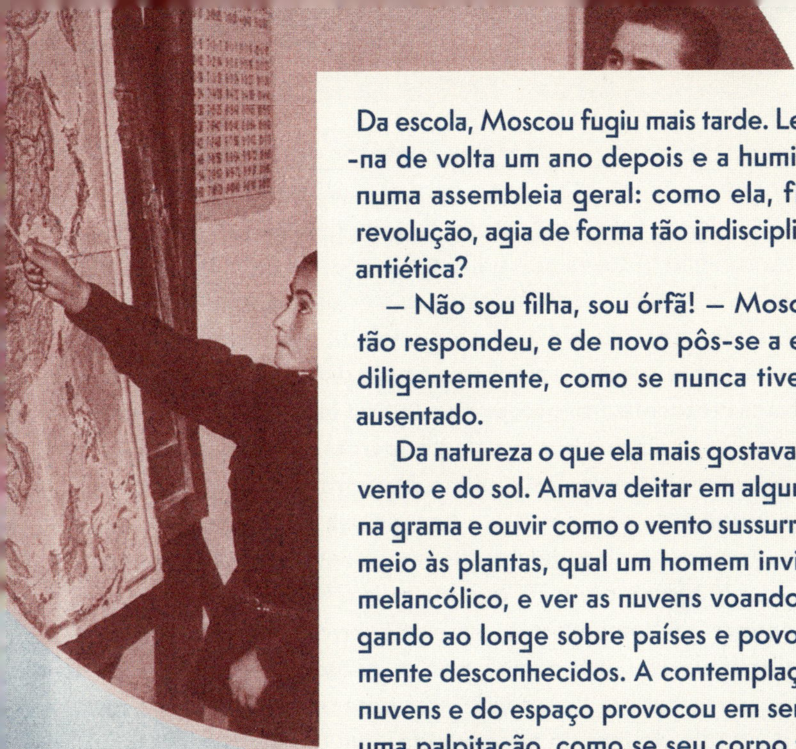

Da escola, Moscou fugiu mais tarde. Levaram-na de volta um ano depois e a humilharam numa assembleia geral: como ela, filha da revolução, agia de forma tão indisciplinada e antiética?

— Não sou filha, sou órfã! — Moscou então respondeu, e de novo pôs-se a estudar diligentemente, como se nunca tivesse se ausentado.

Da natureza o que ela mais gostava era do vento e do sol. Amava deitar em algum lugar na grama e ouvir como o vento sussurrava em meio às plantas, qual um homem invisível e melancólico, e ver as nuvens voando, navegando ao longe sobre países e povos totalmente desconhecidos. A contemplação das nuvens e do espaço provocou em seu peito uma palpitação, como se seu corpo tivesse sido elevado a uma grande altura e lá deixado sozinho. Depois, ela andava pelos campos, pela terra simples e seca, e atenta, cuidadosa, contemplava tudo, ainda se acostumando a viver no mundo, e alegrando-se, pois ali tudo lhe estava bem — para seu corpo, coração e liberdade.

СКИЙ АУЛ — ВЕРХНИЙ БАКСАН. КАКОЕ В НЕМ ЛУЧШЕЕ ЗДАНИЕ? ШКОЛА. СПРОСИТЕ ТО ЖЕ В ЛЮБОМ ИНОМ
ТАУ, АУШИГЕРЕ, ЖЕМТАЛЕ. ОТВЕТ БУДЕТ ТОТ ЖЕ. ШКОЛЕ ПЕРВОЕ ВНИМАНИЕ В СТРАНЕ, ГДЕ СЕЙЧАС НА СОТНЮ

Ao terminar o nono ano, Moscou, como toda pessoa jovem, começou inconscientemente a procurar um caminho para o futuro, para a proximidade feliz das pessoas. Suas mãos ansiavam por atividade, seu coração buscava o orgulho e o heroísmo, e em sua mente triunfava de antemão o destino ainda misterioso, porém elevado. Aos dezessete anos, ela não podia ir a nenhum lugar sozinha, e esperava um convite como se valorizasse em si a dádiva da juventude e de sua força crescente. Por isso, por um tempo ela se tornou solitária e estranha. Certo dia, um homem aleatório a conheceu e a conquistou com sentimento e cortesia, então Moscou Tchestnova casou com ele, arruinando para sempre e de uma vez seu corpo e sua juventude. As mãos grandes dela, aptas para ações corajosas, serviam apenas aos abraços; o coração, que buscava o heroísmo, começou a amar apenas um homem astuto, que se agarrou a ela como a um bem inalienável seu. Certa manhã, porém, Moscou sentiu uma vergonha tão perturbadora de sua vida, sem saber exatamente a razão, que se despediu do marido adormecido com um beijo na testa e saiu do quarto, sem levar consigo nem uma muda de roupa. Andou pelos bulevares e pela margem do rio Moscou até a noite, sentindo apenas o vento do clima ameno de setembro, sem pensar em nada, como que vazia e fatigada.

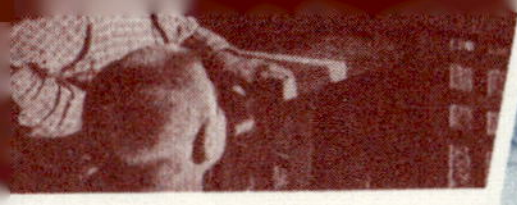

НСУЛЬТАЦИОННЫЙ ПУНКТ
АРКТИКЕ.

De madrugada, ela queria rastejar para dentro de alguma caixa, achar um barril de comida vazio da Mostrop[5] ou algo assim, como fazia antes, em sua infância errante, mas percebeu que havia muito se tornara grande e não dava para se esgueirar sem ser notada. Sentou num banco na escuridão do final do bulevar e cochilou, ouvindo os ladrões e arruaceiros sem-teto que vagavam e murmuravam por perto.

À meia-noite, no mesmo banco sentou um homem insignificante, com secreta e conscienciosa esperança de que de repente aquela mulher talvez se apaixonasse por ele, já que não conseguia, pela mansidão de suas forças, persistir na busca do amor. Ele, no fundo, não buscava nem a beleza do rosto, nem o encanto da silhueta, estava disposto a tudo e ao maior sacrifício de sua parte, desde que alguém lhe correspondesse com sentimento sincero.

— O que o senhor quer? — Moscou perguntou ao despertar.

— Eu, nada! — o homem respondeu. — Só sentar.

— Quero dormir e não tenho onde — disse Moscou.

5. Moskóvski Trest Óbshchestvennogo Pitánia, conglomerado estatal soviético responsável pela gestão da alimentação no país. [N. T.]

O homem logo informou que tinha um quarto, mas, para evitar suspeitas sobre suas intenções, seria melhor lhe alugar um quarto de hotel para que ela lá dormisse numa cama limpa, enrolada num cobertor. Moscou concordou e eles se foram. Pelo caminho, ela pediu ao acompanhante que lhe arranjasse um lugar onde estudar, com comida e alojamento.

— E do que a senhora mais gosta? — ele perguntou.

— Gosto do vento no ar e de outras coisas mais — disse Moscou, exausta.

— Ou seja: escola de aviação, outra coisa não lhe serve — o homem determinou, solícito. — Vou tentar.

Ele encontrou um quarto na hospedagem Míninskoie, pagou três dias adiantados e lhe deu trinta rublos para a comida, então foi para casa, levando consigo um pouco de consolo.

Depois de cinco dias, Moscou Tchestnova, graças a ele, entrou na escola de aviação e mudou-se para o alojamento estudantil.

2

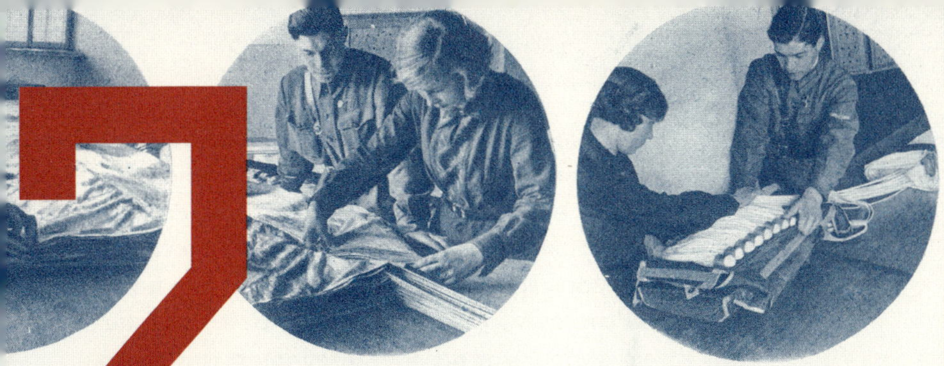

Медникова изучила укладку парашюта. Здесь ты каждой сборкой, каждой складкой, каждым стропом отвечаешь

No centro da capital, no sexto andar, vivia um homem de trinta anos, Viktor Vassílievitch Bojkó. Ele morava num pequeno apartamento iluminado por uma única janela; o zumbido do novo mundo chegava à altura daquela moradia como uma composição sinfônica — a falsidade dos sons baixos e desafinados não ultrapassava o quarto andar. No cômodo havia um mobiliário simples e austero, não por pobreza do dono, mas sim pelo caráter sonhador deste: cama de ferro de modelo hospitalar, da enfermaria epidemiológica, com um cobertor ensebado, totalmente gasto pelo uso humano, mesa nua, adequada à grande concentração, cadeira de estilo utilitário, prateleiras improvisadas na parede com os melhores livros do socialismo e do século XIX, três retratos acima da mesa: Lênin, Stálin e o doutor Zamenhof, o inventor do esperanto, a língua internacional. Abaixo desses retratos, pendiam em quatro fileiras minúsculas fotografias de pessoas anônimas, não apenas rostos brancos, mas também negros, chineses e habitantes de todos os países.

Até tarde da noite esse quarto fica vazio; sons cansados e tristonhos nele silenciam aos poucos, às vezes a matéria entediada estala, a luz do sol emoldurada pelo quadrado da janela lentamente vagueia no chão e se esvai na parede à noite. Tudo acaba, só os objetos definham na escuridão.

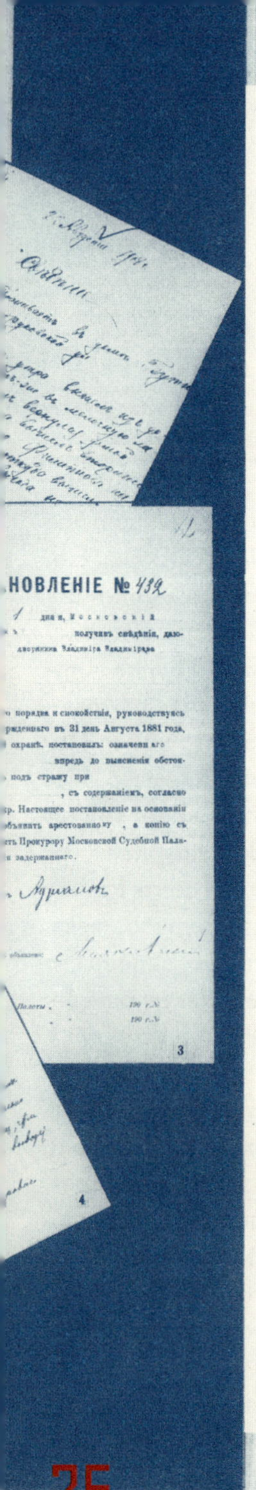

O homem que vive aqui entra e acende a tecnológica luz elétrica. Como sempre, o morador está feliz e calmo, pois sua vida não passa em vão; seu corpo está cansado do dia, os olhos anuviados, mas o coração bate regular, e o pensamento brilha tão claro como pela manhã. Hoje Bojkó, geômetra e agrimensor urbano, terminou o minucioso plano de uma nova rua residencial, calculando os locais das áreas verdes, os parquinhos e o estádio do bairro. Ele ansiava pelo futuro próximo e trabalhava com o coração palpitando de felicidade, mas, como alguém nascido sob o capitalismo, indiferente a si mesmo.

Bojkó, detrás da mesa vazia, concentrou suas reflexões sobre uma pilha de cartas pessoais que recebe diariamente em seu endereço comercial. Escreviam-lhe de Melbourne, Cidade do Cabo, Hong Kong, Xangai, de pequenas ilhas escondidas no deserto aquático do oceano Pacífico, de Mégara — uma aldeia ao pé do Olimpo grego —, do Egito e de vários pontos da Europa. Funcionários e operários, pessoas distantes, esmagadas pela exploração inabalável, aprenderam esperanto e venceram o silêncio entre os povos; exauridos pelo trabalho árduo, pobres demais para viajar, eles se comunicavam uns com os outros pelas ideias.

Entre as cartas havia algumas transferências de dinheiro: um negro enviou um franco do Congo; um sírio de Jerusalém, quatro dólares americanos; o polonês Studzinski a cada três meses enviava dez zlotys. Estavam construindo previamente sua pátria de trabalho, para que tivessem onde se abrigar na velhice, para que seus filhos pudessem, no fim das contas, fugir e se salvar num país frio, aquecido pela amizade e pelo trabalho.

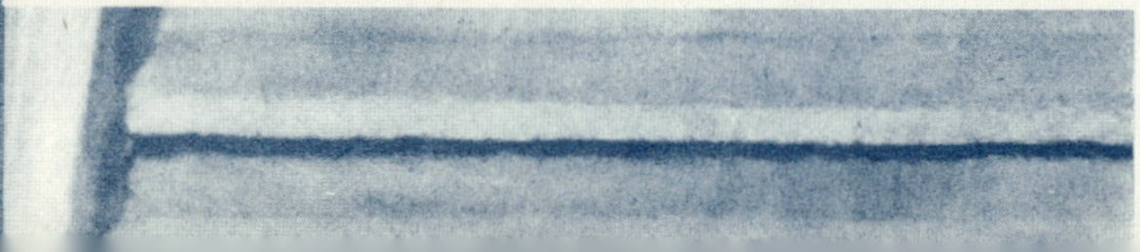

: допроса Маяковского.
ие шпика охранки о Мая-

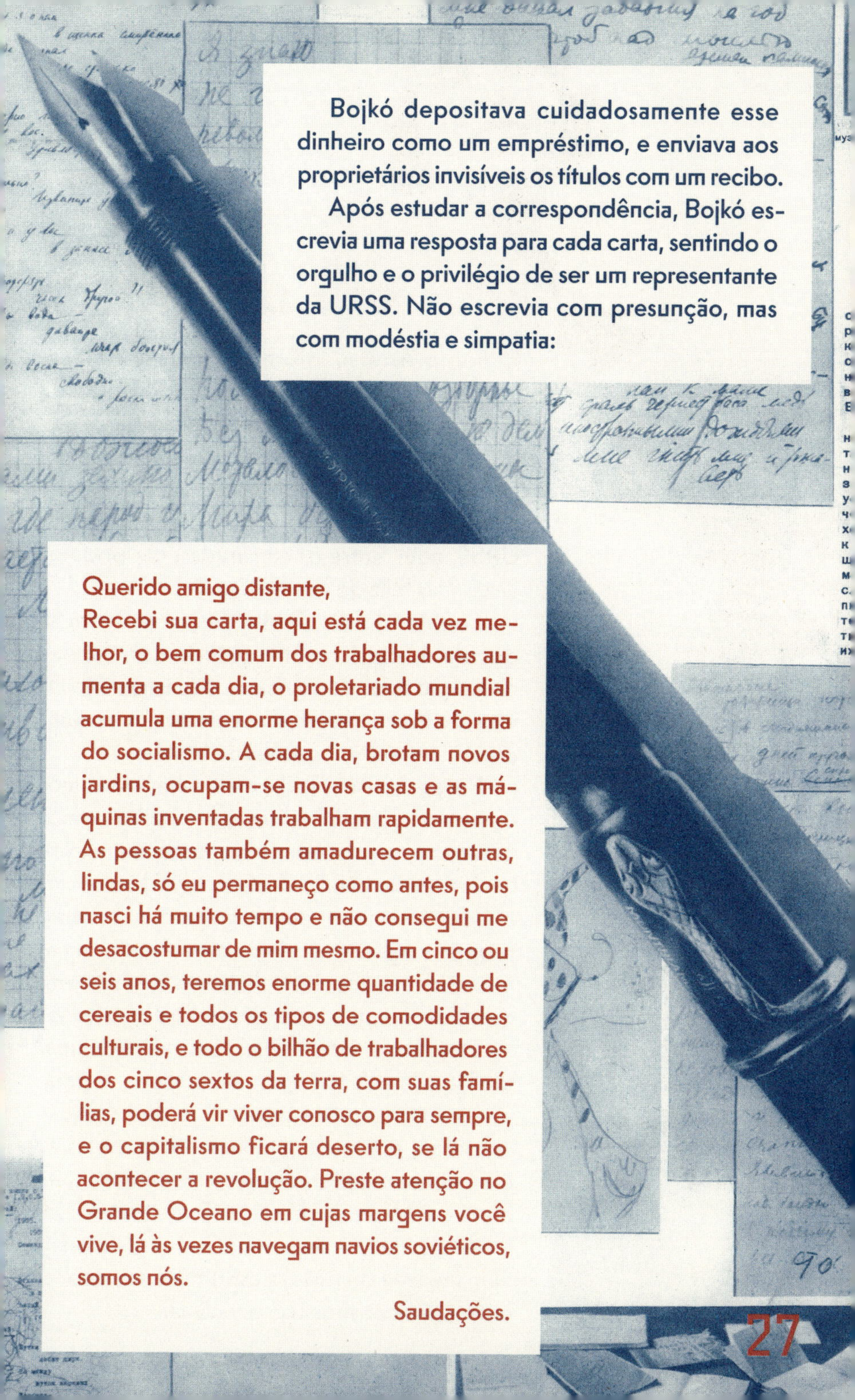

Bojkó depositava cuidadosamente esse dinheiro como um empréstimo, e enviava aos proprietários invisíveis os títulos com um recibo.

Após estudar a correspondência, Bojkó escrevia uma resposta para cada carta, sentindo o orgulho e o privilégio de ser um representante da URSS. Não escrevia com presunção, mas com modéstia e simpatia:

Querido amigo distante,
Recebi sua carta, aqui está cada vez melhor, o bem comum dos trabalhadores aumenta a cada dia, o proletariado mundial acumula uma enorme herança sob a forma do socialismo. A cada dia, brotam novos jardins, ocupam-se novas casas e as máquinas inventadas trabalham rapidamente. As pessoas também amadurecem outras, lindas, só eu permaneço como antes, pois nasci há muito tempo e não consegui me desacostumar de mim mesmo. Em cinco ou seis anos, teremos enorme quantidade de cereais e todos os tipos de comodidades culturais, e todo o bilhão de trabalhadores dos cinco sextos da terra, com suas famílias, poderá vir viver conosco para sempre, e o capitalismo ficará deserto, se lá não acontecer a revolução. Preste atenção no Grande Oceano em cujas margens você vive, lá às vezes navegam navios soviéticos, somos nós.

Saudações.

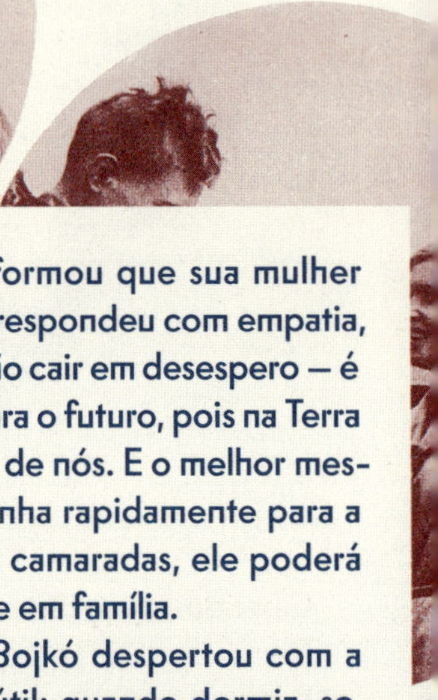

O negro Arratau informou que sua mulher morreu, então Bojkó respondeu com empatia, mas o aconselhou a não cair em desespero — é preciso poupar-se para o futuro, pois na Terra não há ninguém além de nós. E o melhor mesmo é que Arratau venha rapidamente para a URSS, aqui, entre os camaradas, ele poderá viver mais feliz do que em família.

Ao raiar do dia, Bojkó despertou com a doçura do cansaço útil; quando dormia, sonhara que era uma criança, que sua mãe estava viva, no mundo era verão, calmaria, e haviam crescido grandes bosques de bétulas.

Por seu serviço, Bojkó era conhecido como o melhor *udárnik*.[6] Além do trabalho como geômetra, era secretário do jornal mural, organizador de células do Ossoaviakhim[7] e do MOPR,[8] administrador da horta, e, por conta própria, pagava a escola de aeronáutica a uma jovem desconhecida, aliviando assim, nem que fosse um pouco, as despesas do governo.

Essa moça visitava Bojkó uma vez por mês. Ele lhe oferecia balas, dava-lhe dinheiro para comida e seu passe para a loja de bens de consumo, e a moça timidamente ia embora. Não tinha completado dezenove anos, chamava-se Moscou Ivánovna Tchestnova; ele a encontrara por acaso num bulevar outonal, num instante de tristeza espontânea e, desde então, não conseguiu esquecê-la.

6. Título atribuído ao trabalhador de produtividade exemplar, entre meados dos anos 1920 e final dos 1950. [N. T.]

7. Acrônimo de Sociedade de Apoio à Defesa, à Aviação e à Indústria Química, um organismo soviético de defesa em vigor entre 1927-48. [N. T.]

8. Acrônimo de Organização Internacional de Assistência aos Combatentes Revolucionários, análogo comunista da Cruz Vermelha. [N. T.]

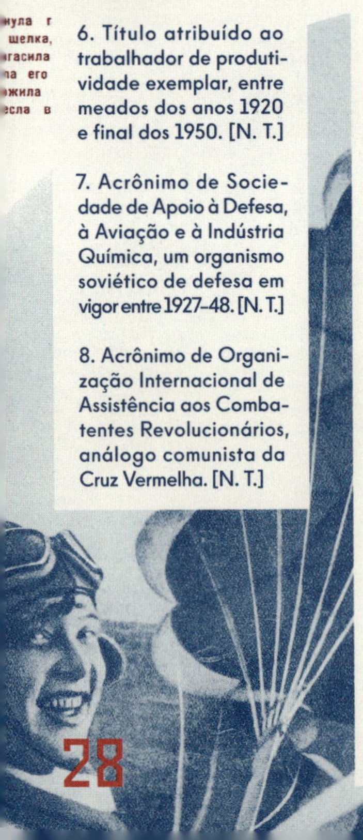

Depois que ela saía, Bojkó costumava deitar-se com o rosto para baixo e afligia-se de tristeza, embora a causa de sua vida fosse apenas a felicidade universal. Passado um momento de depressão, sentava para escrever cartas para a Índia, Madagascar, Portugal, convocando as pessoas a participar do socialismo, a se solidarizar com os trabalhadores de toda a terra sofredora, e a lâmpada iluminava sua cabeça calva, cheia de sonho e paciência.

Certa vez, Moscou Tchestnova chegou à hora habitual, mas não foi embora logo depois da aula. Bojkó a conhecia havia dois anos, contudo tinha vergonha de olhar seu rosto de perto, nada esperava.

Moscou ria, ela havia acabado de concluir a escola de pilotos e levara guloseimas compradas às suas expensas. Bojkó começou a beber e a comer com a jovem, porém seu coração batia horrorizado, porque sentia o amor havia muito nele aprisionado.

Quando já era tarde da noite, Bojkó abriu a janela para o espaço escuro, e borboletas e mosquitos voaram para dentro do quarto, mas tudo estava tão calmo que ele ouvia a batida do coração de Moscou Tchestnova em seu grande peito; a batida era tão regular, firme e correta que, se fosse possível unir a esse coração o mundo inteiro, ele poderia regular o curso dos acontecimentos — até os mosquitos e as borboletas, pousando na frente da blusa de Moscou, logo voavam para longe, assustando-se com o zumbido da vida e com seu corpo pujante e tépido. As bochechas de Moscou, suportando a pressão do coração, adquiriram uma cor rosada que a acompanharia por toda a vida, os olhos brilhavam com a clareza da felicidade, os cabelos estavam dourados pelo calor estival, e o corpo túrgido no apogeu da juventude se encontrava às vésperas daquela feminilidade em que uma pessoa, quase inconscientemente, surge dentro de outra.

Парашют ст
ционном х
„чертик в т
секунду выр
снаряжением

И уж сколько жизней спас он. На парашютах

Quando a moça havia muito já adormecera no quarto, Bojkó, até a nova luz da manhã, olhou e olhou fixamente para ela, e uma frescura sonolenta e feliz como a saúde, a noite e a infância penetrou naquele homem cansado.

No dia seguinte, Moscou convidou Bojkó para ir ao aeródromo ver como funcionavam os novos paraquedas.

Um pequeno avião levou consigo Moscou e voou alto ao eterno e deserto céu. No zênite, o avião parou de subir, inclinou-se para a frente e despejou por baixo de sua fuselagem uma bolinha luminosa, que, sem ar, precipitou-se para o abismo. Ao mesmo tempo, não muito alto sobre a terra, voava devagar outro aeroplano, que, reduzindo o funcionamento de seus três motores, pretendia pousar. Em baixa altitude, sobre o planador trimotor, um corpo aéreo solitário e indefeso caiu em crescente velocidade, abriu-se em flor, inflou no ar e balançou. Súbito o trimotor acionou seus três motores para se afastar do paraquedas, mas ele estava perto demais, poderia ser aspirado pelo redemoinho das lâminas da hélice, e o sábio piloto de novo desligou os motores, dando ao paraquedas liberdade para seguir seu curso. Então o paraquedas desceu até a superfície da asa e se enrolou, e depois de alguns instantes, do outro lado da asa, devagar e sem medo, passou um pequeno ser que desapareceu dentro da aeronave.

Bojkó sabia que era Moscou quem pairava no ar. Na véspera ele ouviu seu coração uniforme e retumbante — agora ele estava de pé e chorava de felicidade por toda a coragem humana, lamentando ter dado a Moscou Tchestnova, ao longo de dois anos, cem rublos por mês em vez de cento e cinquenta.

À noite, Bojkó mais uma vez, como de costume, escreveu cartas para o mundo inteiro, descrevendo com entusiasmo o corpo e o coração do novo ser humano, que supera o mortal espaço das alturas.

Ao amanhecer, pronta a correspondência para a humanidade, Bojkó começou a chorar, lamentando que o coração de Moscou pudesse voar na natureza aérea, mas não o amar. Adormeceu e dormiu profundamente até a noite, esquecendo-se do trabalho. Então alguém bateu à porta, e Moscou entrou, feliz pelo visto, como sempre, e com o coração estrepitoso de antes. Timidamente, impelido pela extrema necessidade de seu sentimento, Bojkó a abraçou, e ela em resposta começou a beijá-lo. Na garganta emaciada de Bojkó borbulhou uma força oculta e torturante, e ele não conseguiu mais recuperar o juízo, reconhecendo pela primeira vez na vida a felicidade única do calor humano.

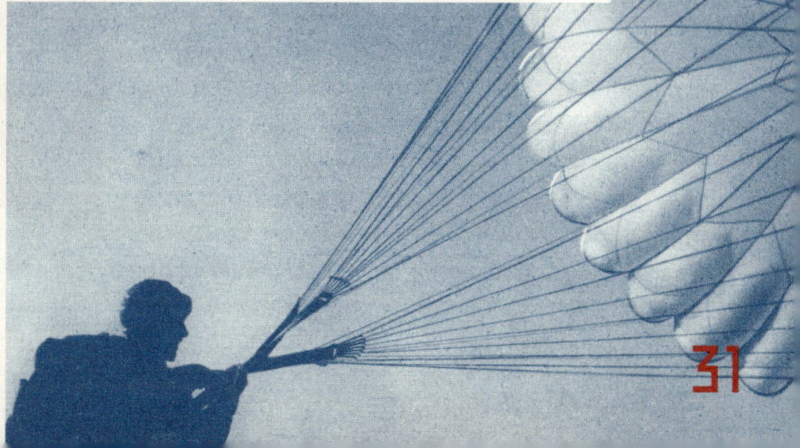

3

Todas as manhãs, ao acordar, Moscou Tchestnova contemplava longamente a luz do sol pela janela e dizia para si mesma: "É o futuro que está chegando", e levantava com alegria despreocupada, fruto provavelmente não da consciência, mas da força do coração e da saúde. Depois se lavava, maravilhada com a química da natureza, que transformava o alimento banal e escasso (quantas impurezas Moscou não comera em toda a sua vida!) na pureza rosada, nos espaços florescentes de seu corpo. Apesar de ser ela mesma, Moscou Tchestnova conseguia olhar para si como se para uma estranha e admirar seu corpo durante o banho. Sabia, é claro, que isso não era nenhum mérito seu, mas sim do trabalho preciso dos tempos passados e da natureza — e mais tarde, mastigando o café da manhã, Moscou sonhava algo sobre a natureza, a água corrente, o vento soprando, revirando sem cessar, como em doentio delírio, sua imensa matéria paciente... Com certeza era preciso ter compaixão da natureza — ela se esforçara tanto para criar o ser humano! —, como por uma pobre mulher, que pariu muito e já vacila de cansaço...

ПЕРВЫЙ ПРЫЖОК

Ao terminar o curso de aviação, Moscou foi nomeada instrutora júnior na mesma escola. Agora ensinava a um grupo de paraquedistas o método do salto impassível do avião e como manter a calma na descida pelo espaço retumbante.

Ela mesma voava sem sentir nenhuma tensão especial ou coragem: como na infância, apenas calculava onde estava o "limite", ou seja, o fim da técnica e o início da catástrofe, e não o desafiava. Mas o "limite" estava muito mais longe do que se pensava, e Moscou o esticava o tempo todo.

Um dia, ela participou de um teste de novos paraquedas impregnados de um verniz que repelia a umidade da atmosfera e permitia saltar até na chuva. Tchestnova recebeu dois equipamentos — o segundo era reserva. Ergueram-na a dois mil metros e de lá pediram que se soltasse rumo à superfície da Terra através da névoa noturna formada depois das chuvas.

Moscou abriu a porta do aeroplano e deu um passo no vazio; um forte turbilhão a atingiu de baixo, como se a terra fosse a bocarra de um poderoso soprador, no qual o ar é comprimido até endurecer e se erguer — sólido como um pilar. Ela se sentiu como num tubo, soprada de cima abaixo, e manteve a boca aberta o tempo todo para poder expirar o vento selvagem que a trespassava à queima-roupa.

Tudo em volta se afigurava vago pela névoa, a terra ainda estava distante. Moscou começou a balançar, invisível a todos por causa da neblina, solitária e livre. Em seguida, pegou um cigarro e fósforos e quis acender o fogo para dar uma tragada, mas o palito apagou. Então ela se contorceu para criar um espaço cômodo e calmo junto ao peito, e rápido riscou todos os fósforos da caixa — o fogo, capturado pela força do vórtice, num instante incendiou o verniz inflamável que impregnava as alças de seda e ligavam o corpo à cápsula do paraquedas. As alças queimaram num ínfimo átimo, apenas o tempo de esquentar e se desfazer em cinzas — Moscou não viu onde foi parar a cápsula, pois o vento começou a queimar a pele do seu rosto devido à velocidade intensa e cada vez mais explosiva de sua queda.

Ela voava com as rubras bochechas fervendo, o ar agressivo lhe rasgava o corpo, como se não fosse vento do espaço celestial, mas matéria pesada e morta — não dava para imaginar que a terra seria ainda mais dura e impiedosa. "Assim é você, mundo, na realidade!", Moscou Tchestnova pensava inconscientemente, desaparecendo na penumbra da bruma. "É suave só quando não te tocam!" Puxou a argola do paraquedas reserva, visualizou no solo o aeródromo pelas luzes de sinalização e gritou de súbita dor — o paraquedas que se abria puxou seu corpo para cima com tamanha força que ela sentiu seus ossos exatamente como dentes doloridos. Dois minutos depois, estava sentada na grama, coberta pelo equipamento, começando a rastejar de lá, enxugando as lágrimas arrancadas pelo vento.

O primeiro a se aproximar de Moscou Tchestnova foi o famoso piloto Arkánov, que em dez anos de trabalho não dobrara nem um gancho traseiro, nunca sofrera um acidente.

Moscou rastejou de debaixo da cápsula e saiu como celebridade em toda a União Soviética. Arkánov e outro piloto pegaram-na nos braços e a levaram à sala de descanso, com saudações pelo caminho. Na despedida, Arkánov lhe disse: "Lamentamos perder a senhora, mas parece que já perdemos... A senhora não faz ideia do que seja a aviação, Moscou Ivánovna! Aviação é modéstia, e a senhora é um luxo! Desejo-lhe toda a felicidade!".

Dois dias depois dispensaram Moscou Tchestnova por dois anos do trabalho de voo, já que a atmosfera não é circo para soltar fogos de artifício dos paraquedas.

Por um tempo, jornais e revistas escreveram sobre sua coragem feliz e juvenil; até no exterior divulgaram amplamente o salto do paraquedas em chamas e imprimiram uma bela fotografia da "*komsomolka* voadora",[9] mas depois tudo isso cessou, e Moscou na verdade nem compreendeu sua fama: mas o que é isso?

9. Membro do Komsomol, abreviação de União da Juventude Russa, organização juvenil do Partido Comunista fundada em 1918. [N. T.]

Ela morava então no quarto andar de um edifício novo, em dois pequenos cômodos. Nesse edifício viviam pilotos, construtores, diversos engenheiros, filósofos, teóricos da economia e outros profissionais. As janelas de seu apartamento davam para o topo dos telhados moscovitas, e ao longe — no enfraquecido, moribundo horizonte viam-se algumas florestas densas e torres misteriosas; ao pôr do sol, lá brilhava solitário um disco desconhecido, refletindo a última luz nas nuvens e no céu —, até aquela terra sedutora, havia uns dez ou quinze quilômetros, mas, se saísse de casa, Moscou Tchestnova não encontraria o caminho para lá... Dispensada da aviação, ela passava as noites sozinha, Bojkó não a visitava mais, nem suas amigas ela convidava. Apoiava a barriga no peitoril, seus cabelos pendendo para baixo, e ficava ouvindo como sussurrava a cidade global em sua energia triunfante, a voz de um ser humano ressoando, às vezes, do estrondo abafado dos mecanismos em ação. Erguendo a cabeça, Moscou via subir a vazia e desprovida lua no céu apagado, e sentia em si a quente corrente da vida... Sua imaginação trabalhava sem parar e nunca se cansava — ela sentia mentalmente a origem de várias ações e delas participava em pensamento. Em sua

solidão, preenchia o mundo inteiro com sua atenção e vigiava a luz dos postes para que iluminassem os golpes retumbantes e uniformes das perfuradoras a vapor no rio Moskvá, para que as estacas penetrassem bem no fundo, pensava nas máquinas, dia e noite tensionadas em sua força para que a luz brilhasse na escuridão, para que livros fossem lidos, para que o centeio fosse moído para o pão matinal, para que a água fosse bombeada pelos canos até a ducha quente dos salões de dança e ali se concebesse uma vida melhor no abraço quente e forte das pessoas — na escuridão, no isolamento, cara a cara, no sentimento sincero da felicidade conjunta e dupla. Moscou Tchestnova não queria experimentar essa vida, mas sim garanti-la — ficar vinte e quatro horas junto ao freio da locomotiva a vapor que levava as pessoas ao encontro umas das outras, consertar o encanamento do sistema de água, pesar os remédios para os doentes em balanças analíticas — e apagar como a lâmpada no momento do beijo dos outros, absorvendo o calor que até um momento atrás era luz. No entanto, não renunciava a seus interesses: também precisava encontrar algum uso para seu grande corpo, ela apenas os adiava para um futuro distante; era paciente e podia esperar.

Quando Moscou se debruçava na janela nas noites solitárias, os passantes lá embaixo gritavam-lhe saudações, chamavam-na para ir a algum lugar ao crepúsculo veranil, prometiam mostrar todas as atrações do Parque de Cultura e Lazer e comprar flores e quadradinhos de doce de leite. Moscou sorria para eles, mas ficava em silêncio e não ia. Mais tarde, viu de cima como os telhados vizinhos das velhas casas começaram a ficar povoados; através dos sótãos, as famílias saíam para as coberturas de ferro, estendiam cobertores e se deitavam para dormir ao ar livre, acomodando as crianças entre a mãe e o pai; nos desfiladeiros dos telhados, em algum lugar entre a escada de incêndio e a chaminé, isolavam-se as noivas e os noivos, que não cerravam os olhos até a manhã, abaixo das estrelas e acima da multidão. Após a meia-noite, quase todas as janelas visíveis deixavam de brilhar — o duro trabalho diurno exigia o profundo esquecimento do sono — e num sussurro, sem perturbar com suas buzinas, passavam os automóveis tardios. Só de vez em quando as janelas apagadas se iluminavam novamente por um breve tempo: eram as pessoas que chegavam dos turnos noturnos, comiam algo sem acordar os que dormiam e logo iam deitar; os demais, tendo dormido o bastante, levantavam-se para ir trabalhar — maquinistas de turbinas e locomotivas, técnicos de rádio, mecânicos de bordo dos voos matinais, pesquisadores científicos e outros já descansados.

Moscou Tchestnova frequentemente esquecia de fechar a porta de seu apartamento. Certa vez, ela se deparou com um desconhecido dormindo no chão, ainda trajando o sobretudo. Esperou um pouco até que seu hóspede cansado despertasse. Ele despertou e disse que ia viver ali no canto, não tinha para onde ir. Moscou examinou aquele homem: tinha uns quarenta anos, em seu rosto jaziam as cicatrizes enrijecidas de antigas batalhas, e a pele possuía uma cor parda, curtida de grande saúde e bom coração, enquanto o bigode avermelhado crescia tímido sobre a boca fatigada.

— Eu não teria entrado em sua casa sem pedir, bela desgrenhada — disse o hóspede desconhecido —, mas o corpo precisa de descanso e não tenho onde... Não vou lhe fazer mal, não liga pra mim, faz de conta que sou uma mesa a mais. Você não vai ouvir de mim nem som, nem cheiro.

Moscou perguntou: quem é você, o hóspede falou sobre si em detalhes, apresentando os documentos.

— Mas é claro! — exclamou o recente invasor. — Sou uma pessoa comum, está tudo em ordem comigo.

Ele revelou ser natural de Ieléts e trabalhar como pesador num depósito de lenha, e Moscou Tchestnova não ousou adiar o avanço do comunismo por causa da escassez de moradia e seu direito a um espaço adicional — ficou em silêncio e deu ao inquilino travesseiro e cobertor. Ele passou a morar ali, à noite levantava-se e ia na ponta do pé até a cama da adormecida Moscou para cobri-la com um cobertor, pois ela se revirava, se descobria e definhava de frio. De manhã, ele nunca usava o banheiro do apartamento, não querendo sobrecarregá-lo com sua sujeira nem com o murmúrio da água, então se dirigia ao banheiro público do pátio. Depois de alguns dias vivendo no apartamento de Tchestnova, o pesador já estava reforçando os saltos gastos dos sapatos de Moscou, em segredo limpava seu casaco de outono da poeira nele grudada, esquentava o chá e com alegria aguardava o despertar da dona da casa. No início ela o repreendia pela atitude servil, mas depois, para erradicar tal servidão, estabeleceu com seu inquilino uma gestão econômica: começou a cerzir suas meias e até a barbeá-lo com uma navalha segura.

Logo a organização Komsomol designou Tchestnova para um trabalho temporário no comissariado militar do distrito — para acabar com as irregularidades contábeis.

СТИВИДОР (УКЛАДЧИК) УКЛАДЫВАЕТ ДОСКИ В ТРЮМЕ ЛЕСОВОЗА.

4

Certa vez, no corredor do comissariado militar, um reservista magro e pálido esperava em pé com um livreto de registro nas mãos. Parecia-lhe que o comissariado do distrito cheirava aos locais de prisão prolongada — à falta de vida do corpo humano que definha, que se comporta de forma consciente, modesta e econômica, para não excitar dentro de si a atração desvanecida por uma vida distante, e depois não se torturar em vão pela ânsia do desespero. A ideologia indiferente do espaço, criado com o apertado orçamento estatal, e a insignificância dos funcionários prometiam ao recém-chegado uma insensibilidade que vinha da pobreza ou da crueldade do coração.

Junto à janela, o reservista aguardava que uma funcionária acabasse de ler um poema num livro; ele acreditava que toda pessoa se tornava melhor com poemas — ele mesmo lera livros até meia-noite em sua juventude e depois disso sentia-se triste e indiferente. A funcionária terminou o poema e deu início ao recadastramento do reservista, surpresa porque o homem, segundo os dados do formulário de contabilidade, não estava nem no Exército Branco nem no Vermelho, não passara pelo treinamento militar obrigatório, nunca se apresentara aos centros de treinamento, não participara da unificação dos territórios nem das marchas do Ossoaviakhim, e nos últimos três anos perdera o prazo de recadastro obrigatório. Não se sabia como, nem em que silêncio, tal reservista conseguira se ocultar da vigilância das autoridades de gestão domiciliar com sua caderneta de registro militar de modelo obsoleto.

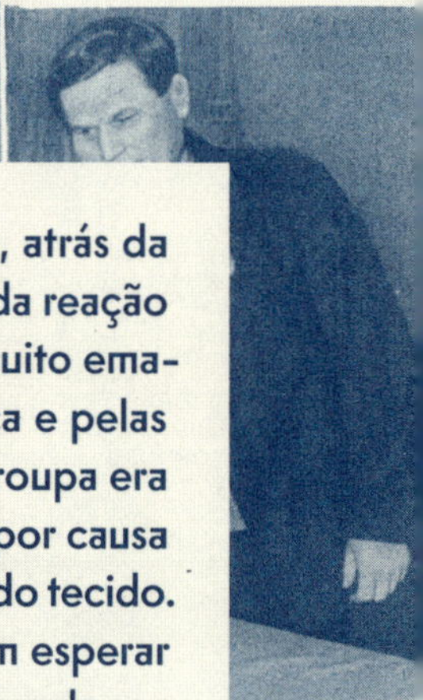

A funcionária militar olhou para ele. Diante dela, atrás da grade que preservava a tranquilidade da instituição da reação das pessoas, postava-se o visitante de rosto havia muito emagrecido, coberto por rugas de uma vida melancólica e pelas marcas monótonas da fraqueza e da paciência. Sua roupa era tão gasta quanto a pele de seu rosto, e só o aquecia por causa das persistentes impurezas saturadas na decrepitude do tecido. Ele olhava para a funcionária com tímida astúcia, sem esperar compaixão, e com frequência baixava os olhos, fechando-os totalmente para enxergar a escuridão e não a vida; por um instante, imaginava as nuvens no céu — amava-as, porque elas não lhe diziam respeito e ele era alheio a elas.

Espiando casualmente o interior do comissariado militar, o reservista estremeceu de espanto: para ele miravam dois olhos brilhantes, com sobrancelhas densas e concentradas, nada ameaçadoras. Muitas vezes, vira, aqui e ali, olhos assim, atentos e puros, e sempre piscava diante desse olhar. "Este é o verdadeiro Exército Vermelho!", pensou com triste vergonha. "Meu Deus! Por que desperdicei toda a minha vida em prol apenas de minha própria subsistência?!..." O brigadista sempre esperava das instituições o horror, a exaustão e a angústia longamente suportada — mas ali, ao longe, viu uma pessoa que pensava nele com empatia.

O "Exército Vermelho" levantou-se de seu lugar — revelou-se uma mulher — e se aproximou do brigadista. Ele se assustou com o encanto e a força daquele rosto, mas, por pena de seu próprio coração, que poderia em vão adoecer de amor, deu as costas à funcionária. Moscou Tchestnova se aproximou, pegou a caderneta de registro dele e o multou em cinquenta rublos por violar a lei de registro.

— Não tenho dinheiro — o reservista disse. — Melhor eu pagar a multa de algum jeito com um serviço.

— Como assim? — Moscou perguntou.

— Não sei — o brigadista respondeu baixinho. — Levo a vida assim.

Tchestnova tomou-o pela mão e o conduziu à sua mesa.

— Mas por que o senhor leva a vida assim? — ela perguntou. — O senhor precisa de algo?

O reservista não conseguiu responder; sentia como se o cheiro daquela funcionária do Exército Vermelho, de sabão e vida suave, lhe fosse estranho ao coração, que se ocultava na solidão, em tênue e tórrida tepidez. Baixou a cabeça e começou a chorar por sua situação lamentável, enquanto Moscou Tchestnova, perplexa, soltava a mão dele. Ele permaneceu um pouco de pé, depois alegrou-se por ela não o ter segurado e fugiu para sua morada desconhecida, para subsistir de algum jeito até a tumba, excluindo todo perigo.

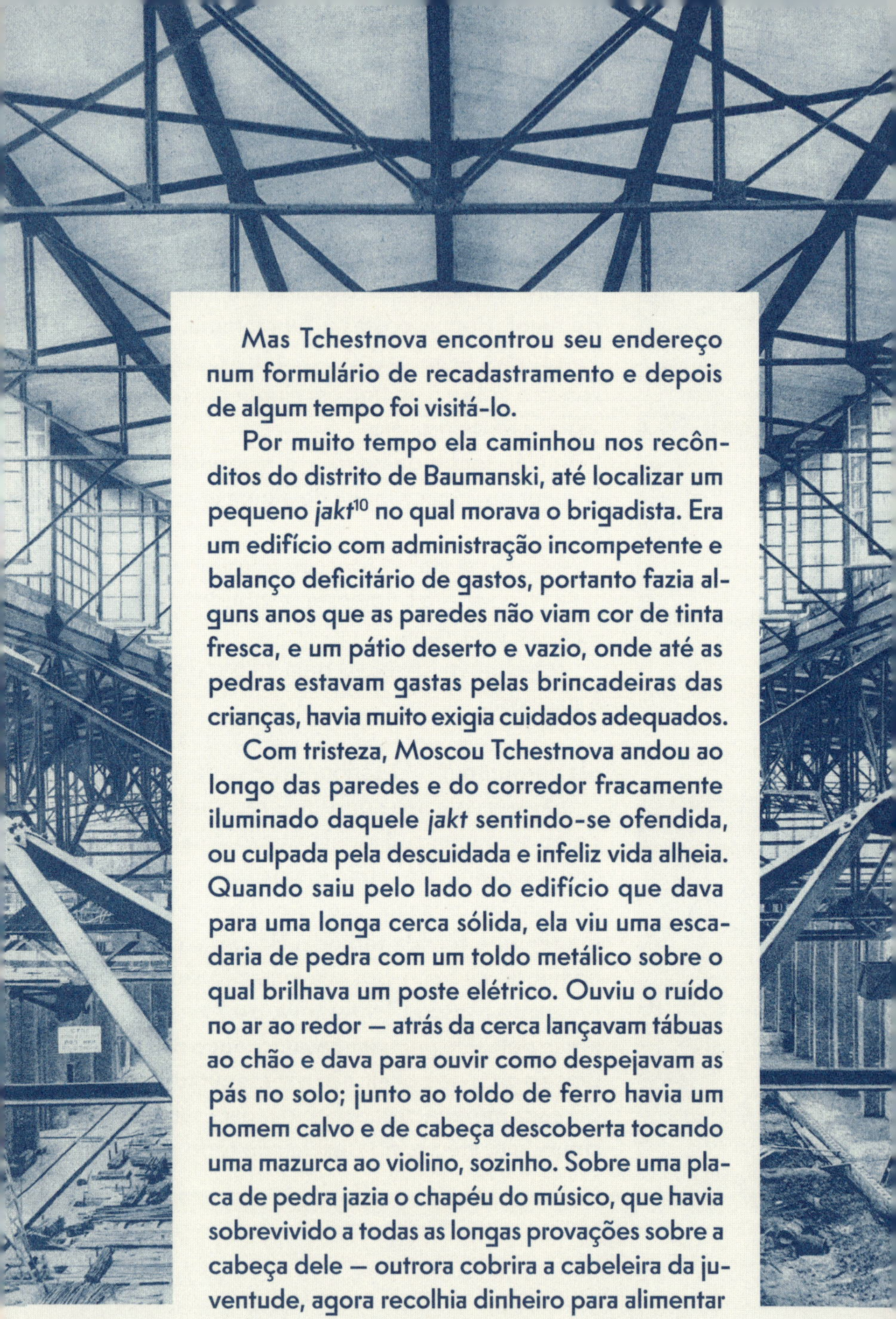

Mas Tchestnova encontrou seu endereço num formulário de recadastramento e depois de algum tempo foi visitá-lo.

Por muito tempo ela caminhou nos recônditos do distrito de Baumanski, até localizar um pequeno *jakt*[10] no qual morava o brigadista. Era um edifício com administração incompetente e balanço deficitário de gastos, portanto fazia alguns anos que as paredes não viam cor de tinta fresca, e um pátio deserto e vazio, onde até as pedras estavam gastas pelas brincadeiras das crianças, havia muito exigia cuidados adequados.

Com tristeza, Moscou Tchestnova andou ao longo das paredes e do corredor fracamente iluminado daquele *jakt* sentindo-se ofendida, ou culpada pela descuidada e infeliz vida alheia. Quando saiu pelo lado do edifício que dava para uma longa cerca sólida, ela viu uma escadaria de pedra com um toldo metálico sobre o qual brilhava um poste elétrico. Ouviu o ruído no ar ao redor — atrás da cerca lançavam tábuas ao chão e dava para ouvir como despejavam as pás no solo; junto ao toldo de ferro havia um homem calvo e de cabeça descoberta tocando uma mazurca ao violino, sozinho. Sobre uma placa de pedra jazia o chapéu do músico, que havia sobrevivido a todas as longas provações sobre a cabeça dele — outrora cobrira a cabeleira da juventude, agora recolhia dinheiro para alimentar a velhice, para sustentar a frágil consciência na decrépita cabeça calva.

10. Sociedade cooperativa de inquilinos. [N. T.]

Tchestnova depositou um rublo no chapéu e pediu ao homem que tocasse algo de Beethoven. Sem dizer nenhuma palavra, o músico terminou a mazurca e só depois iniciou o Beethoven. Moscou estava de frente para o violinista numa pose de camponesa, as pernas separadas e o rosto pesaroso da melancolia que se agitava junto ao coração. De repente o mundo inteiro à sua volta tornou-se brusco e implacável — apenas os objetos duros e pesados o compunham, e a força bruta e escura agia com tamanha maldade que parecia cair em desespero e chorar humanamente, com a voz exausta à beira de seu próprio silêncio. E novamente essa força alçava-se com seu campo férreo, fulminava com a velocidade do grito de algum de seus frios inimigos declarados, grito que ocupava até o infinito seu corpo morto. Entretanto, essa música, perdendo toda a melodia e transformando-se num estridente grito de ataque, mesmo assim possuía o ritmo de um coração humano comum e era simples como o exaustivo trabalho das necessidades vitais.

O músico olhou indiferente e distraído para Moscou, nem um pouco atraído por seu encanto — como artista, ele sempre sentiu na alma um encanto superior e mais corajoso, impulsionando a vontade para além do prazer mundano, e preferia tal encanto a tudo o que é visível. Terminada a execução, dos olhos do violinista saíram lágrimas — estava exausto de viver e, mais do que isso, não vivera de acordo com sua música, não encontrara a morte precoce sob a muralha do inimigo indestrutível, e agora estava ali de pé, vivo, velho e pobre num pátio deserto de um *jakt*, a mente abatida, na qual rastejava a última imaginação de um mundo heroico. Diante dele — do outro lado da cerca — estava o rigoroso Instituto de Medicina para a busca da longevidade e da imortalidade, porém o velho músico não conseguia ver naquela construção a continuidade da música de Beethoven, e Moscou Tchestnova não sabia o que estava sendo construído lá. Toda música, desde que grandiosa e humana, lhe lembrava o proletariado, o homem sombrio com a tocha acesa correndo na noite da revolução, e a si mesma; ela a escutava como se fosse o discurso de um líder e como uma palavra sua, que ela sempre insinuava mas nunca dizia em voz alta.

Na porta de entrada pendia uma placa de compensado onde se lia: "Direção do *jakt* e administração do edifício". Tchestnova entrou para descobrir o número do apartamento do reservista — ele indicara apenas o número do edifício no formulário de registro.

O escritório do *jakt* ficava no final de um corredor de madeira, em ambos os lados viviam provavelmente famílias numerosas — lá berravam crianças, de mágoas e insatisfação, dividindo a comida do jantar entre si. Ao longo do corredor de madeira os moradores falavam de todos os temas do mundo — mantimentos, a reforma da latrina do pátio, a guerra iminente, a estratosfera e a morte da lavadeira local, surda e insana. Nas paredes do corredor estavam afixados cartazes do MOPR, da Administração da Poupança, instruções de cuidados com as crianças de peito, um homem com a forma da letra "Я" [iá],[11] um amputado de uma perna por um acidente de rua, e outras imagens da vida, de utilidades e desastres. Muitas pessoas iam até lá, ao corredor de madeira da administração do edifício, a partir de umas cinco horas da tarde, logo depois do trabalho, e ficavam em pé, refletindo e conversando até meia-noite, apenas raramente precisavam de algum documento da administração. Moscou Tchestnova ficou surpresa ao saber disso: não conseguia entender por que as pessoas se amontoavam no *jakt*, no balcão, às voltas com um documento e necessidades banais de pequena felicidade, até se esgotarem por ninharias, quando na cidade havia teatros de alto nível, e a na vida ainda não havia soluções para os eternos enigmas do sofrimento, e até do lado de fora do portão havia um violinista tocando uma música maravilhosa, sem a atenção de ninguém.

11. Provável menção ao alfabeto russo em forma de poema e ilustrado, publicado por Vladímir Maiakóvski em 1919. [N. T.]

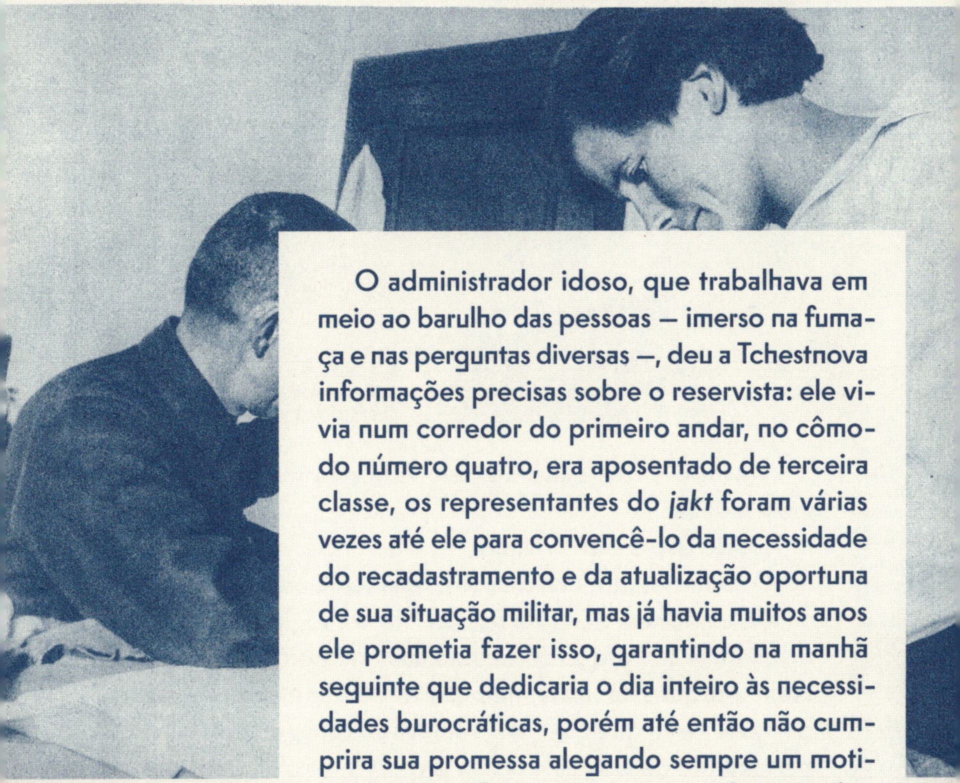

O administrador idoso, que trabalhava em meio ao barulho das pessoas — imerso na fumaça e nas perguntas diversas —, deu a Tchestnova informações precisas sobre o reservista: ele vivia num corredor do primeiro andar, no cômodo número quatro, era aposentado de terceira classe, os representantes do *jakt* foram várias vezes até ele para convencê-lo da necessidade do recadastramento e da atualização oportuna de sua situação militar, mas já havia muitos anos ele prometia fazer isso, garantindo na manhã seguinte que dedicaria o dia inteiro às necessidades burocráticas, porém até então não cumprira sua promessa alegando sempre um motivo insensato. Seis meses antes, o administrador em pessoa o visitara para tratar desse assunto; tentou persuadi-lo por três horas, atribuiu a situação dele à melancolia, ao tédio e à falta de higiene corporal, como se ao não escovar os dentes, não se banhar e ainda trazer para si mesmo a desonra, seu único objetivo fosse criticar o homem soviético.

— Não sei o que fazer com ele — o administrador disse. — É o único assim em todo o *jakt*.

— Mas o que ele faz, afinal? — Moscou perguntou.

— Já lhe disse: é aposentado de terceira categoria, quarenta e cinco rublos é o que recebe. Bem, ele ainda está na Osodmil,[12] vai e fica de pé na parada do bonde, multa o público e volta para o apartamento...

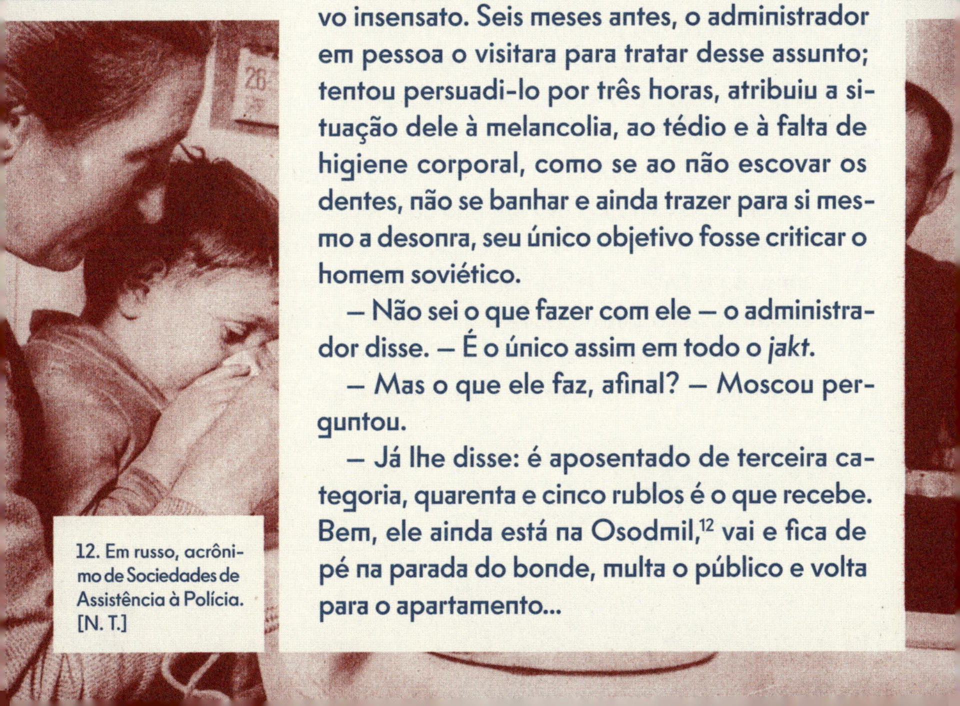

12. Em russo, acrônimo de Sociedades de Assistência à Polícia. [N. T.]

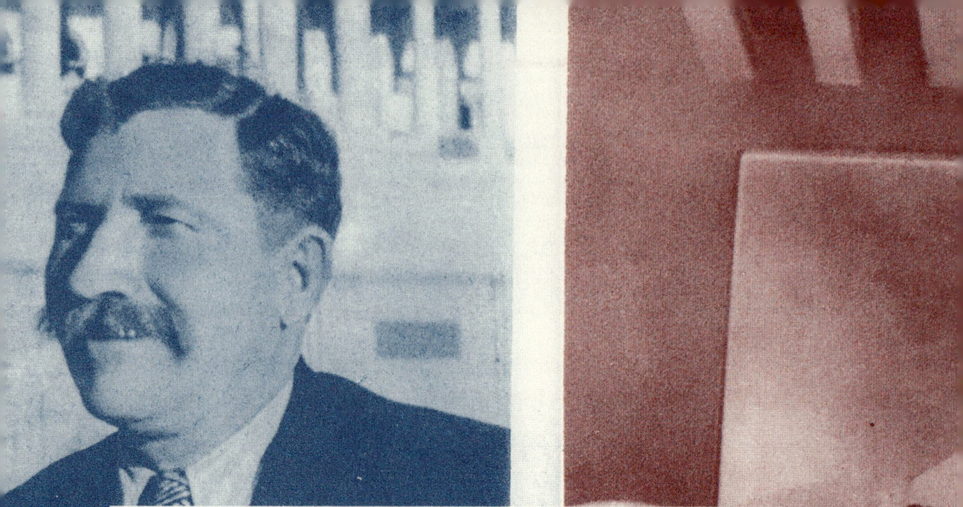

Moscou entristeceu-se pela vida daquele homem e disse:

— Tudo isso é muito ruim!...

O administrador concordou plenamente com ela:

— Ele não tem nada de bom!... No verão, ia com frequência ao Parque de Cultura, mas também à toa. Nem a orquestra ouvia, nem perto do espetáculo passava, assim que chegava, sentava próximo ao departamento de polícia e ficava lá o dia inteiro — ora conversava um pouquinho, ora lhe davam alguma tarefa: ele ia cumprir — gosta do trabalho administrativo, é um bom funcionário da Osodmil.

— É casado? — Moscou perguntou.

— Não, é indefinido... Formalmente solteiro, mas passa todas as noites em silêncio com mulheres, já há muitos anos. Mas essa é uma questão de princípios dele, o *jakt* não se intromete... Só que a questão é a seguinte: as mulheres que vêm até ele são ignorantes, desinteressantes; uma como a senhora, é a primeira vez. Não aconselho: é um pobre-diabo...

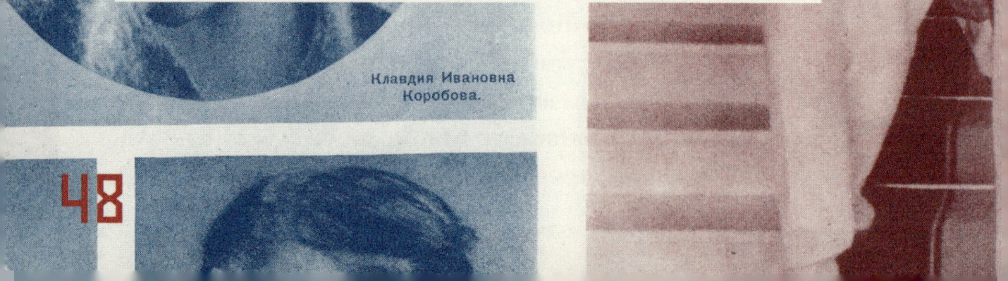

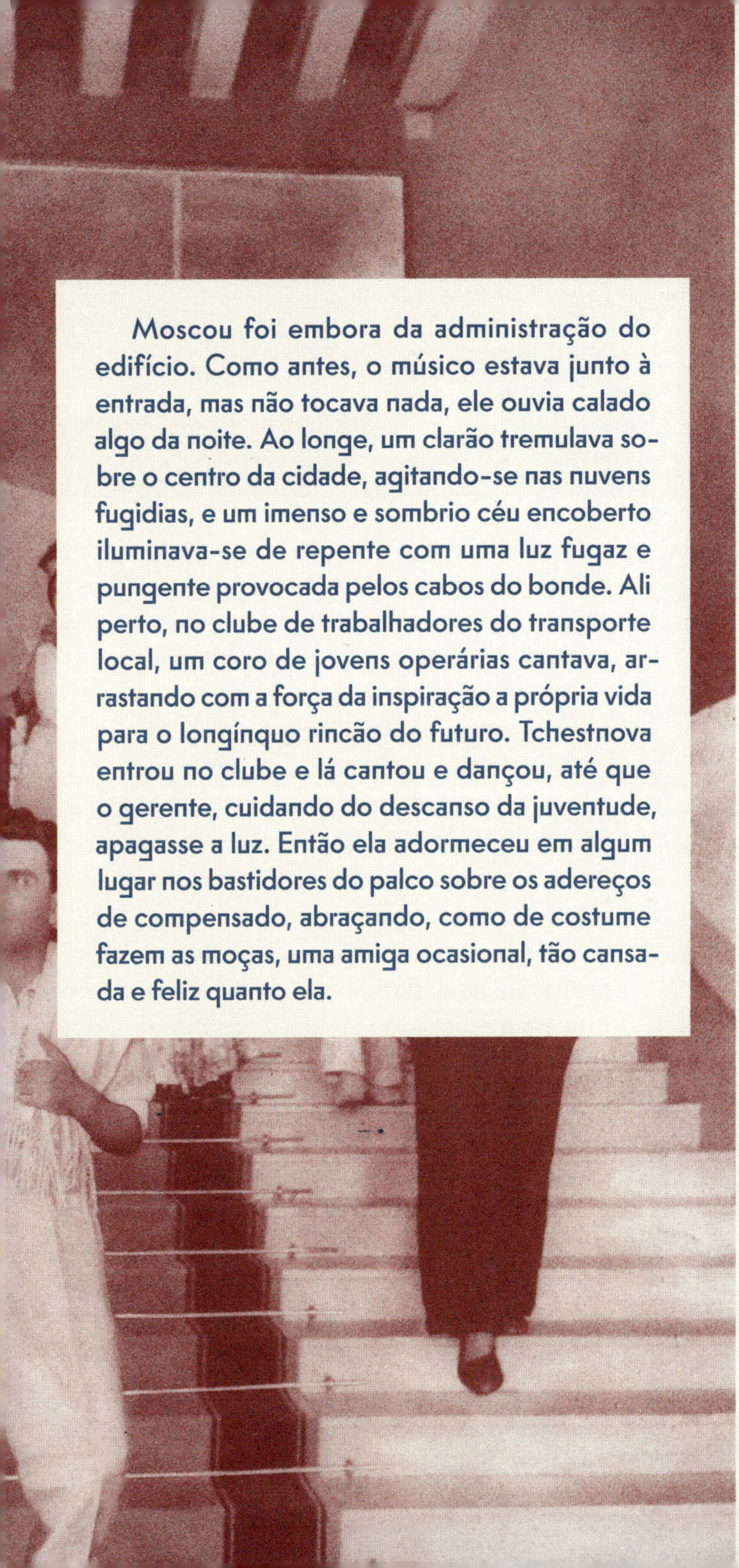

Moscou foi embora da administração do edifício. Como antes, o músico estava junto à entrada, mas não tocava nada, ele ouvia calado algo da noite. Ao longe, um clarão tremulava sobre o centro da cidade, agitando-se nas nuvens fugidias, e um imenso e sombrio céu encoberto iluminava-se de repente com uma luz fugaz e pungente provocada pelos cabos do bonde. Ali perto, no clube de trabalhadores do transporte local, um coro de jovens operárias cantava, arrastando com a força da inspiração a própria vida para o longínquo rincão do futuro. Tchestnova entrou no clube e lá cantou e dançou, até que o gerente, cuidando do descanso da juventude, apagasse a luz. Então ela adormeceu em algum lugar nos bastidores do palco sobre os adereços de compensado, abraçando, como de costume fazem as moças, uma amiga ocasional, tão cansada e feliz quanto ela.

ЗНАТНА

5

ят кремлевские звезды
ым светом горят миллио-
шестнадцатью столицами
к, над сотнями больших
ми сел.

Descuidado e sujo para não perder tempo, Sambíkin sentia a matéria externa universal como uma irritação na própria pele. Ele seguia o curso mundial dos eventos dia e noite, e sua mente vivia aterrada por sua responsabilidade em todo o insano destino da substância.

À noite, Sambíkin custava a adormecer imaginando o trabalho na terra soviética, agora iluminada pela eletricidade. Ele via os canteiros de obras densamente equipados com andaimes, por onde transitavam operários insones reforçando as novas placas de madeira fresca para se manterem naquela altura onde soprava o vento e se via a noite avançar até os confins da terra na forma de resquícios de crepúsculo noturno. Sambíkin apertava as mãos de impaciência e alegria, depois, de repente, ponderava na escuridão, esquecendo-se de piscar por meia hora. Ele sabia que mil jovens engenheiros, terminado o turno, também não dormiam, revirando-se agitados em dormitórios e em novos edifícios por toda a planície do país, enquanto outros que mal haviam deitado para descansar já se vestiam novamente para voltar à obra, pois um detalhe esquecido durante o dia começava a atormentar a mente, ameaçando um acidente noturno.

Sambíkin se levantou, acendeu a luz e andou agitado, querendo logo fazer alguma coisa. Ligou o rádio e ouviu a música que já não tocava, mas o espaço zumbia em sua inquietação, como uma estrada deserta pela qual se deseja partir. Então ele telefonou para a clínica do instituto e perguntou se havia operações urgentes no momento, dizendo que iria auxiliar. Responderam que sim: haviam levado uma criança com um tumor na cabeça que estava crescendo a cada minuto, e o menino estava perdendo a consciência.

Sambíkin saiu correndo pela rua moscovita; os bondes já não circulavam, pela pista asfaltada ouvia-se o tique-taque dos saltos altos das mulheres, que voltavam para casa dos teatros ou laboratórios ou dos entes queridos. Movendo suas longas pernas, Sambíkin correu rapidamente até o distrito de Baumanski onde estavam construindo o Instituto Especial de Medicina Experimental. O prédio ainda não estava todo equipado, e nele funcionavam apenas dois departamentos: cirurgia e traumatologia. O pátio estava lotado de tubos, placas, carrinhos e caixas com equipamento científico; uma cerca de proporções infantis, totalmente inclinada e caída no chão, separava o instituto de um bloco residencial.

Nesse pátio, Sambíkin ouviu de repente uma música lamentosa, que tocou seu coração não tanto pela melodia, mas pela vaga lembrança de algo vivido, caído no esquecimento. Ele se deixou levar por um instante; a música soava do outro lado da cerca precária. Sambíkin pulou-a para entrar no pátio, no qual avistou um violinista calvo, tocando para o vazio, às duas da madrugada. Leu a placa sobre a porta de entrada do prédio, junto à qual tocava o músico: "Administração do *jakt* e zeladoria". Sambíkin tirou um rublo e quis dá-lo ao músico pela execução, mas o violinista recusou. Disse que estava tocando para si mesmo, pois se sentia melancólico e só conseguiria dormir ao amanhecer, que ainda estava longe.

Próximo à pequena sala de cirurgia estavam suspensos dois cilindros flexíveis de oxigênio e a velha enfermeira de plantão já estava a postos. No fim do corredor, num leito separado, com laterais totalmente envidraçadas voltadas para o corredor, preparavam a criança doente para a operação — com rapidez duas enfermeiras rasparam sua cabeça. Atrás da orelha esquerda do menino, ocupando metade do crânio, crescera uma esfera cheia de pus marrom, quente e sanguinolento, e essa esfera assemelhava-se a uma segunda cabeça que sugava selvagem a vida definhante. A criança estava sentada na cama e não dormia: tinha uns sete anos. Olhava com olhos esvaziados, sonolentos e erguia um pouco as mãos para o ar quando seu coração se cansava da dor, sofrendo e sem esperar alívio.

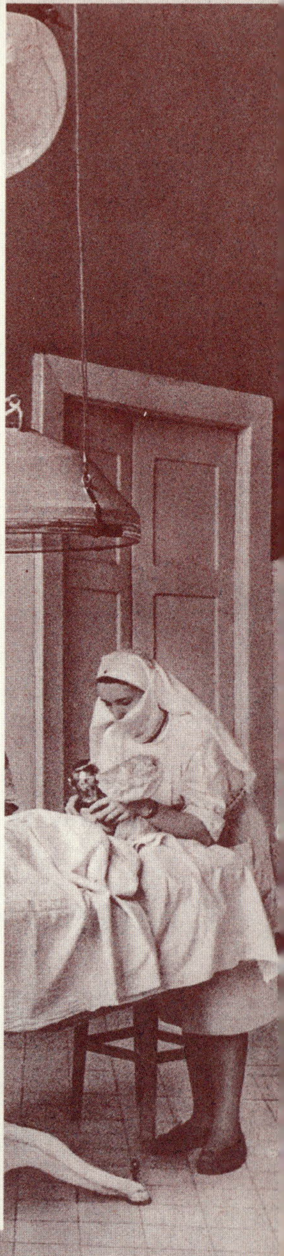

В хирургическом отделении Орехово-Зуевской больницы. Подготовка больного к операции.

Na consciência vivaz de Sambíkin ergueu-se com nitidez a doença da criança, e ele esfregou atrás da própria orelha, procurando um tumor esférico — a segunda cabeça insana na qual acumulava o pus mortal. Foi se preparar para a operação.

Enquanto trocava de roupa e pensava, ele ouvia um ruído em sua orelha direita — era o pus na cabeça da criança, que quimicamente diluía e corroía a última placa óssea que protegia seu cérebro; na mente do menino agora já se espalhava a morte nebulosa, a vida ainda se mantinha sob a proteção de uma película óssea, mas nela não restava mais que uma fração de milímetro de espessura, e o osso enfraquecido vibrava sob a pressão do pus.

— O que ele vê agora em sua consciência? — Sambíkin perguntou a si mesmo acerca do doente. — Tem sonhos que o poupam do terror... Vê sua mãe duplicada, lavando-o na banheira, mas são duas enfermeiras raspando seus cabelos. E só teme uma coisa: por que duas mães?... Vê seu gato querido, que vive com ele em casa no quarto, e esse gato crava agora as unhas em sua cabeça...

Chegou o velho cirurgião que Sambíkin deveria auxiliar. O veterano estava pronto e convidou seu assistente. Ainda não permitiam a Sambíkin conduzir uma operação por conta própria: ele tinha vinte e sete anos e estava apenas no segundo ano da residência em cirurgia.

читают здесь книги, газеты, журналы.

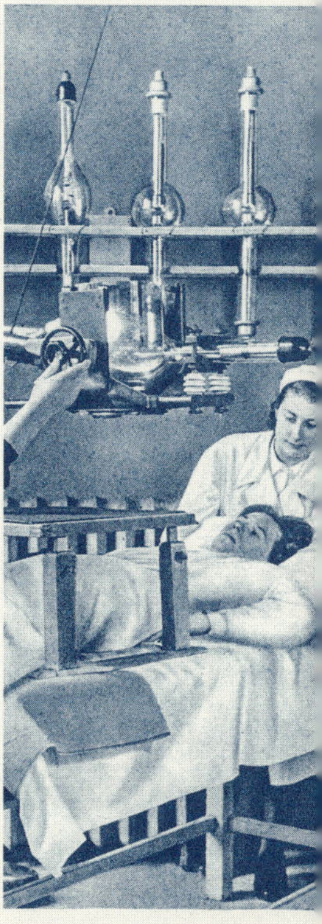

ские текстильщики располагают хорошо
ми больницами и поликлиниками, обес-
все виды лечения. На снимке —
цедура в кабинете ре... апии.

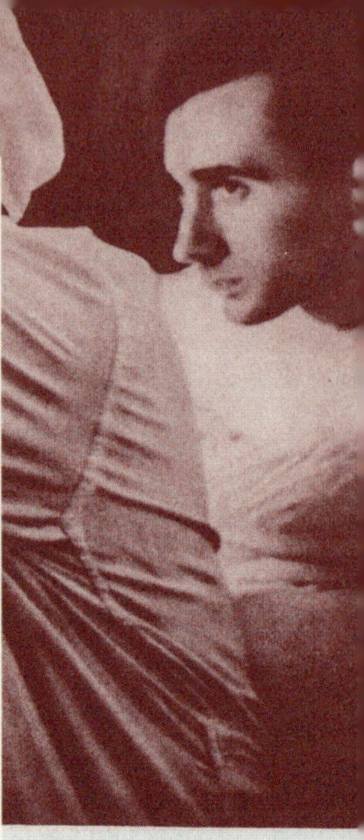

Todos os sons no instituto de cirurgia haviam sido cuidadosamente eliminados, e a comunicação era feita por meio de luzes coloridas. Na sala do plantonista acenderam-se três lâmpadas de cores diferentes — e, em seguida, quase em silêncio, executaram-se algumas ações: um carrinho baixo com rodas de borracha atravessou o corredor forrado de cortiça levando o doente à sala de operação; o eletricista conectou a energia elétrica ao gerador do instituto para que ela não ficasse à mercê da rede municipal, e acionou o aparato que insuflava ar ozonizado no centro cirúrgico; a porta da sala abriu-se silente, e no rosto da criança enferma soprou o vento fresco e perfumado de um dispositivo especial — o menino recebeu a sedação e sorriu, liberto dos últimos traços de sofrimento.

— Mamãe, estou muito doente, agora vão me abrir, mas não dói nadinha! — disse, tornando-se impotente e alheio a si mesmo. Era como se a vida se afastasse dele e se concentrasse na longínqua e triste imaginação dos sonhos. Via os objetos, o somatório todo de suas impressões — esses objetos se precipitavam ao redor e ele os reconhecia: ali o prego esquecido, que segurava nas mãos havia muito tempo, o prego agora enferrujado, velho, acolá o cachorrinho preto com que outrora brincava no pátio — ele jazia morto no lixo, com um pote de vidro quebrado na cabeça, ali um telhado de metal sobre um celeiro baixo, agora vazio, no qual ele subia para olhar do alto, e o metal sentia falta dele, e havia muito não ia lá; é verão, a sombra das mães jaz na terra, a polícia passa, mas sua banda toca sem som...

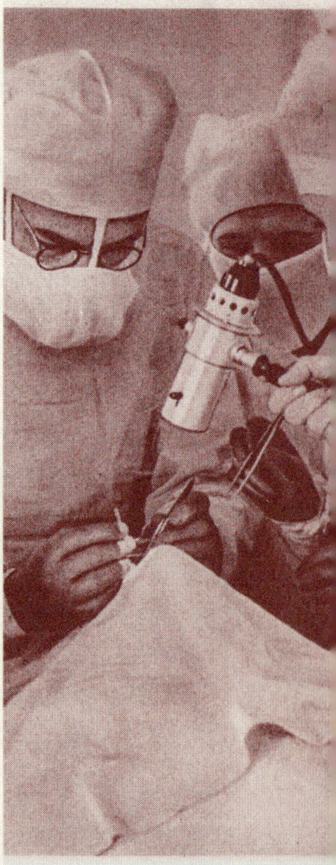

O velho cirurgião propôs a Sambíkin que realizasse a operação, enquanto ele o assistiria.

— Comecemos! — disse o velho num recôndito iluminado da sala.

Sambíkin pegou um instrumento afiado e brilhante e com ele penetrou na essência do essencial: no corpo humano. Uma flecha pungente e instantânea saiu por detrás dos olhos, da mente do menino, e percorreu seu corpo — ele a seguia com a imaginação — e atingiu seu coração: o menino estremeceu, todos os objetos que o conheciam choraram por ele, e o sonho de suas lembranças desapareceu. A vida desceu ainda mais fundo, ardia com um calor simples e sombrio em sua espera paciente. Sambíkin sentia com as mãos como o corpo da criança esquentava cada vez mais e se apressava. Ele drenava o pus das aberturas do couro cabeludo e penetrava o osso — procurava os focos primários da infecção.

— Calma, mais devagar! — o velho cirurgião dizia. — Me dê o pulso! — Voltou-se para a enfermeira-chefe.

— Arritmia, doutor — ela disse. — Às vezes não se ouve nada.

— Não faz mal, a inércia do coração é sempre grande — vai melhorar.

— Segurem a cabeça dele! — Sambíkin ordenou às enfermeiras. Começou a colher amostras de seções de ossos em cujos poros se ocultava o pus.

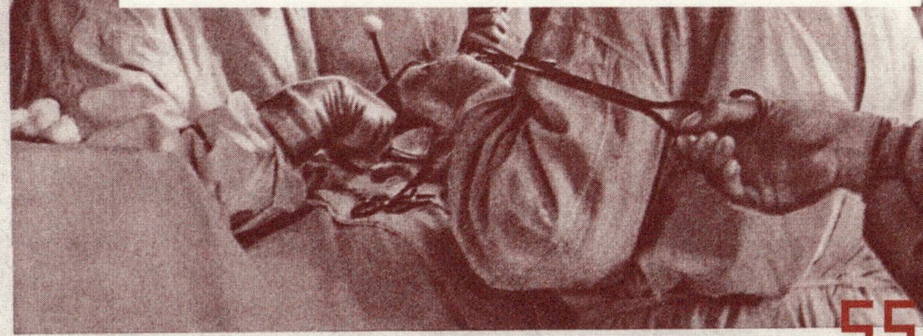

55

Больница в селе Кировском оборудована всем необходимым для того, чтобы любая медицин
на месте квалифицированными специалистами. На снимке — полостная хирургическая оп

БУДУТ МУЗЕИ, ВЫСТАВОЧНЫЕ ПАВИЛЬОНЫ, ЗАЛЫ ДЛЯ МЕЖДУНАРОДНЫХ КОНГРЕССОВ, ГРАНДИОЗНЫЕ АКВАРИУМЫ (НА 72 000 ВЕДЕР ВОДЫ).
СОСТАВЛЯЛИ ПРОЕКТ СОЦИАЛИСТИЧЕСКОГО ДВОРЦА МЕДИЦИНСКОЙ НАУКИ. ЛУЧШИЕ УЧЕНЫЕ БУДУТ РАБОТАТЬ В ЭТОМ ДВОРЦЕ.

O instrumento tilintava como na soldagem a frio, Sambíkin guiava-se pelo toque — mais fundo ou mais superficial —, pela sensibilidade precisa da arte; seus grandes olhos ficaram vítreos sem a umidade — não tinha tempo para piscar —, as pálidas bochechas adquiriram cor pela força do sangue que vinha em seu auxílio das profundezas do coração. Extraindo as seções ósseas, Sambíkin examinava-as à luz do refletor, cheirava, apertava-as para se familiarizar bem com elas e as entregava ao velho cirurgião; este, indiferente, jogava-as na bandeja.

O cérebro estava se aproximando; cutucando os ossos do crânio, Sambíkin examinava-os agora ao microscópio e ainda encontrava focos de estreptococos. Em alguns pontos da cabeça da criança, ele já havia chegado à última camada óssea que protegia o cérebro, e limpava sua superfície do mortal revestimento cinza. Suas mãos agiam como se pensassem por si mesmas e avaliassem cada mínimo movimento. À medida que removia os estreptococos, eles se tornavam menos numerosos, mas Sambíkin passou a usar microscópios mais potentes, que demonstravam que, embora o número de corpos produtores de pus minguasse rapidamente, eles não desapareciam de todo. Sambíkin se lembrou da famosa equação matemática que expressa a distribuição de calor numa haste de comprimento infinito e interrompeu a operação.

— Tamponar e enfaixar! — ele ordenou, uma vez que, para destruir completamente os estreptococos, seria preciso esmigalhar não apenas a cabeça toda do doente, mas também todo o seu corpo até as unhas dos artelhos.

Sambíkin sabia que o corpo escancarado, com milhares de vasos sanguíneos sugadores seccionados, o corpo do doente, cada vez mais quente e desprotegido, absorvia ávido os estreptococos de todas as partes — do ar, e sobretudo do instrumento, cuja absoluta esterilização é impossível. Passava da hora de mudar para a cirurgia elétrica — entrar no corpo e nos ossos com a chama azul pura e instantânea do arco voltaico —, assim, tudo o que carrega a morte será destruído, e os novos estreptococos, ao penetrarem nas feridas, encontrarão nelas um deserto calcinado e não um meio nutritivo.

— Terminou! — disse Sambíkin.

As enfermeiras já enfaixavam a cabeça do doente e o posicionaram com o rosto voltado para os médicos.

O calor da vida, irrompendo de dentro, passava pelo pálido rosto da criança qual listras cor-de-rosa e rapidamente desbotava; então ressurgia e outra vez desaparecia. Os olhos do médico estavam semiabertos e tão ressecados que a substância gelatinosa estava enrugada pela secura...

— Ele está morto! — o velho médico disse.

— Ainda não — Sambíkin respondeu e beijou a criança nos lábios murchos. — Ele vai viver. Dê-lhe um pouco de oxigênio. Sem beber até de manhã.

Saindo da clínica, Sambíkin encontrou uma mulher trêmula e convulsiva: a mãe da criança. Não a deixaram entrar por causa do regulamento e por ser tarde da noite. Ele lhe fez uma reverência e permitiu que a deixassem visitar o filho.

Raiava o dia. Sambíkin olhou para além da cerca para o *jakt* vizinho, tudo estava vazio, o violinista fora dormir. Da porta saiu um homem de aparência modesta com uma mulher enrugada, consumida pelos anos e pelas dificuldades. O acompanhante lhe declarava convincentemente seu amor; Sambíkin sem querer ouviu sua voz — nessa voz soava uma sombria tristeza do peito, e isso a tornava comovente, embora o homem dissesse banalidades e bobagens.

— E se tiver guerra, você vai me largar — a mulher protestou timidamente.

— Eu? Não, de jeito nenhum! Sou da última categoria, sou um reservista, quase um nada... Vamos pra trás do celeiro deitar um pouco, a alma está doendo de novo.

— Será que no quarto você não me amou o suficiente? — a mulher se admirou, feliz.

— Não o bastante — disse o amante. — O coração ainda dói, não esfriou.

— Olha só que Hamlet! — a mulher sorriu. — E nem tem pena da sua saúde!

Ela estava orgulhosa por ainda agradar e atrair os homens. Por causa do frescor matinal o reservista se encolhia em seu casaco gasto, surrado, e apertou o passo de mãos dadas com a mulher, visivelmente desejando o mais rápido possível se livrar de tudo...

от лесов Севера и западных рубе-

Sambíkin caminhava por Moscou. Era-lhe estranho e até doloroso ver as paradas de bonde vazias, os solitários números negros dos itinerários nas placas brancas — eles, junto com os semáforos dos bondes, calçadas e relógios elétricos na praça, sentiam falta da multidão.

Ele refletiu, como era seu costume, sobre a vida da matéria — sobre si mesmo; via a si mesmo como um animal de laboratório, como a parte do mundo que lhe fora dada para investigar o todo desconhecido.

Sambíkin pensava o tempo todo, sem parar, sua alma logo adoecia se parasse de raciocinar, e de novo em sua mente trabalhava na imaginação do mundo, para transformá-lo. À noite, sonhava com pensamentos destruídos, e se remexia em vão na cama, esforçando-se para se lembrar deles na ordem diurna, depois atormentava-se e despertava, alegrando-se com a luz da manhã e com a clareza restaurada da mente. Seu corpo longo e ressequido, bondoso e grande, vivia e respirava sempre ruidosamente, como se estivesse ávido — queria constantemente comer e beber, e seu enorme rosto possuía a aparência de um animal entristecido, apenas seu nariz era grande e alheio demais até para o enorme rosto, tanto que transmitia docilidade a toda a expressão do seu caráter.

Академик И. П. Пав

В институте акад. Павлова, отделе
для работ по физиологии пищеварен

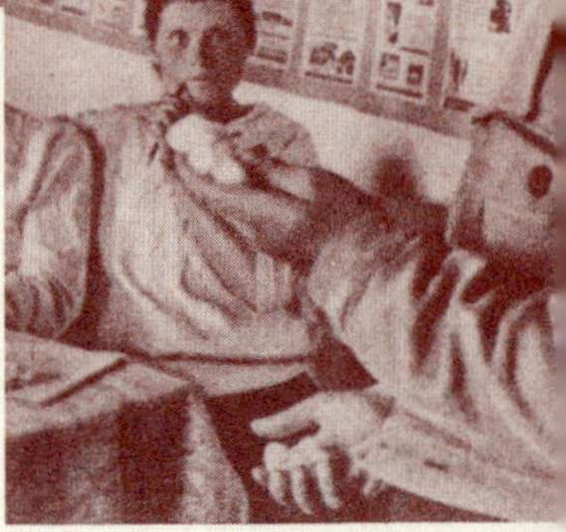

Ao chegar em casa já era dia claro, a grandiosa manhã veranil brilhava no céu com tanta potência que pareceu a Sambíkin que a luz estrondava. Ele telefonou para o instituto, disseram-lhe que a criança operada estava dormindo bem, que a febre baixara, a mãe também adormecera em outra cama. Repassando aquela operação e todos os outros problemas, Sambíkin sentiu seu coração angustiado, vazio — precisava agir novamente para obter uma tarefa na qual pensar e assim acalmar o grito vago e voraz, consciente, em sua alma. Dormia pouco, mas ainda melhor depois de um grande trabalho, então também os sonhos, em gratidão, o deixaram. Hoje não tinha agido o suficiente, a razão em sua mente não conseguira se cansar e queria trabalhar mais, recusando o sono. Depois de correr de um lado para o outro pelo quarto, desamparado, Sambíkin foi até o banheiro, despiu-se e com espanto olhou seu corpo jovem, em seguida murmurou algo e se esgueirou na água fria. A água o acalmou, mas imediatamente ele entendeu o quanto o ser humano ainda é uma criatura artesanal, de estrutura fraca — não mais do que um esboço de embrião e um projeto de algo mais real —, e o quanto ainda é necessário trabalhar para desenrolar desse embrião uma imagem alada, elevada, enterrada em seus sonhos...

Колхозники читают газеты, журналы, книги в своем клубе, играют в шахматы.

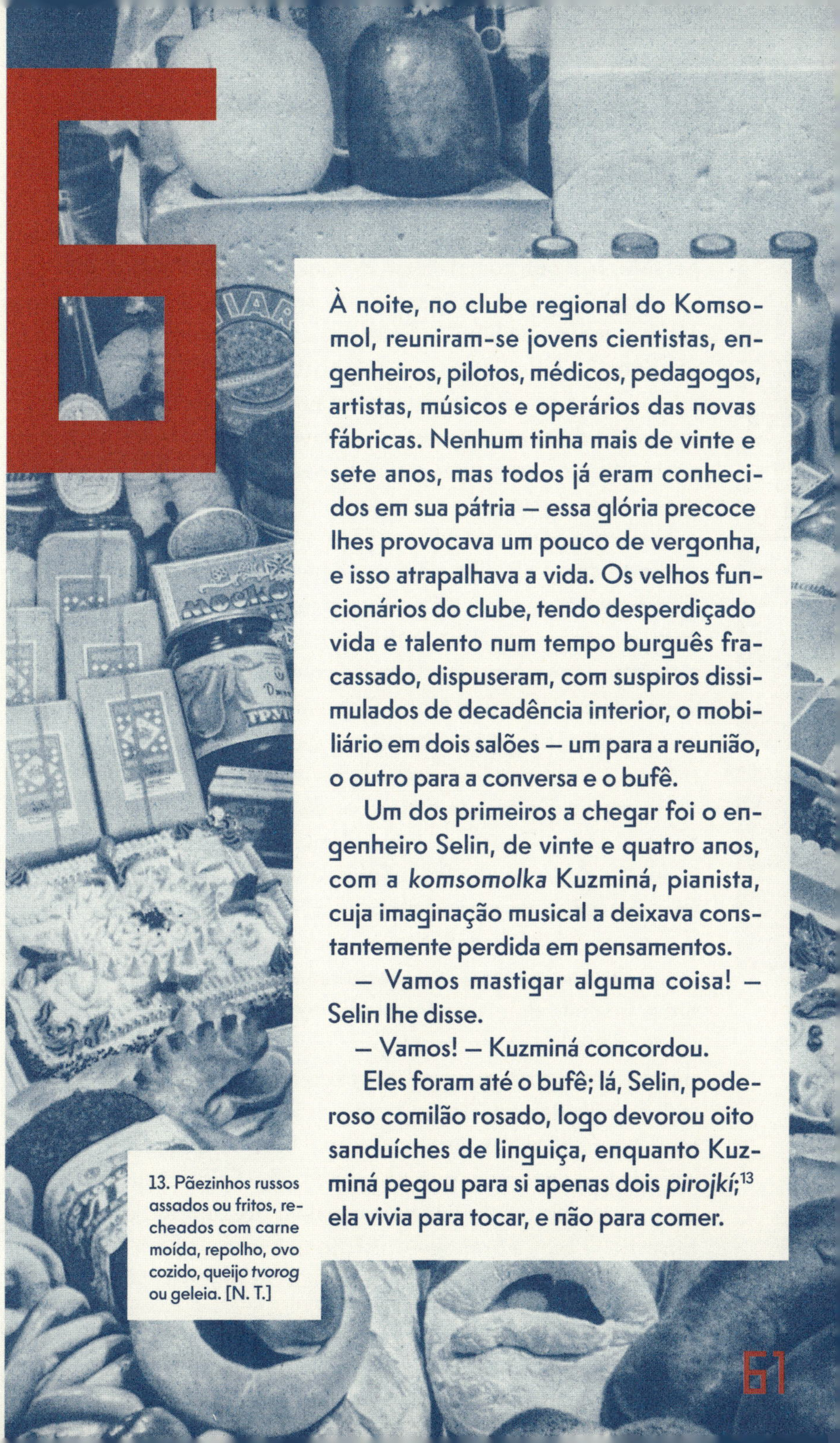

6

À noite, no clube regional do Komsomol, reuniram-se jovens cientistas, engenheiros, pilotos, médicos, pedagogos, artistas, músicos e operários das novas fábricas. Nenhum tinha mais de vinte e sete anos, mas todos já eram conhecidos em sua pátria — essa glória precoce lhes provocava um pouco de vergonha, e isso atrapalhava a vida. Os velhos funcionários do clube, tendo desperdiçado vida e talento num tempo burguês fracassado, dispuseram, com suspiros dissimulados de decadência interior, o mobiliário em dois salões — um para a reunião, o outro para a conversa e o bufê.

Um dos primeiros a chegar foi o engenheiro Selin, de vinte e quatro anos, com a *komsomolka* Kuzminá, pianista, cuja imaginação musical a deixava constantemente perdida em pensamentos.

— Vamos mastigar alguma coisa! — Selin lhe disse.

— Vamos! — Kuzminá concordou.

Eles foram até o bufê; lá, Selin, poderoso comilão rosado, logo devorou oito sanduíches de linguiça, enquanto Kuzminá pegou para si apenas dois *pirojkí*;[13] ela vivia para tocar, e não para comer.

13. Pãezinhos russos assados ou fritos, recheados com carne moída, repolho, ovo cozido, queijo *tvorog* ou geleia. [N. T.]

— Selin, por que você come tanto assim? — Kuzminá perguntou. — Pode até ser bom, mas dá vergonha olhar para você!

Selin comia com indignação, mastigava como se arasse: com persistente labor, com o afinco de suas duas mandíbulas confiáveis.

Logo chegaram dez pessoas de uma vez: o explorador Golovátch, o mecânico Semión Sartorius, duas jovens amigas — ambas engenheiras hidráulicas —, o compositor Levitchenko, o astrônomo Sitsilin, o meteorologista aeronáutico Viétchkin, o construtor de aviões de altas altitudes Muldbauer, o eletrotécnico Gúnkin e sua esposa — mas atrás deles ouviam-se outras pessoas e chegaram mais algumas. Todos já se conheciam — pelo trabalho, por encontros e por várias informações.

Enquanto a reunião não começava, cada um se entregava a seus prazeres — uns à amizade, outros à comida, uns a questões pontuais não resolvidas, outros à música e às danças. Kuzminá encontrou um pequeno cômodo com um piano de cauda novo e, com prazer, tocou a *Nona Sinfonia* de Beethoven — todos os movimentos, um após o outro, de cabeça. Seu coração se contraía pela profunda liberdade dessa música e o pensamento que ela inspirava, e por uma tristeza egoísta de não saber, ela mesma, compor assim. O eletrotécnico Gúnkin ouvia Kuzminá e pensava na eletricidade de alta frequência, que disparava através do Universo, no vazio do mundo elevado e formidável, que absorvia em si a consciência humana. Muldbauer via na música uma representação de longínquas e leves terras aéreas, onde se situa o céu negro e, no meio dele, pende um sol fosco com o calor morto de sua luz, onde — longe da terra tépida e vagamente verde — começa o verdadeiro e sério cosmos: espaço mudo, raramente iluminado pelos sinais das estrelas —, e pensava sobre o fato de que o caminho está há muito livre e aberto... Que terminem logo com a pesada lida na terra, e que o mesmo velho Stálin dirija a velocidade e a pressão da história humana além dos limites da gravidade terrestre — para a grande educação universal —, para a grandiosa educação da razão na coragem da ação há muito a ele destinada.

Pouco depois, Moscou Tchestnova também chegou e sorriu calada de felicidade ao ver seus camaradas e ao ouvir a música, que incitava sua vida ao cumprimento de um elevado destino.

Depois de todos, no clube apareceu o cirurgião Sambíkin; estivera havia pouco na clínica do instituto e fizera ele mesmo o curativo no menino operado. Chegou deprimido pelo infortúnio da constituição do corpo humano, comprimindo em seus ossos muito mais sofrimento e morte do que vida e movimento. E era estranho para Sambíkin se sentir bem — na tensão de sua preocupação e responsabilidade. Toda a sua mente estava repleta de pensamentos, o coração batia calmo e constante, ele não precisava de felicidade maior — e ao mesmo tempo sentia vergonha da consciência desse seu prazer secreto... Já estava querendo ir embora do clube para trabalhar no instituto durante a madrugada em suas pesquisas sobre a morte, mas, de repente, avistou Moscou Tchestnova. O charme indefinido de seu aspecto o surpreendeu; ele vislumbrou a força e a inspiração luminosa ocultas atrás da modéstia e até da timidez daquele rosto. Soou o sinal do início da reunião. Todos saíram da sala onde estava Sambíkin, apenas Tchestnova se deteve, ajustando a meia na perna. Quando se endireitou, viu Sambíkin sozinho, olhando para ela. Com timidez e embaraço — viver no mesmo mundo, fazer a mesma coisa e não se conhecer — ela fez uma reverência. Sambíkin se aproximou e os dois caminharam juntos para a reunião.

Eles se sentaram perto um do outro, e em meio a discursos, glória e saudações, Sambíkin claramente ouviu a pulsação do coração no peito de Moscou.

Ele lhe perguntou num sussurro ao ouvido:

— Por que seu coração bate assim?... Eu o ouço!

— Ele quer voar e bate — Moscou cochichou a Sambíkin, com um sorriso. — Afinal, sou paraquedista!

"O corpo humano voava há alguns milênios", Sambíkin pensou. "A caixa torácica do ser humano representa as asas dobradas."

Ele verificou sua cabeça quente: lá também algo batia, desejando voar para longe do aperto escuro e solitário.

Após a reunião, chegou a hora do jantar coletivo e da diversão. Os jovens convivas se dispersaram antes de sentar à mesa comunitária.

O mecânico Sartorius convidou Moscou Tchestnova para dançar, e ela foi rodopiar com ele, examinando curiosa o grande rosto redondo do famoso inventor da indústria de precisão, o engenheiro-calculista de renome mundial. Sartorius a segurava com firmeza, dançava pesadamente e sorria tímido, expressando sua atração contida por ela. Moscou, por sua vez, olhava para ele como apaixonada — ela rapidamente cedeu ao seu sentimento e não fez o jogo feminino da política de indiferença. Agradava-lhe aquele homem desinteressante, mais baixo que ela, com seu rosto bondoso e carrancudo, que, incapaz de reprimir seu coração, chegara ao limite da sua coragem: aproximar-se de uma mulher e convidá-la para dançar. Mas, pelo visto, logo ele se entediou, suas mãos já estavam acostumadas ao calor do corpo de Moscou, quente sob o leve vestido, e ele começou a balbuciar algo. Moscou, ao ouvir, imediatamente se ofendeu.

— O senhor mesmo me abraça, dança comigo, e pensa numa coisa totalmente diferente! — ela disse.

— Eu sou assim — Sartorius respondeu.

— Diga logo o que é "assim"! — Moscou franziu a testa e parou de dançar.

Sambíkin passou voando ao lado deles — ele também dançava, sincronizado com alguma *komsomolka* de grande formosura. Moscou lhe sorriu:

— Mas não é possível, você também dança? Que surpresa!

— É preciso viver plenamente! — Sambíkin respondeu sem se deter.

— E você tem vontade? — Moscou gritou.

— Não, estou fingindo! — Sambíkin respondeu. — Isso é em teoria!

A *komsomolka*, ofendida, imediatamente deixou Sambíkin, e ele começou a rir.

— Bem, fale logo! — Moscou interpelou Sartorius com planejada seriedade.

"Será que ela é idiota? Que pena!", pensou Sartorius. Aproximou-se dele o meteorologista Viétchkin, depois Sambíkin, e Sartorius não teve tempo para responder a Moscou. Eles se encontraram somente uma hora depois, no jantar coletivo.

Uma grande mesa estava posta para cinquenta pessoas. A cada meio metro estavam dispostas flores que pareciam pensativas por sua beleza, e delas emanava um aroma póstumo. As esposas dos construtores e as jovens engenheiras vestiam a melhor seda da república – o governo adornava as melhores pessoas. Moscou Tchestnova trajava um vestido informal, que pesava apenas três ou quatro gramas, costurado tão habilmente que até a pulsação dos vasos sanguíneos da jovem era perceptível pela agitação da seda. Todos os homens, inclusive o desleixado Sambíkin e o desgrenhado e triste Viétchkin, vestiam terno de fino material, sóbrio mas caro; vestir-se mal e sujo seria uma acusação de pobreza do país, que nutria e vestia os presentes com sua bondade seletiva, enquanto ele mesmo crescia com a força e a pressão dessa juventude, com seu labor e talento.

Uma pequena orquestra *komsomol* tocava pequenas peças na varanda além de uma porta aberta. O amplo ar da noite entrava no salão através da porta da varanda, e as flores na comprida mesa respiravam e exalavam mais forte, sentindo-se vivas numa terra perdida. A antiga cidade rumorejava e auroreava-se de luz, como recém-construída, às vezes o riso e a voz de um passante chegavam da rua, e Moscou Tchestnova tinha vontade de sair e convidar a todos para jantar: tanto faz, o socialismo está chegando! Por vezes, ela se sentia tão bem que desejava abandonar-se a si mesma de alguma forma, seu corpo no vestido, e se tornar outra pessoa – a esposa de Gúnkin, Sambíkin, o reservista, Sartorius, uma camponesa de um colcoz na Ucrânia...

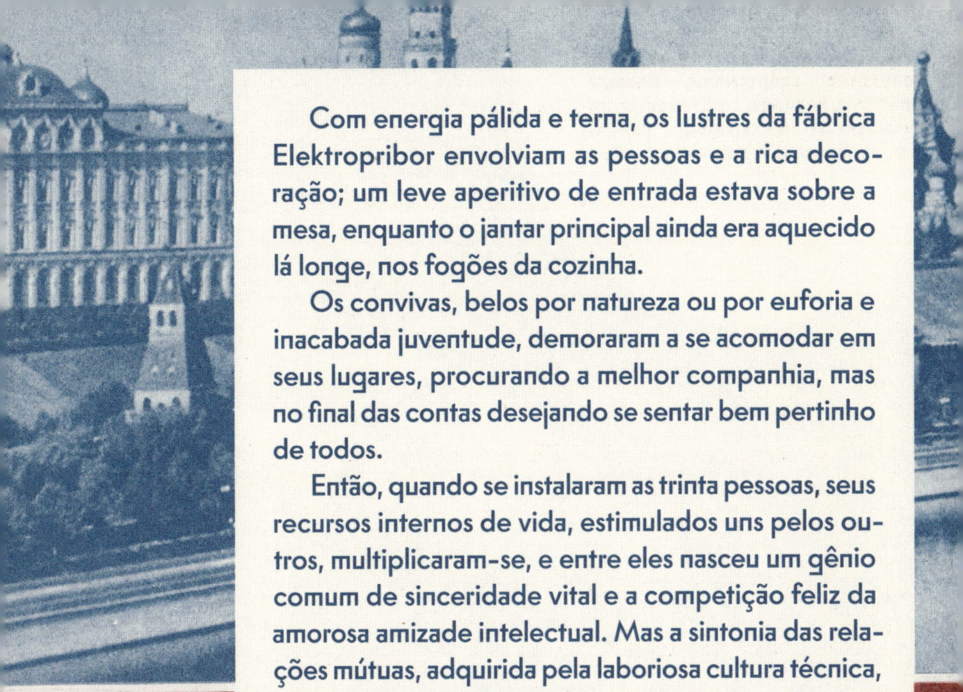

Com energia pálida e terna, os lustres da fábrica Elektropribor envolviam as pessoas e a rica decoração; um leve aperitivo de entrada estava sobre a mesa, enquanto o jantar principal ainda era aquecido lá longe, nos fogões da cozinha.

Os convivas, belos por natureza ou por euforia e inacabada juventude, demoraram a se acomodar em seus lugares, procurando a melhor companhia, mas no final das contas desejando se sentar bem pertinho de todos.

Então, quando se instalaram as trinta pessoas, seus recursos internos de vida, estimulados uns pelos outros, multiplicaram-se, e entre eles nasceu um gênio comum de sinceridade vital e a competição feliz da amorosa amizade intelectual. Mas a sintonia das relações mútuas, adquirida pela laboriosa cultura técnica, em que a vitória não se obtém com jogos ambíguos, não permitia nem tolices, nem sentimentalismos, nem presunção. Os presentes sabiam ou adivinhavam as dimensões sombrias da natureza, a extensão da história, o comprimento do tempo futuro e as reais escalas das próprias forças; eram racionalmente práticos e incorruptíveis às seduções vazias.

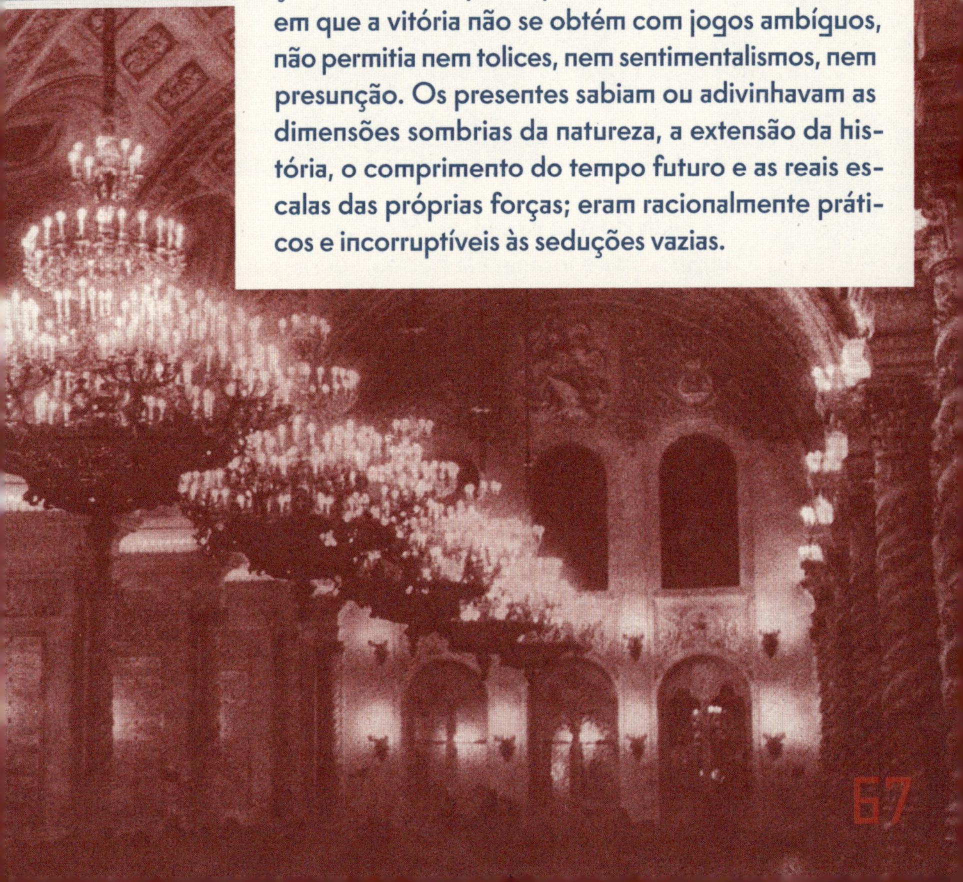

Mais do que os outros, Moscou Tchestnova estava impaciente e insana. Ela bebeu, sem esperar ninguém, uma taça inteira de vinho, e enrubesceu pela felicidade e falta de costume. Sartorius notou e sorriu para ela com seu rosto comprido e impreciso, parecido com uma área rural. Seu sobrenome paterno não era Sartorius, mas Mastigabarba, e sua mãe-camponesa carregou-o em suas entranhas junto ao pão de centeio mastigado quente.

Sambíkin também observava Tchestnova e pensava: amá-la ou não? Sem dúvida, era bonita e desimpedida, mas quanto pensamento e sentimento seria preciso expulsar de seu corpo e coração para ali acomodar o afeto por aquela mulher? E tudo bem que Tchestnova não lhe seja fiel e nunca consiga trocar todo o ruído da vida pelo sussurro de uma única pessoa.

"Não, amá-la não vou e não posso!", Sambíkin decidiu para sempre. "Até porque teria, de alguma forma, que estragar o organismo dela, e tenho pena, mentir dia e noite que sou maravilhoso… Não quero, é difícil!" Ele se perdeu no fluxo de pensamentos, subtraindo da memória todos os presentes. Estes, embora sentados a uma mesa farta e saborosa, comiam pouco e aos poucos, lamentavam a comida cara, obtida com o labor e a paciência dos camponeses dos colcozes, nas adversidades da luta contra a natureza e o inimigo de classe. Apenas Moscou Tchestnova se desligava e comia e bebia como uma predadora. Ela dizia diversas tolices, zombava de Sartorius e sentia uma vergonha se esgueirando em seu coração a partir de sua mente mentirosa e vulgar, tristemente ciente de seu vergonhoso espaço. Ninguém ofendeu Tchestnova nem a deteve, até que ela mesma esgotasse sua força e se calasse. Sambíkin sabia que a tolice é a expressão natural de um sentimento errante que ainda não encontrou sua meta e paixão, enquanto Sartorius desfrutava de Moscou independentemente de seu comportamento; ele já a amava como uma verdade viva e através da alegria que sentia a via indistinta e equivocadamente.

Em meio ao rumor das pessoas e já tarde da noite, Viktor Vassílievitch Bojkó entrou no salão sem se fazer notar, sentou no sofá encostado à parede sem querer ser notado. Ele avistou Moscou Tchestnova rubra, alegre e estremeceu de medo dela. Um jovem cientista se aproximou e começou a cantar a respeito dela:

Você anda ébria
Já toda pálida
Tão linda
Leal amiga…

Moscou, ao ouvir isso, cobriu o rosto com as mãos e não dava para saber se começava a chorar ou se envergonhar. Naquele momento Sartorius discutia com Viétchkin e Muldbauer; argumentava que aos homens separados por classes se seguiriam criaturas tecnicamente perspicazes, capazes de sentir o mundo inteiro por meio do trabalho prático... Os antigos, que deram início à história, também eram criaturas técnicas; as cidades gregas, os portos, os labirintos, até o monte Olimpo foram construídos por ciclopes, trabalhadores de um olho só, cuja pupila, em seguida, foi espremida pelos antigos aristocratas — como um sinal de que eram o proletariado, condenado a construir países, moradas dos deuses e navios para os mares, e de que para os caolhos não há salvação. Passaram-se três ou quatro mil anos, cem gerações, e os descendentes dos ciclopes saíram das trevas do labirinto histórico para a luz da natureza, tomaram para si um sexto da terra, e toda a terra restante vive apenas à espera deles. Talvez o deus Zeus tenha sido o último ciclope a trabalhar na formação do monte Olimpo, e a viver numa cabana lá em cima e a sobreviver na memória de alguma antiga tribo aristocrática; a burguesia daqueles tempos vetustos não era boba: ela transformava os grandes trabalhadores mortos em deuses, pois se admirava secretamente (incapaz de compreender a criação sem prazer) que aqueles falecidos detivessem em silêncio o mais alto poder — a capacidade de trabalhar e a alma do trabalho: a técnica.

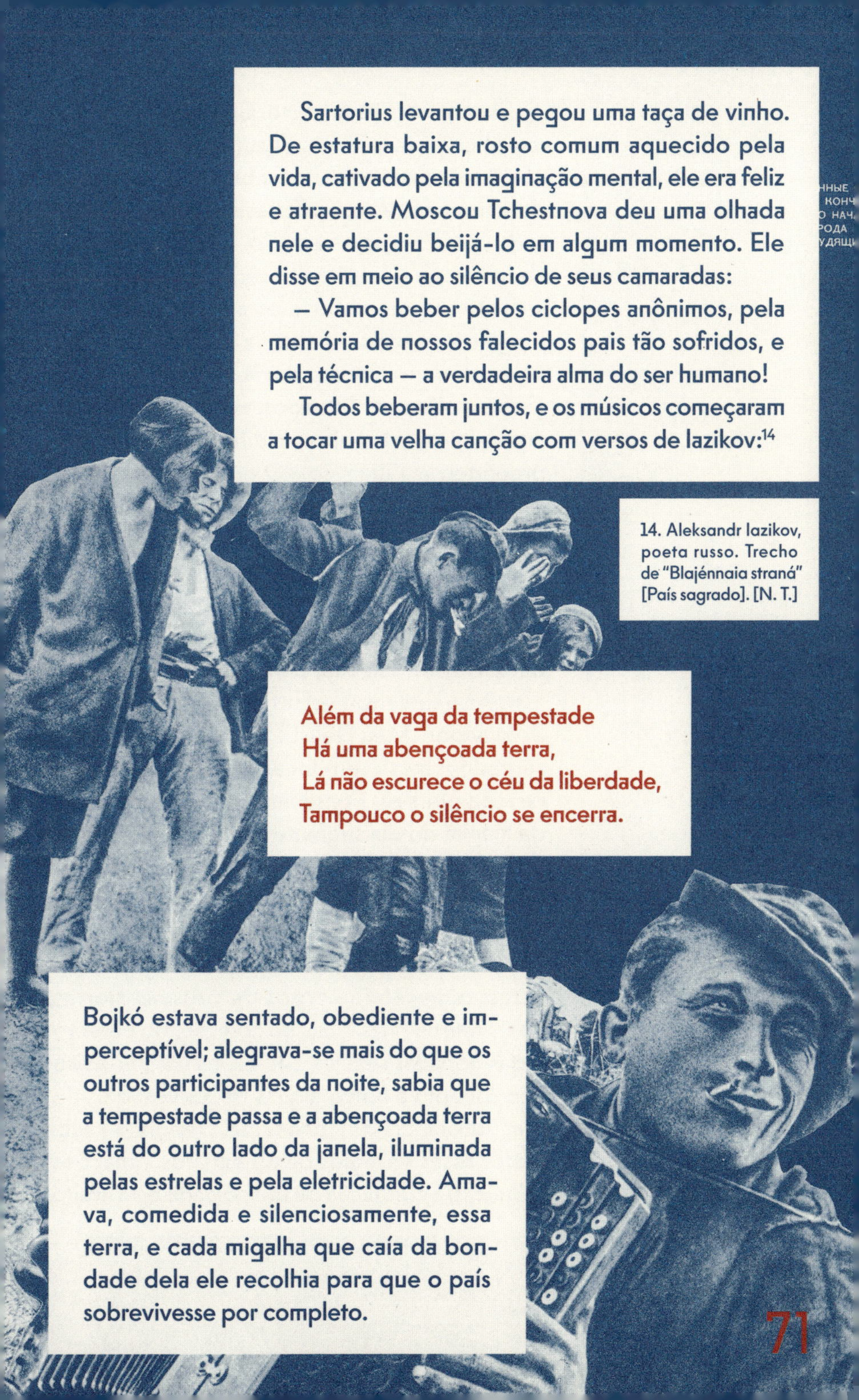

Sartorius levantou e pegou uma taça de vinho. De estatura baixa, rosto comum aquecido pela vida, cativado pela imaginação mental, ele era feliz e atraente. Moscou Tchestnova deu uma olhada nele e decidiu beijá-lo em algum momento. Ele disse em meio ao silêncio de seus camaradas:

— Vamos beber pelos ciclopes anônimos, pela memória de nossos falecidos pais tão sofridos, e pela técnica — a verdadeira alma do ser humano!

Todos beberam juntos, e os músicos começaram a tocar uma velha canção com versos de Iazikov:[14]

14. Aleksandr Iazikov, poeta russo. Trecho de "Blajénnaia straná" [País sagrado]. [N. T.]

Além da vaga da tempestade
Há uma abençoada terra,
Lá não escurece o céu da liberdade,
Tampouco o silêncio se encerra.

Bojkó estava sentado, obediente e imperceptível; alegrava-se mais do que os outros participantes da noite, sabia que a tempestade passa e a abençoada terra está do outro lado da janela, iluminada pelas estrelas e pela eletricidade. Amava, comedida e silenciosamente, essa terra, e cada migalha que caía da bondade dela ele recolhia para que o país sobrevivesse por completo.

Serviram um jantar farto. Começaram a saboreá-lo com cautela, mas Semión Sartorius já não conseguia mais comer nem beber. O tormento do amor por Moscou Tchestnova logo tomou todo o seu corpo e coração, de modo que ele abriu a boca e respirou pesadamente, como se sentisse um desconforto no peito. Moscou, de longe e enigmática, lhe sorria, sua vida secreta o alcançou com calor e agitação, e seus olhos aguçados o olhavam distraídos, como para um fato corriqueiro. "Ah, física maldita!", Sartorius compreendeu sua situação. "O que me resta agora, além da tolice e da felicidade individual?"

A noite da cidade cintilava na treva externa, sustentada pela tensão de máquinas distantes; o ar agitado, aquecido por milhões de pessoas, penetrava melancolicamente o coração de Sartorius. Ele saiu para a sacada, olhou as estrelas e sussurrou velhas palavras, aprendidas de ouvido: "Meu Deus!". Sambíkin continuava sentado à mesa sem tocar na comida; fora arrastado por seus pensamentos para muito além da manhã do dia seguinte e, vagamente, como se estivesse num nevoeiro no mar, contemplava a futura imortalidade. Queria extrair a longa força da vida ou, talvez, sua eternidade, dos cadáveres das criaturas tombadas. Alguns anos antes, remexendo corpos de pessoas mortas, deles retirou finas fatias do coração, do cérebro e das gônadas sexuais. Sambíkin analisou-as ao microscópio e notou alguns fracos vestígios de uma substância desconhecida. Depois, ao submeter esses vestígios quase extintos a reações químicas, à condução de eletricidade e ao efeito

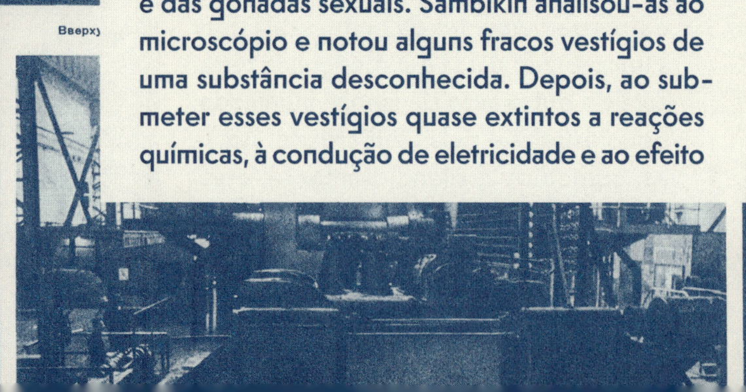

da luz, descobriu que a substância desconhecida possuía uma energia vital corrosiva, mas existia apenas no interior dos mortos; nos vivos, não existia, nestes acumulavam-se manchas de morte — muito antes do perecimento. Ele ficou intrigado por anos a fio, e até então a perplexidade não havia passado: o cadáver, ao que parece, é um reservatório de vida mais potente, mais pungente, embora por um curto espaço de tempo. Investigando mais a fundo, refletindo praticamente sem parar, Sambíkin começou a compreender que, no momento da morte, no corpo do ser humano se abre alguma válvula secreta, e de lá escorre pelo organismo uma umidade particular que envenena o pus mortal e dissolve as cinzas da exaustão, e que é cuidadosamente guardada por toda a vida, até o mais alto grau do perigo. Mas onde está essa válvula na escuridão, nos desfiladeiros corporais do ser humano, que, avaro e fiel, mantém a última carga de vida? Apenas a morte, quando percorre o corpo, rompe esse lacre reserva da vida comprimida, e esta se espalha pela última vez como disparo inútil dentro do ser humano, deixando vestígios indistintos em seu coração morto... O cadáver fresco está todo impregnado de vestígios de uma substância secreta dormente, e cada parte do falecido conserva em si a força criadora para a vida dos viventes. Sambíkin tinha a intenção de transformar os mortos numa força que nutriria a longevidade e a saúde dos seres vivos. Ele compreendia a força virginal e o poder dessa umidade rudimentar, que flui no interior do ser humano no momento do seu último suspiro, essa umidade, adicionada ao ser humano vivo mas abatido, é capaz de pô-lo de pé, firme e feliz...

Sartorius ficou parado na sacada por muito tempo; tudo agora lhe parecia inexplicável e estranho. Pessoas desconhecidas seguiam no bonde pela rua, e os sons do movimento e das conversas chegavam a seus ouvidos de longe; ele os ouvia sem interesse nem curiosidade, como um doente solitário. Agora só queria ir para casa, deitar sob a coberta e aquecer sua dor interior até que ela se fosse pela manhã, quando novamente estaria na hora de ir [ao trabalho].[15]

Atrás dele, seus pares compraziam-se com a consciência do próprio sucesso e do futuro sonho tecnológico. Muldbauer falava a respeito da camada atmosférica a uma altura entre cinquenta e cem quilômetros; lá existem condições eletromagnéticas, luminosas e de temperatura tais que impedem que organismos vivos se cansem ou morram, de modo que estarão aptos à existência eterna em meio ao espaço violeta. Esse era o "Céu" dos povos antigos e seria o dos felizes países do futuro: para além do mau tempo rasteiro realmente se encontra a terra bem-aventurada. Muldbauer previa a iminente conquista da estratosfera e a posterior penetração na altura azul do mundo, onde está a terra aérea da imortalidade; então o ser humano será alado e os animais herdarão a Terra, que outra vez e para sempre se cobrirá das matas de sua vetusta virgindade. "E os animais pressentem isso!", Muldbauer dizia com convicção. "Quando olho em seus olhos, tenho a impressão de que pensam: quando é que isto vai acabar? Quando é que vão nos deixar? Os animais pensam: quando é que as pessoas vão deixá-los seguir seu destino sozinhos?"

15. Expressão riscada no manuscrito, mas não foi encontrada a substituição. [N.E. original]

Sartorius sorriu entediado; nesse momento gostaria de estar bem no fundo da terra, caber numa tumba vazia e viver a vida até a morte, sem se separar de Moscou Tchestnova. Porém, ele lamentava deixar sem resposta aquelas noites estreladas que os miravam desde a infância, não participar da vida coletiva, plena de labor e do sentimento de proximidade entre as pessoas, temia andar pela cidade calado, cabisbaixo, o pensamento único e concentrado de amor, e não desejava se tornar indiferente às ideias e projetos que enchiam sua mesa de trabalho, nem a seu catre de ferro afundado de tanto uso, nem à lâmpada de mesa, sua paciente testemunha na sombra e silêncio das noites de trabalho... Sartorius acariciava o peito por baixo da camisa e dizia para si mesmo: "Vá embora, me deixe sozinho de novo, força ruim! Sou um simples engenheiro racionalista, eu te rejeito como às mulheres e ao amor... Melhor me curvar à poeira atômica e ao elétron!". Mas o mundo que se estendia diante de seus olhos em fogo e rumor já silenciava seus sons, atravessava o escuro limiar de seu coração e deixava vivo atrás de si apenas o único, o mais comovente ser do mundo. Será que iria renunciar a ele para se curvar ao átomo, à poeira e às cinzas? Moscou Tchestnova saiu para a sacada ao encontro de Sartorius. Ela disse sorrindo:

— Por que está tão triste? Você me ama ou não?

Ela respirava sobre ele com a boca cálida e sorridente, seu vestido farfalhava — o tédio maligno e a coragem tomaram conta de Sartorius. Ele respondeu:

— Não. Eu admiro outra Moscou — a cidade.

— Então está bem — Tchestnova concordou de imediato. — Vamos jantar. Por lá quem mais come é o camarada Selin. Comeu demais, está sentado todo vermelho e os olhos o tempo todo tristes. Você sabe por quê?

— Não — respondeu baixinho Sartorius. — Eu também estou triste.

Moscou examinou na escuridão seu rosto desproporcional, de seus olhos abertos escorriam lágrimas.

— Não precisa chorar — Moscou disse. — Eu também te amo...

— Você está mentindo — Sartorius não acreditou.

— Não, é verdade — absoluta verdade! — exclamou Tchestnova. — Vamos sair logo daqui...

Quando eles passaram de braços dados entre os amigos que celebravam, Sambíkin olhou para eles com os próprios olhos esquecidos de piscar e com os pensamentos distraídos, distantes da felicidade pessoal. Na saída, quase ao nível do peito de Moscou, encontrava-se Bojkó, que respeitosamente lhe fez seu pedido paciente. Tchestnova ficou tão feliz que logo pegou da mesa um pedaço de bolo e logo o ofereceu a ele.

Viktor Vassílievitch trabalhava então numa firma da indústria de pesagem e era totalmente dedicado ao estudo das balanças. Ele pediu a Moscou Ivánovna que o apresentasse a um certo engenheiro famoso, que poderia inventar balanças simples e precisas, feitas a baixo custo, para todos os colcozes e sovcozes e para todo o comércio soviético. Nesse momento, sem notar a tristeza de Sartorius, Bojkó falou dos grandes e imperceptíveis desastres da economia nacional, das dificuldades adicionais do socialismo nos colcozes, da redução da jornada de trabalho, da política dos kulaks[16] que se aproveitava da imprecisão dos pesos, balanças e balanças de mão, do engano em massa, ainda que involuntário, ao consumidor trabalhador na cooperativa e distribuidores... E tudo isso acontecia somente graças à decrepitude da indústria estatal de pesagem, à obsolescência do projeto das balanças e à insuficiência de metal e madeira para a construção de novas máquinas de pesagem.

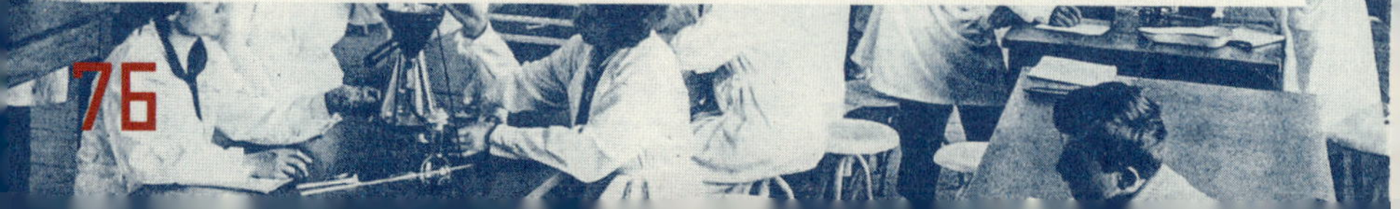

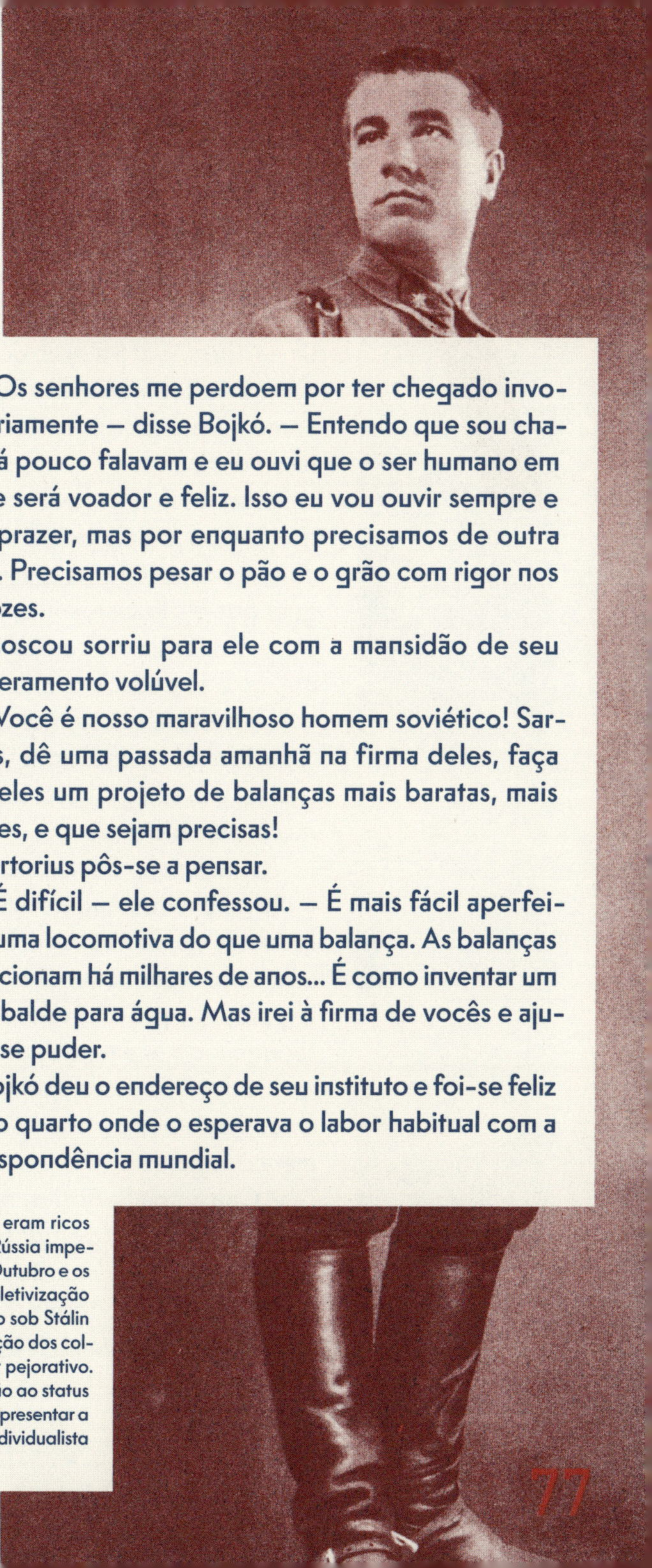

У НАС ОН
ПОЛНОПРАВНЫ
НАС ОНИ МОГУ
АВЛЯТЬ СТРАНОЙ

— Os senhores me perdoem por ter chegado involuntariamente — disse Bojkó. — Entendo que sou chato. Há pouco falavam e eu ouvi que o ser humano em breve será voador e feliz. Isso eu vou ouvir sempre e com prazer, mas por enquanto precisamos de outra coisa. Precisamos pesar o pão e o grão com rigor nos colcozes.

Moscou sorriu para ele com a mansidão de seu temperamento volúvel.

— Você é nosso maravilhoso homem soviético! Sartorius, dê uma passada amanhã na firma deles, faça para eles um projeto de balanças mais baratas, mais simples, e que sejam precisas!

Sartorius pôs-se a pensar.

— É difícil — ele confessou. — É mais fácil aperfeiçoar uma locomotiva do que uma balança. As balanças já funcionam há milhares de anos... É como inventar um novo balde para água. Mas irei à firma de vocês e ajudarei se puder.

Bojkó deu o endereço de seu instituto e foi-se feliz para o quarto onde o esperava o labor habitual com a correspondência mundial.

16. Os *kulaks* ou cúlaques eram ricos proprietários de terras na Rússia imperial. Após a Revolução de Outubro e os subsequentes planos de coletivização forçada da terra, sobretudo sob Stálin a partir de 1928 com a criação dos colcozes, o termo passou a ser pejorativo. Os cúlaques passaram então ao status de "inimigos do povo" por representar a velha ordem e um modelo individualista de produção. [N. T.]

7

Eles chegaram aos arredores da cidade quase no último bonde e não conseguiram regressar. O distante fulgor elétrico do firmamento rebatia na Terra, e até a mais débil luz alcançava o campo de centeio local e jazia sobre as espigas como aurora precoce, incerta. Mas ainda era tarde da noite.

Moscou Tchestnova tirou os sapatos e andou descalça pela polpa do campo. Sartorius, com medo e alegria, a acompanhava; o que quer que ela fizesse, seu coração estremecia, e ele se assustava com a vida inquieta e perigosa que nele se desdobrava. Ia atrás dela, o tempo todo se afastando sem querer, e pensava nela repetidamente, mas com uma ternura tal que, se Moscou se agachasse para fazer xixi, Sartorius começaria a chorar.

Tchestnova o deixou carregar seus sapatos, e ele os cheirou imperceptivelmente e até os tocou com a língua; agora Moscou Tchestnova e tudo o que tinha a ver com ela, até o mais impuro, não provocava em Sartorius nenhuma repugnância, e ele poderia olhar com extrema curiosidade os excrementos dela, pois também estes, havia pouco, eram parte daquela pessoa maravilhosa.

— Camarada Sartorius, e o que vamos fazer agora? — Moscou perguntou. — Afinal a noite ainda está de pé e logo se deitará o orvalho...

— Não sei — Sartorius respondeu irritado. — Vou ter que amar você, talvez.

— Ali está o colcoz dormindo no vale — apontou Tchestnova ao longe. — Cheira a pão lá agora, e as criancinhas roncam nos celeiros. As vacas deitadas em algum lugar no pasto, e sobre elas paira a névoa da alvorada... Como eu amo ver e viver tudo isso!

Para Sartorius agora eram indiferentes todas as vacas e criancinhas roncadoras adormecidas. Ele desejava mesmo era que a Terra se tornasse um deserto e que Moscou não desviasse sua atenção para lugar nenhum, que ficasse totalmente concentrada nele.

Ao amanhecer, Moscou e Sartorius sentaram num poço de agrimensura coberto de ervas daninhas tépidas que ali se ocultavam dos campos cultivados, como um kulak em sua propriedade.

Sartorius pegou Moscou pela mão; a natureza — tudo o que fluía pela mente, que impulsionava o coração e se abria à frente do olhar, sempre desconhecida e primordial — a relva cerrada, com seus únicos dias de vida, no céu imenso, com os rostos próximos das pessoas —, agora para Sartorius essa natureza fundia-se num só corpo e terminava na borda do vestido dela, na ponta de seus pés descalços.

Sartorius havia passado a juventude toda estudando física e mecânica; ele se empenhara no cálculo infinito como um corpo, tentando encontrar o princípio econômico de sua ação. Queria descobrir no próprio curso da consciência humana um pensamento que trabalhasse em ressonância com a natureza e que portanto refletisse toda a sua verdade — ainda que em virtude do acaso vivo —, e esperava estabelecer esse pensamento para sempre numa fórmula matemática. Mas agora ele não tinha consciência de nenhum pensamento, pois à sua cabeça subira o coração e lá batia acima dos olhos. Sartorius acariciou a mão de Moscou, firme e cheia como um reservatório de um sentimento mesquinho, bem comprimido.

— Semión, afinal, o que você quer de mim? — Tchestnova perguntou humildemente, bem-intencionada.

— Quero casar com você — ele disse. — Além disso, não sei querer mais nada.

Moscou pensou um pouco e mordiscou um fio de feno com a boca jovem e ávida.

— É verdade mesmo que não se quer mais nada quando se ama. Mas dizem que isso é tolice!

— Pois que digam! — Sartorius sussurrou, sóbrio. — Eles só dizem, mas eles mesmos provavelmente não amam... E o que fazer se sofro sem você?

— Aí você me abraça e eu te abraço.

Sartorius a abraçou.

— E então, está sofrendo menos?

— Não, igual — Sartorius respondeu.

— Então vamos ter que casar — Moscou aquiesceu.

Quando a inocente manhã de todo dia iluminou os colcozes locais e os arredores da imensa cidade, Tchestnova e Sartorius ainda se encontravam no poço de agrimensura. Depois de conhecer Moscou inteirinha, todo o calor, devoção e felicidade de seu corpo, Sartorius com espanto e pavor sentiu que seu amor não se esgotara, mas crescera, e ele, em essência, não alcançara nada, mas permanecia, como antes, infeliz. Ou seja, por esse caminho não era possível conquistar um ser humano e realmente dividir com ele a vida. Então o que fazer? Sartorius não sabia.

Moscou Tchestnova estava deitada de costas; o céu sobre ela era primeiro aquoso, depois se tornava azul e pétreo, em seguida transformava-se em dourado e cintilante como se estivesse brotando em flor — o sol ascendera sobre os Urais e se acercava dali.

Ela saiu do poço, ajeitando o vestido no corpo, calçou os sapatos e foi andando para a cidade sozinha. Disse a Sartorius que seria sua esposa mais tarde: por enquanto ele trabalharia na firma de pesos e medidas onde Bojkó servia, e ela o encontraria quando fosse necessário.

Desamparado e insignificante, Sartorius rastejou atrás dela. Ele ficou sozinho na aurora, no vazio dos campos que amadureciam, manchado e triste como um guerreiro sobrevivente de uma batalha terminada.

— Por que está indo embora, Moscou? Pois se eu te amo ainda mais!

Moscou voltou-se para ele.

— Não estou te deixando, Semión! Já disse que voltarei... Eu também te amo.

— Então por que está indo para longe de mim? Vem pra cá de novo, vem.

Tchestnova se deteve, hesitante, a uns dez passos.

— Lamento, Semión...

— O que você lamenta?

— Lamento alguma coisa... Por mais que eu viva, a vida para mim nunca se realiza como eu quero.

Moscou franziu o cenho, magoada, e ficou na borda de um campo de trigo alto. O sol brilhava na seda de seu vestido, e as últimas gotas da umidade matinal que ela apanhara no mato secavam em seus cabelos. Uma leve brisa soprava das frescas planícies além do rio Moscou, e o trigo murmurava impreciso com suas espigas inchadas. A luz do sol, como o pensamento e o sorriso, preenchia todo o espaço, só Moscou estava descontente, seu belo vestido e corpo, feitos daquela mesma luminosa natureza, não combinavam com o rosto tristonho. Sartorius conduziu de novo Moscou para a relva secreta e não conseguia entender por que ambos ficaram tão melancólicos.

— Me deixa em paz! — Moscou de repente se afastou de Sartorius. — Eu fiz de tudo, voei pelo ar e morei com maridos — afinal você não é o primeiro, meu querido infeliz!

Tchestnova virou-se e deitou-se com o rosto para baixo. A visão de seu grande e incompreensível corpo, aquecido sob a pele por um sangue secreto, forçou Sartorius a abraçar Moscou e mais uma vez, silenciosa e apressadamente, gastar junto com ela parte de sua vida — a única coisa que se podia fazer —, ainda que fosse parco e desnecessário e, na verdade, não resolvesse o amor, mas apenas cansasse o ser humano. Ainda sem aguentar o abraço de Sartorius até o fim, Moscou voltou o rosto para ele e sorriu zombeteira — ela estava enganando seu ser amado de algum forma.

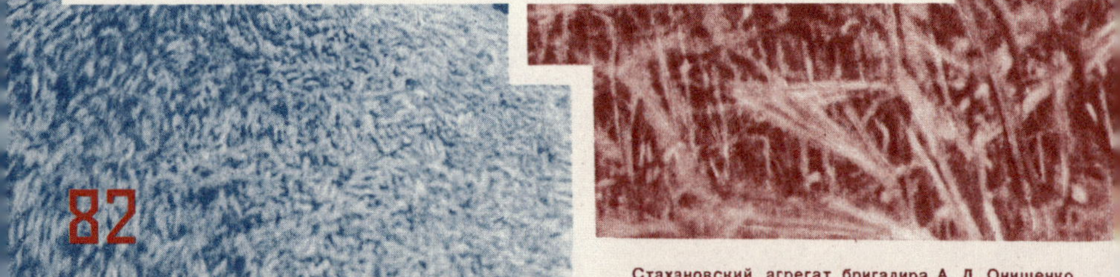

Стахановский агрегат бригадира А. Д. Онищенко к 10 часам утра этого первого дня уборки ско-

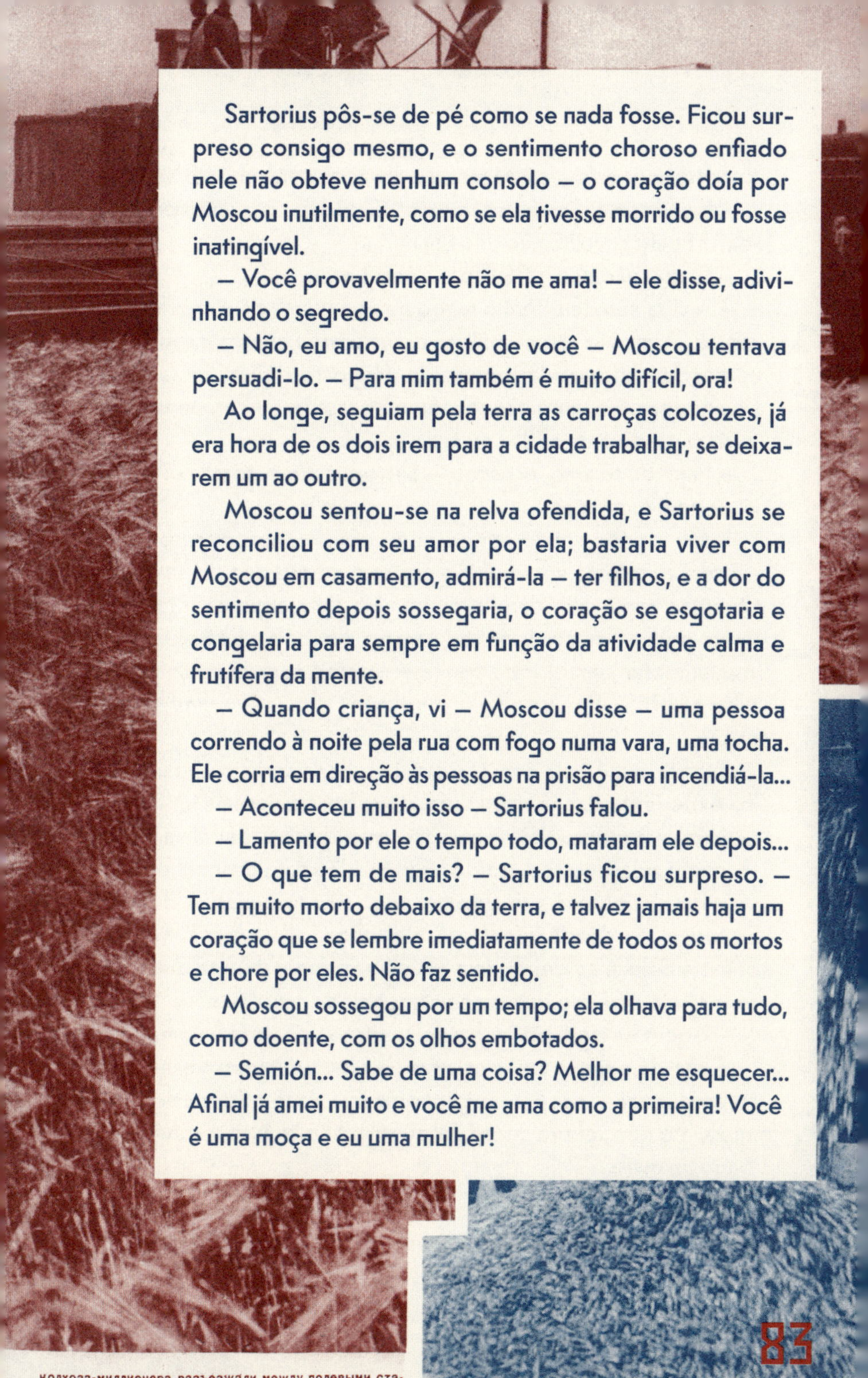

Sartorius pôs-se de pé como se nada fosse. Ficou surpreso consigo mesmo, e o sentimento choroso enfiado nele não obteve nenhum consolo – o coração doía por Moscou inutilmente, como se ela tivesse morrido ou fosse inatingível.

– Você provavelmente não me ama! – ele disse, adivinhando o segredo.

– Não, eu amo, eu gosto de você – Moscou tentava persuadi-lo. – Para mim também é muito difícil, ora!

Ao longe, seguiam pela terra as carroças colcozes, já era hora de os dois irem para a cidade trabalhar, se deixarem um ao outro.

Moscou sentou-se na relva ofendida, e Sartorius se reconciliou com seu amor por ela; bastaria viver com Moscou em casamento, admirá-la – ter filhos, e a dor do sentimento depois sossegaria, o coração se esgotaria e congelaria para sempre em função da atividade calma e frutífera da mente.

– Quando criança, vi – Moscou disse – uma pessoa correndo à noite pela rua com fogo numa vara, uma tocha. Ele corria em direção às pessoas na prisão para incendiá-la...

– Aconteceu muito isso – Sartorius falou.

– Lamento por ele o tempo todo, mataram ele depois...

– O que tem de mais? – Sartorius ficou surpreso. – Tem muito morto debaixo da terra, e talvez jamais haja um coração que se lembre imediatamente de todos os mortos e chore por eles. Não faz sentido.

Moscou sossegou por um tempo; ela olhava para tudo, como doente, com os olhos embotados.

– Semión... Sabe de uma coisa? Melhor me esquecer... Afinal já amei muito e você me ama como a primeira! Você é uma moça e eu uma mulher!

колхоза-миллионера разъезжали между полевыми станами и элеватором, перевозя золотую пшеницу.

ЭТО ВЕЛИЧАЙШИЙ СОВРЕМЕННЫЙ
ИРА ПО ЭКСПОРТУ ЛЕСА

Sartorious calou-se. Moscou o abraçou com um só braço.

— Isso mesmo, Semión: esquece! Você sabe o quanto pensei e senti? Foi horrível! E não deu em nada.

— O que não deu? — Sartorius perguntou.

— A vida não deu. Tenho medo de que nunca dê e agora tenho pressa... Uma vez vi uma mulher, ela encostou o rosto na parede e começou a chorar. Ela chorava de desgosto — tinha trinta e quatro anos e sofria tanto por seu tempo passado que eu pensei que havia perdido cem rublos ou mais.

— Não, eu te amo, Moscou — Sartorius disse, sombrio. — Vou viver bem com você!

— Mas eu não vou viver bem com você! — Moscou respondeu. — E será ruim para você: então por que mente que vai ser bom? Quantas vezes quis dividir minha vida com alguém, e também quero agora — nunca lamentei nem um pouco a minha vida e não vou lamentar jamais! Para que preciso dela sem as pessoas, sem toda a URSS? Sou uma *komsomol* não porque era uma menina pobre...

Tchestnova falava com tristeza, com seriedade, como uma velha experiente que já viveu tudo, e sua beleza parecia ter-se apagado pela fraqueza de seu coração, que agora se encolhia no peito, como se estivesse perdido na escuridão e no desconhecido.

— Para que você acredite em mim, vou te beijar! — E beijou Sartorius, atordoado de tristeza; ele apenas observava com medo como a beleza evidente dela envelhecia rapidamente diante de seus olhos, mas isso tornava seu amor ainda mais forte.

— Agora entendi por que a vida entre as pessoas é ruim. É porque não dá para se unir por amor; eu me uni tantas vezes, e foi sempre igual — nada, só algum prazer... Você agora esteve comigo, e o que foi pra você? Ficou surpreso, achou maravilhoso? Nada de mais...

ПОДАЧА БАЛАНСОВ К ЛЕСОВОЗУ АВТОТЯГАЧАМИ (ЛЕСОБИРЖА «УДЕЛ»).

АВТОЛЕСОВОЗ ПОДАЕТ ПИЛОМАТЕРИАЛЫ К ЛЕСОВОЗУ.

— Nada de mais — concordou Semión Sartorius.

— A minha pele sempre fica fria depois disso — falou Moscou. — O amor não pode ser o comunismo: eu pensei, pensei e vi que não pode... Amar, a gente deve amar, e eu vou amar, é como comer — uma necessidade, mas não o principal da vida.

Sartorius ficou magoado com o fato de que seu amor, acumulado ao longo de toda uma vida, tivesse perecido logo na primeira vez, sem resposta. Porém compreendia o pensamento atormentado de Moscou, de que o melhor sentimento consiste em conquistar o outro, em dividir o peso e a felicidade de uma segunda vida, desconhecida, enquanto o amor nos braços não dava nada além de uma alegria infantil e abençoada, e não resolvia o enigma da atração das pessoas para o mistério da existência em comum.

— O que será de nós agora? — Sartorius perguntou.

— Nós ainda vamos durar muito — Moscou sorriu. — Você me espera, trabalha com Bojkó na fábrica de pesos e medidas, eu vou voltar pra você... Mas agora vou embora.

— Pra onde? Fica mais um pouquinho comigo — Sartorius pediu.

— Não, preciso ir — disse Moscou, levantando-se do chão.

O sol já diminuía no céu e entregava um calor concentrado. Num canteiro de obras próximo zuniam as locomotivas das estradas de ferro; pequeninos aviões voavam pelo céu em voos de treinamento, e caminhões de cinco toneladas transportavam troncos pela terra, triturando a terra em pó — o calorão e o trabalho desde a manhã espalhavam-se pela terra.

Moscou despediu-se de Sartorius, envolvendo-lhe a cabeça com as mãos. Ela estava novamente feliz, queria partir rumo à vida infinita que havia muito atormentava seu coração com o pressentimento de um prazer desconhecido — rumo à escuridão das pessoas constrangidas, para com elas viver o segredo de sua existência.

Ela partiu satisfeita, mas contendo sua satisfação; tinha vontade de tirar o vestido e avançar correndo, como se agora estivesse à beira de um mar do sul.

Sartorius ficou só. Queria que Tchestnova voltasse para ele e que se tornassem marido e mulher de verdade e para sempre. Sentia que em seu corpo penetravam a tristeza e a indiferença pela vida — vagas e dolorosas forças erguiam-se dentro dele e eclipsavam toda a razão, cada movimento sensato em direção a um objetivo futuro. Mas Sartorius queria mesmo era esgotar nos abraços de Moscou inteirinha o que de terno, estranho e humano surgira nele, nem que fosse só para não sentir tanta dificuldade, e de novo entregar-se ao claro movimento do pensamento, ao diário e longo labor nas fileiras de seus pacientes companheiros. Ele queria livrar-se de toda a convulsão presente e futura de sua vida por intermédio de uma esposa simples e amada e decidiu, por isso, esperar a volta de Moscou.

8

O instituto estava às vésperas de ser liquidado. Somente depois de algum tempo Sartorius entendeu que o que estava destinado à liquidação às vezes pode se revelar não apenas o mais duradouro, mas até condenado à existência eterna. Esse instituto ficava no velho Gostiny Dvor,[17] no mezanino onde outrora guardavam as mercadorias sensíveis à umidade. A escada do instituto descia até uma galeria de pedra que cercava todo o antigo pátio comercial. Na porta de entrada pendia uma placa de ferro: "Firma republicana de balanças, pesos e medidas – Régua do Labor".

A diretoria dessa empresa meio esquecida e pobre da indústria pesada consistia numa grande sala sombria com teto baixo, construída em forma de abóbada subterrânea; junto às paredes, o teto descia tão baixo que a cabeça dos funcionários sentados perto delas quase o tocava. Na sala havia algumas mesas, cada uma delas ocupada por uma ou duas pessoas que escreviam ou faziam contas no ábaco. Os funcionários totalizavam umas trinta, não mais que quarenta pessoas, porém com o barulho de seu trabalho, com o movimento, as perguntas e exclamações, eles passavam a impressão de que o instituto era enorme e de suma importância.

17. Nome genérico dos centros comerciais construídos na Rússia nos séculos XVIII e XIX, em estilo neoclássico. [N. T.]

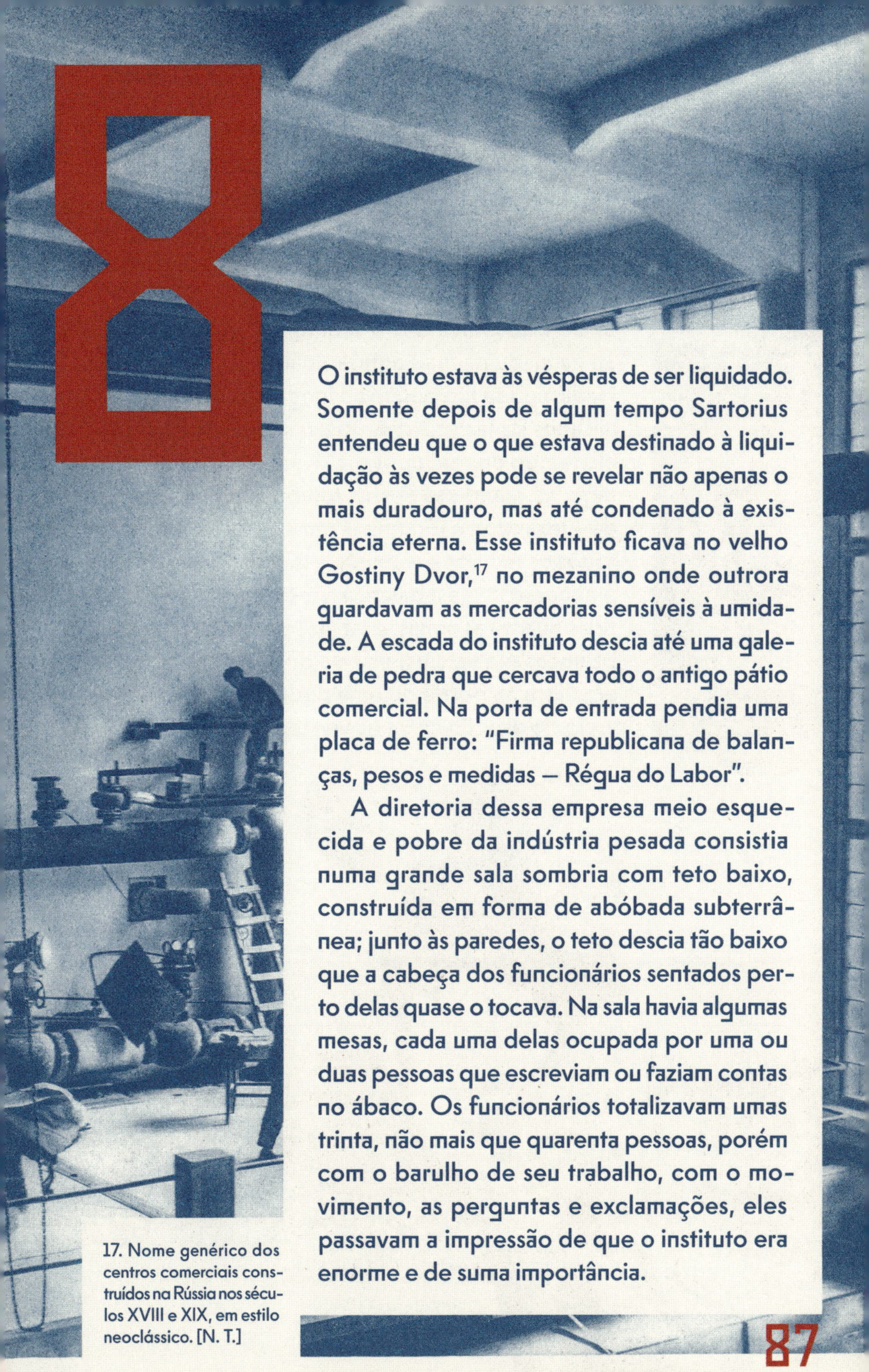

МОНТАЖНЫЕ РАБОТЫ НА СИЛОВОЙ СТАНЦИИ ЧУЛОЧНО-ТРИКОТАЖНОГО КОМБИНАТА «Н

No mesmo dia, Sartorius foi contratado como engenheiro de novas estruturas de peso e se sentou à bancada em frente a Viktor Vassílievitch Bojkó.

Chegaram os dias de sua nova vida. Em algumas noites, Sartorius terminou seu último projeto para o Instituto de Engenharia Mecânica Experimental, onde trabalhava até o momento, e concentrou-se na máquina mais antiga do mundo — a balança. Nada mudou tão pouco ao longo dos últimos cinco mil anos da história quanto a máquina de pesagem. No tempo dos ciclopes, na Grécia antiga e em Cartago, na grandiosa Pérsia, tombada sob os ataques de Alexandre, o Grande — em todos os lugares, em todos os tempos e espaços, a máquina mais comum e necessária era a balança. As balanças são tão antigas quanto as armas, e talvez sejam a mesma coisa: balanças são uma espada de guerra, cuja lâmina se equilibra na borda de uma pedra — para a justa divisão do espólio entre os vencedores.

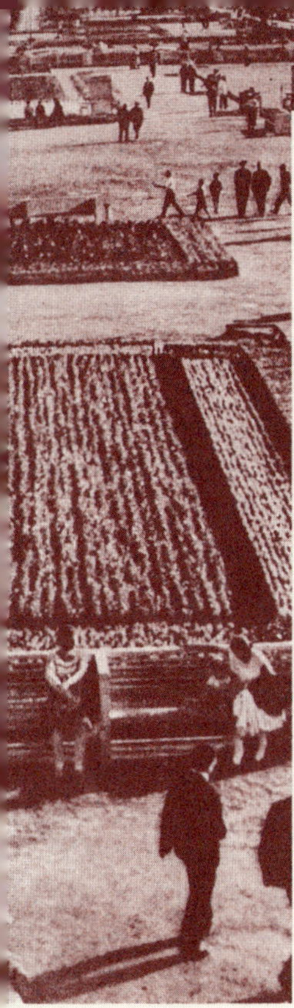

Bojkó, que não sabia trabalhar sem amor intelectual e afetivo pelo objeto a ele confiado, explicou longamente a Sartorius a importância decisiva das balanças na vida da humanidade.

— Até o falecido Dmitri Ivánovitch Mendeléiev — ele disse — amava as balanças acima de tudo! Amava mais até que a tabela periódica dos elementos. Mas também, ora essa! Afinal, lá tudo se baseia na mesma unidade de medida: o peso atômico, nada mais!

Bojkó também sabia por que o instrumento de pesagem é o objeto mais discreto e insignificante: porque as pessoas só examinam agudamente o que está sobre a balança — a salsicha ou o pão —, mas não notam o que está embaixo dele; e embaixo do pão e da salsicha está a balança — um instrumento de honra e justiça, uma máquina simples e pobre, que conta e cuida do bem sagrado do socialismo, mensurando o alimento do trabalhador e do colcoz na medida de seu trabalho criativo e de sua gestão doméstica.

E com afinco, com atenção às migalhas de pão que se perdiam em função da imprecisão das balanças, Sartorius aprofundou-se em suas atividades. Dentro dele, às escondidas de todos, encontravam-se e combinavam-se dois sentimentos — o amor por Moscou Tchestnova e a expectativa do socialismo. Em sua imaginação difusa, ele imaginava o verão, o centeio alto, as vozes de milhões de pessoas pela primeira vez se estabelecendo na terra sem o peso da necessidade e do pesar, e Moscou Tchestnova, vindo de longe até ele para se casar — ela percorreu a vida toda, viveu-a com um número incalculável de pessoas e deixou os anos de paciência e de sentimentos na escuridão da juventude; ela voltou do mesmo jeito, apenas com um vestido pobre, descalça, com as mãos calejadas pelo trabalho, porém mais alegre e clara do que antes; encontrou agora a satisfação para o coração errante...

Coração errante! Ele se contrai por muito tempo no ser humano diante de um pressentimento, comprimido pelos ossos e vicissitudes da vida cotidiana, e por fim se lança adiante, perdendo seu calor nas estradas frias e enregeladas.

Curvado sobre a mesa no instituto, Sartorius trabalhava o mais rápido possível para melhorar o dispositivo de pesagem. O gerente da firma o informou do perigo de haver nos colcozes revoltas relacionadas às balanças, a exemplo da revolta do sal nos velhos tempos, pois a insuficiência de balanças significa que o pão está abaixo do peso em termos de dias trabalhados, ou que o pão é distribuído a mais, o que constitui uma fraude contra o Estado. Além disso, o prato das balanças comerciais, se elas são imprecisas, se torna um campo de batalha para a política kulak e para a luta de classes. O problema dos pesos também é prenhe de acontecimentos ameaçadores — já em muitos pontos, em vez de pesos oficiais, eles colocam coisas insignificantes, como tijolos, cilindros de ferro fundido, e em certos casos até fazem sentar mulheres grávidas, pagando uma jornada de trabalho pelo aluguel de seu corpo. Tudo isso, inevitavelmente, levará à perda de centenas de milhares de quintais de grãos.

Sofrendo por Tchestnova, temendo viver sozinho em seu quarto, Sartorius às vezes passava a noite no instituto. Às dez, o vigia pegava no sono antes da hora numa cadeira junto à entrada, depois ia ao gabinete de compensado do diretor e se acomodava numa poltrona macia. O tempo passava no grande relógio oficial; as mesas vazias sentiam saudade dos funcionários, às vezes apareciam ratos que com olhos dóceis miravam Sartorius.

Ele permanecia solitário na mesma tarefa, na qual outrora pensaram Arquimedes e, mais tarde, Mendeléiev. Ele não a conseguia realizar: a balança já era boa, mas carecia de outra e melhor, cuja fabricação não gastasse tanto metal. Sartorius preenchia folhas inteiras de papel com cálculos de prismas, alavancas, tensão-deformação, custo do material e outros dados. De repente, lágrimas saíam por si sós de seus olhos e fluíam pelo rosto, e então Sartorius se surpreendia com tal fenômeno; nas profundezas de seu corpo vivia algo, como um animal separado, que chorava em silêncio e não se interessava pela indústria de balanças. Depois da meia-noite, quando pelo postigo aberto da janela — sobre toda a cidade — chegava uma onda da fragrância de plantas distantes e de espaços frescos, Sartorius deitava a cabeça na mesa, perdendo a precisão do raciocínio. Tchestnova também cheirava assim, certa vez, perto dele, a natureza e bondade. Não sentia ciúme dela agora: que coma bem e bastante, que não adoeça, que seja feliz, ame quem cruzar seu caminho, e depois durma em algum lugar ao abrigo do frio, sem se lembrar de nenhuma desgraça.

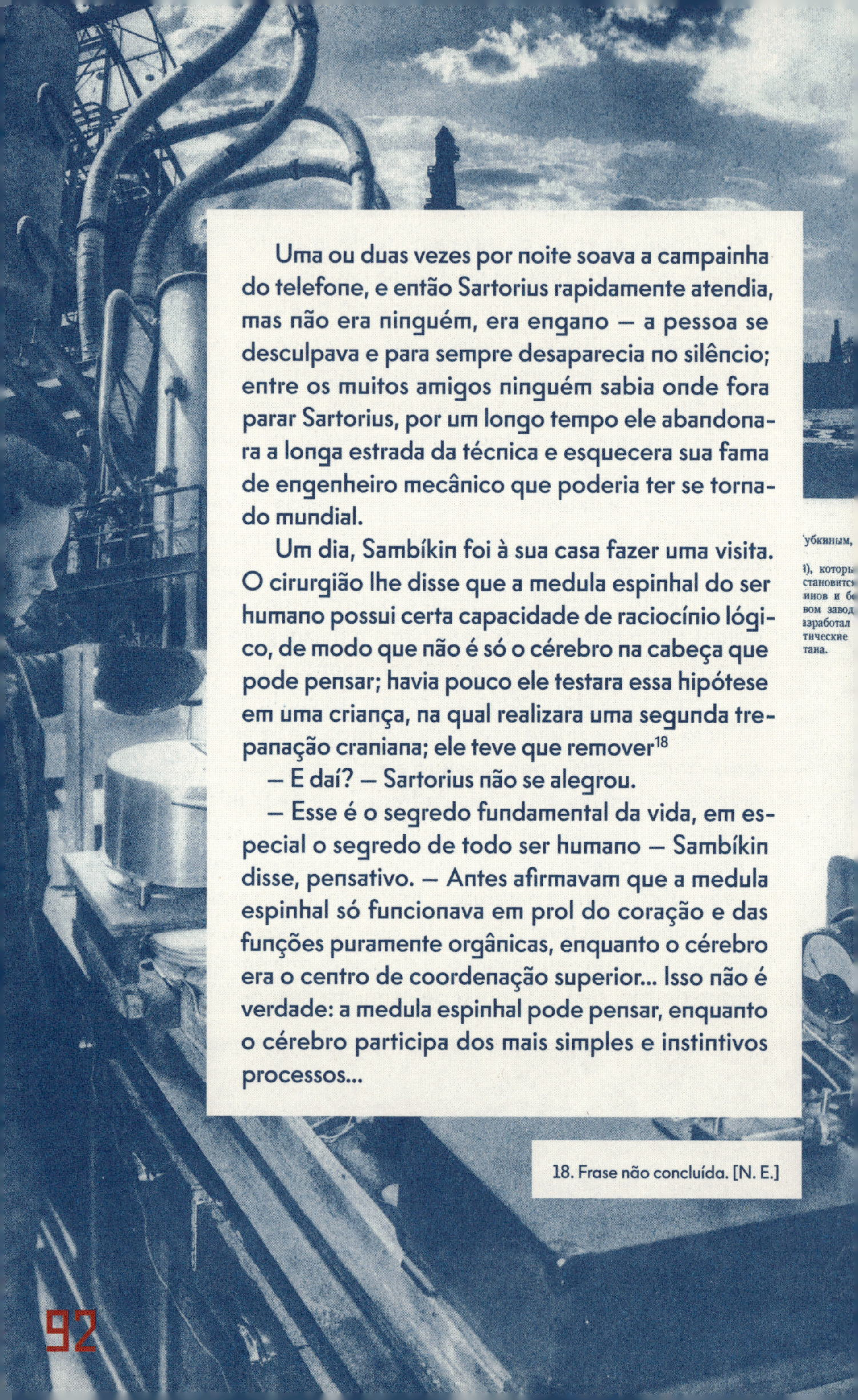

Uma ou duas vezes por noite soava a campainha do telefone, e então Sartorius rapidamente atendia, mas não era ninguém, era engano — a pessoa se desculpava e para sempre desaparecia no silêncio; entre os muitos amigos ninguém sabia onde fora parar Sartorius, por um longo tempo ele abandonara a longa estrada da técnica e esquecera sua fama de engenheiro mecânico que poderia ter se tornado mundial.

Um dia, Sambíkin foi à sua casa fazer uma visita. O cirurgião lhe disse que a medula espinhal do ser humano possui certa capacidade de raciocínio lógico, de modo que não é só o cérebro na cabeça que pode pensar; havia pouco ele testara essa hipótese em uma criança, na qual realizara uma segunda trepanação craniana; ele teve que remover[18]

— E daí? — Sartorius não se alegrou.

— Esse é o segredo fundamental da vida, em especial o segredo de todo ser humano — Sambíkin disse, pensativo. — Antes afirmavam que a medula espinhal só funcionava em prol do coração e das funções puramente orgânicas, enquanto o cérebro era o centro de coordenação superior... Isso não é verdade: a medula espinhal pode pensar, enquanto o cérebro participa dos mais simples e instintivos processos...

18. Frase não concluída. [N. E.]

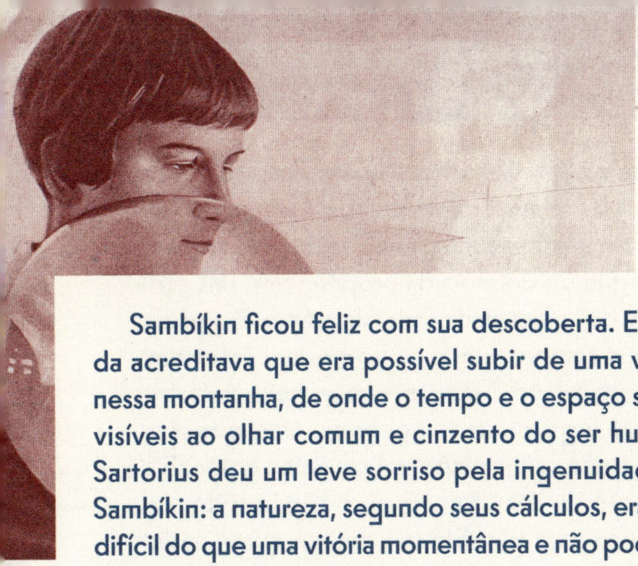

РАБОТНИЦА ЭЛЕКТР
С ЛАМПОЙ В 2 ТЫСЯЧ

Sambíkin ficou feliz com sua descoberta. Ele ainda acreditava que era possível subir de uma vez só nessa montanha, de onde o tempo e o espaço seriam visíveis ao olhar comum e cinzento do ser humano. Sartorius deu um leve sorriso pela ingenuidade de Sambíkin: a natureza, segundo seus cálculos, era mais difícil do que uma vitória momentânea e não podia ser resumida em uma lei.

— E depois? — Sartorius perguntou.

As entranhas de Sambíkin borbulharam com o ruído de suas grandes emoções.

— Depois é o seguinte... É preciso verificar mais mil vezes em experimentos. Mas pode muito bem ser que o segredo da vida esteja na dualidade da consciência humana. Nós sempre pensamos dois pensamentos ao mesmo tempo, não conseguimos apenas um! Temos, afinal, dois órgãos para um mesmo objeto! O pensamento de um vai ao encontro do outro, ainda que seja sobre um único tema... Você entende que isso pode ser a base de uma psicologia verdadeiramente científica e dialética que não existe no mundo? O fato de o ser humano ser capaz de pensar duas vezes sobre cada questão fez dele o melhor animal da Terra...

— E os outros animais? — Sartorius perguntou. — Eles também têm cabeça e coluna.

ОНТ
РОИ

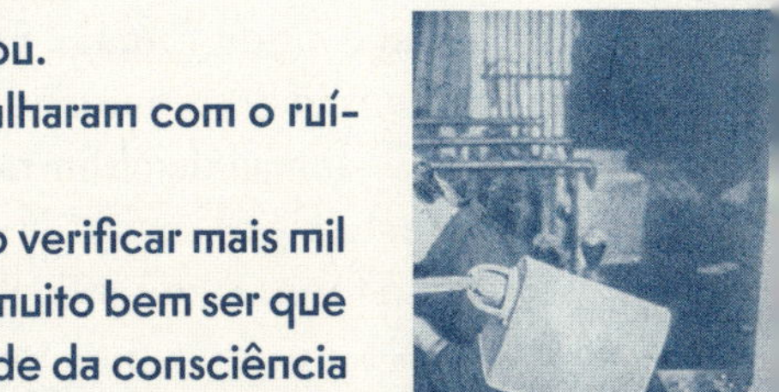

ЛАМПОВЫЙ ОТДЕЛ ЭЛЕКТР

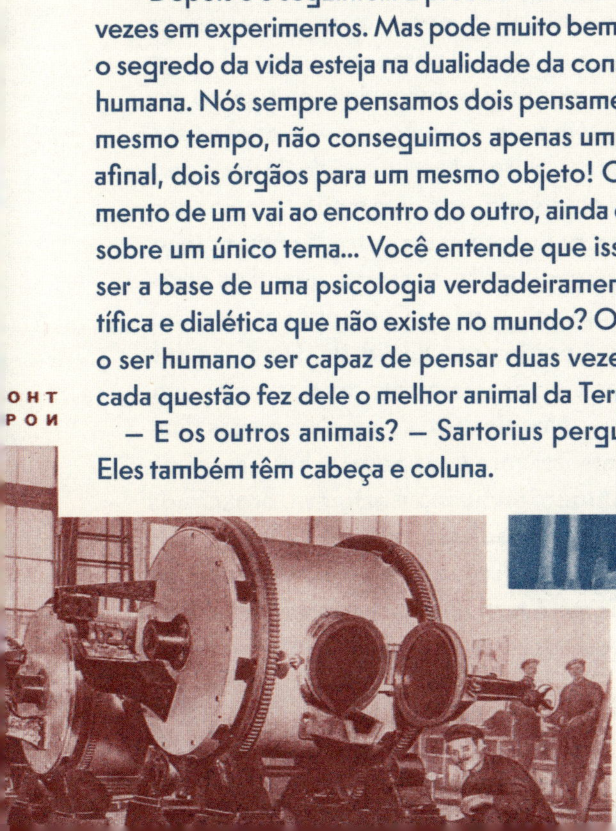

— É verdade. Mas aqui a diferença é quase nada, embora esse nada tenha decidido a história do mundo. Foi preciso se acostumar a coordenar, unir num único impulso dois pensamentos — um deles se ergue de debaixo da própria terra, das profundezas dos ossos, o outro desce da altura do crânio. É preciso que eles se encontrem sempre num instante e caiam em ondas, em ressonância um com o outro... Já nos animais, neles também contra cada impressão erguem-se dois pensamentos, mas eles caminham dispersos e não se encaixam em um único golpe. Eis o segredo da evolução do ser humano, eis por que todos os animais foram deixados para trás! Ele se valeu de quase nada: conseguiu ensinar dois sentimentos, duas correntes obscuras, a se encontrar e medir forças... Encontrando-se, eles se transformam em pensamento humano. É claro que nada disso é perceptível... Os animais também podem experimentar tais estados, mas raramente e por acaso. Já o ser humano foi educado pelo acaso, ele se tornou um ser dual... E, então, às vezes, na doença, no infortúnio, no amor, num terrível pesadelo, em geral longe da norma, sentimos claramente que somos dois: ou seja, eu sou um, mas em mim há alguém mais. Esse alguém, misterioso "ele", com frequência murmura, às vezes chora, quer sair de você para algum lugar longe, está entediado, está com medo... Vemos que somos dois e que estamos fartos um do outro. Sentimos leveza, liberdade, o paraíso sem sentido do animal, quando a nossa consciência não era dupla, mas única. O que nos separa dos animais é o átimo em que perdemos a dualidade de nossa consciência, e muitas vezes vivemos numa era arcaica, sem compreender tal significado... Mas de novo se acoplam nossas duas consciências, novamente nos tornamos pessoas nos braços de nosso pensamento ambíguo, enquanto a natureza, organizada segundo o princípio da pobre solidão, range e se enrola pela ação de terríveis dispositivos duplos, que ela não gerou, que surgiram por si sós... Como é terrível estar sozinho agora! Essa eterna cópula de duas paixões que aquecem a minha cabeça...

Sambíkin, evidentemente havia muito sem dormir, sem comer, exauriu-se e sentou-se em desespero.

Sartorius ofereceu-lhe conservas e vodca. Aos poucos, ambos cederam ao cansaço e foram dormir sem se despir, com a luz acesa, e o coração e a mente continuaram, abafados, a revirar-se dentro deles, apressando-se para cumprir o prazo dos sentimentos comuns e das tarefas universais.

Na torre Spasskaia, havia muito soara a meia-noite e calara-se a Internacional; logo viria a aurora e, antecipando-a, os mais ternos e raros visitantes pássaros começaram a se agitar nos arbustos e jardins, depois levantaram voo e partiram para longe, deixando para trás o país onde o verão já começava a esfriar.

Quando amanheceu e as lâmpadas se amarelaram, o comprido Sambíkin e o pequeno Sartorius como antes dormiam no mesmo sofá e respiravam ruidosamente como se fossem ocos. Oprimida pelo sono, uma preocupação com a organização mundial definitiva ainda corroía a consciência, e de tempos em tempos eles murmuravam palavras para afugentar a inquietação. Onde estava, onde dormia agora Moscou Tchestnova, que verão de vida ela procurava para si no início do outono, deixando os amigos à espera?

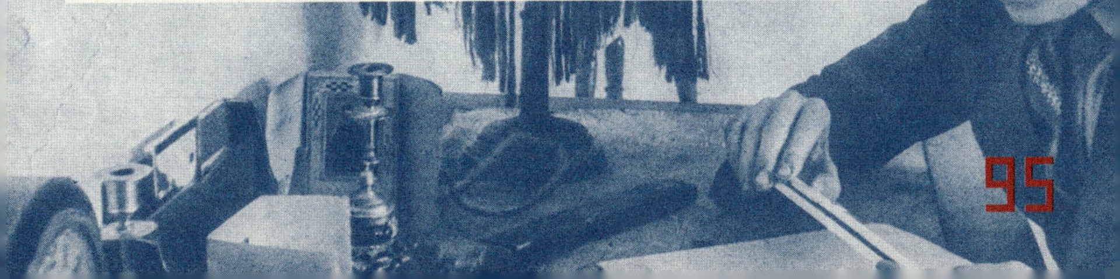

…ТОРИИ ВЫСОКИХ УРОЖАЕВ И НОВЫХ КУЛЬТУР

СЕЛЕКЦИОННЫЕ

…КАЗЬЯ

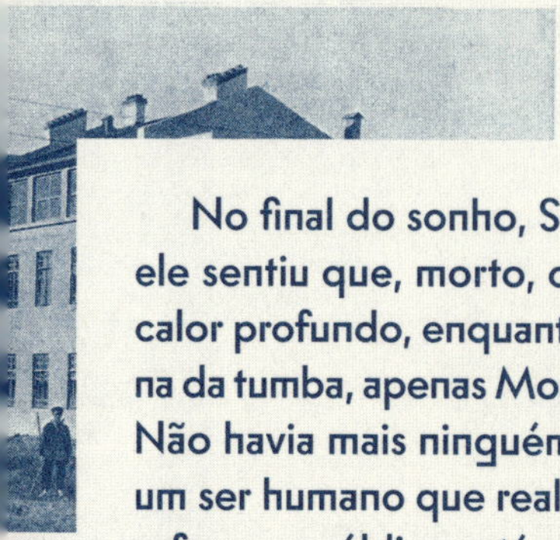

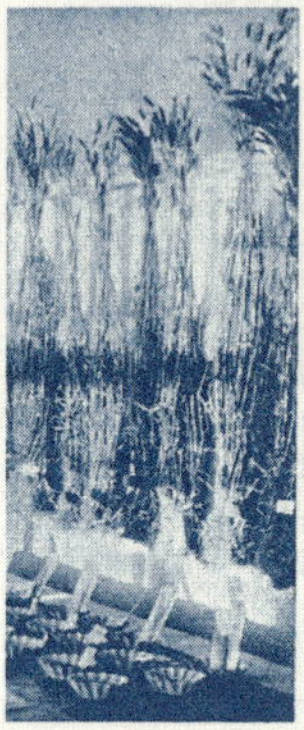

…НОЙ СТАНЦИИ

No final do sonho, Sartorius sorriu; de caráter dócil, ele sentiu que, morto, o haviam enterrado na terra, no calor profundo, enquanto lá em cima, na superfície diurna da tumba, apenas Moscou Tchestnova chorara por ele. Não havia mais ninguém — ele morreu anônimo, como um ser humano que realmente cumpriu todas as suas tarefas: a república está saturada de pesos até o excesso de estoque e todo o balanço aritmético do tempo histórico futuro já foi calculado, para que o destino se tornasse seguro e nunca chegasse ao ponto do desespero.

Ele despertou satisfeito, determinado a criar e levar à perfeição todo o equipamento técnico que bombeava automaticamente da natureza para o corpo humano a força vital fundamental da alimentação. Mas já de manhã seus olhos se apagaram pela lembrança de Moscou, e com medo do sofrimento ele acordou Sambíkin.

— Sambíkin! — Sartorius disse. — Você que é médico, que sabe toda a razão da vida... Por que ela dura tanto e como consolá-la ou alegrá-la para sempre?

— Sartorius! — Sambíkin respondeu gracejando. — Você que é engenheiro mecânico, você sabe o que é o vácuo...

— Bem, sei: é o vazio pra onde algo é sugado...

— O vazio — Sambíkin repetiu. — Venha comigo, vou lhe mostrar a razão de toda a vida.

Eles saíram e foram pegar o bonde. Sartorius olhou pela janela e encontrou cerca de cem mil pessoas, mas em nenhum lugar discerniu o rosto de Moscou Tchestnova. Ela podia até ter morrido, afinal o tempo passa e acidentes acontecem.

Eles chegaram à clínica cirúrgica do Instituto de Medicina Experimental.

— Hoje vou abrir quatro cadáveres — Sambíkin informou. — Aqui somos três trabalhando num único tema: obter uma substância misteriosa, cujos vestígios estão em cada cadáver fresco. Essa substância possui a força revigorante mais intensa para organismos vivos cansados. O que é isso, não se sabe! Mas vamos tentar desvendar...

Sambíkin preparou-se como de costume e levou Sartorius ao necrotério. Era uma sala fria, onde quatro mortos jaziam em caixões com gelo entre paredes duplas.

Dois assistentes de Sambíkin retiraram de um dos caixões o corpo de uma jovem mulher e o depuseram diante do cirurgião, sobre uma mesa inclinada, semelhante a um atril ampliado. A mulher jazia com os claros olhos abertos: a substância de seus olhos era tão indiferente que poderia brilhar mesmo após a morte, desde que não se decompusesse. Sartorius sentiu-se mal; decidiu fugir logo para a firma, apresentar-se no local e pedir ajuda a algum camarada para o horror de seu coração angustiado.

— Tudo bem — disse Sambíkin, pronto para o trabalho, e começou a explicar a Sartorius. — Na hora da morte, no corpo do ser humano abre-se uma última comporta não esclarecida para nós. Atrás dessa comporta, em algum desfiladeiro obscuro do organismo, preserva-se, fiel e parcimoniosamente, a última reserva de vida. Nada, exceto a morte, abre essa fonte, esse reservatório — ele fica firmemente selado até o próprio túmulo... Mas eu encontrarei essa cisterna da imortalidade...

— Procure — falou Sartorius.

Sambíkin cortou o seio esquerdo da mulher, em seguida removeu toda a treliça da caixa torácica e com extremo cuidado alcançou o coração. Ao lado de seus assistentes, ele o retirou e, munido de instrumentos, o inseriu cuidadosamente num cilindro de vidro para futura pesquisa; o cilindro foi levado para o laboratório.

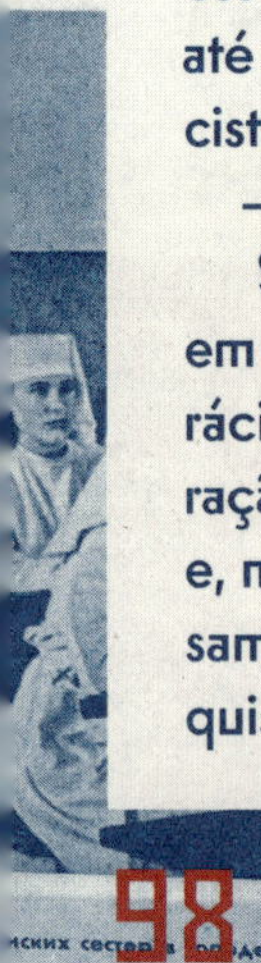

— Neste coração também há vestígios daquela secreção desconhecida sobre a qual lhe falei — Sambíkin disse ao amigo. — A morte, quando se precipita para o corpo, rompe o selo da vida sobressalente e comprimida, e espalha-se dentro do ser humano pela última vez como um tiro fracassado, e deixa vestígios indefinidos no coração morto... Mas essa substância é da maior preciosidade por sua energia. Curioso que o mais vivo surja no momento do último suspiro... A natureza protege bem seus empreendimentos!

Em seguida, Sambíkin começou a virar a moça morta mostrando claramente a Sartorius sua robustez e castidade.

— Ela é bonita — o cirurgião disse, indeciso; passou-lhe pela cabeça a possibilidade de casar com essa morta — mais bonita, fiel e solitária que muitos vivos, e com cuidado enfaixou o seio destruído. — Agora veremos a razão geral da vida...

Sambíkin abriu a membrana adiposa do abdômen e em seguida conduziu a lâmina ao longo do intestino, mostrando o que havia nele: ali jazia uma coluna contínua de alimentos ainda não digeridos, mas logo os alimentos acabaram e o intestino ficou vazio. Sambíkin lentamente passou pela parte vazia e chegou às fezes, onde se deteve de todo.

— Está vendo? — ele perguntou, abrindo bem a parte vazia entre a comida e as fezes. — Esse vazio nos intestinos suga para si toda a humanidade e move a história universal. É a alma — cheire!

Sartorius cheirou.

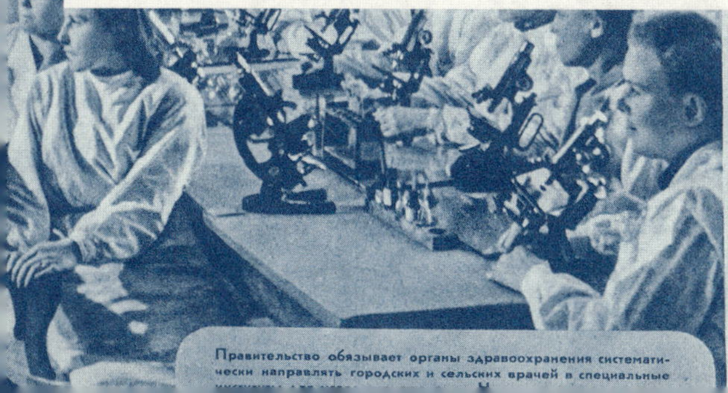

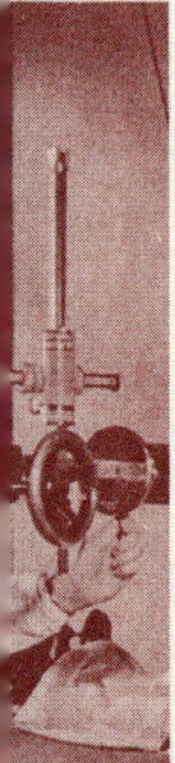

— Não faz mal — ele disse. — Vamos preencher este vazio, então outra coisa vai se tornar alma.

— Mas o quê? — Sambíkin sorriu.

— Eu não sei o quê — Sartorius respondeu, sentindo uma humilhação lamentável. — Primeiro é preciso alimentar as pessoas para que não sejam sugadas para o vazio dos intestinos...

— Sem possuir alma, não é possível alimentar ninguém, nem se saciar — Sambíkin retrucou entediado — Não é possível nada.

Sartorius se curvou para o cadáver, em cujos intestinos se encontrava a alma vazia do ser humano. Tocou com os dedos os resíduos de fezes e de comida, examinou meticulosamente a estrutura estreita e pobre de todo o corpo, e então disse:

— Esta é a melhor, a mais comum das almas. Outra assim não existe em lugar nenhum.

O engenheiro se virou para a saída do necrotério. Curvou-se e saiu, sentindo atrás de si o sorriso de Sambíkin. Estava entristecido pela tristeza e pobreza da vida, tão impotente que quase precisava se distrair o tempo todo com ilusões para se afastar da consciência de sua verdadeira situação. Até Sambíkin procura ilusões em seus pensamentos e descobertas — em sua imaginação ele também está seduzido pela complexidade e grande essência do mundo. Mas Sartorius viu que o mundo se constitui, acima de tudo, de matéria desprovida, que amá-la é quase impossível, porém entendê-la é preciso.

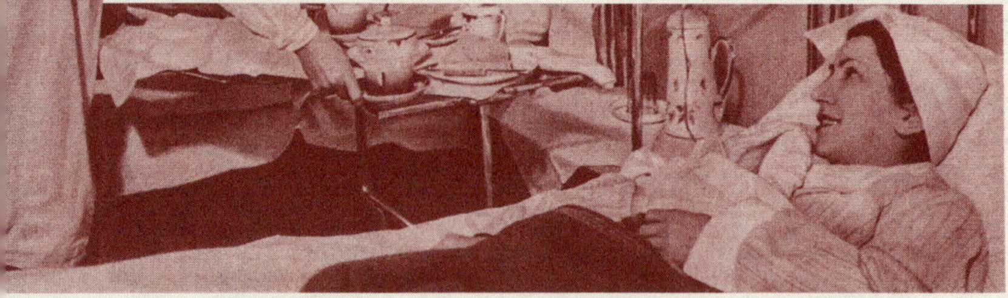

о воздуха и света в больнице Тбилисского лечебного комбината. В ее заботливо обставленных палатах по-
шнему уютно. На снимке — уголок двухкоечной палаты гинекологического отделения; больным принесли завтрак.

100

9

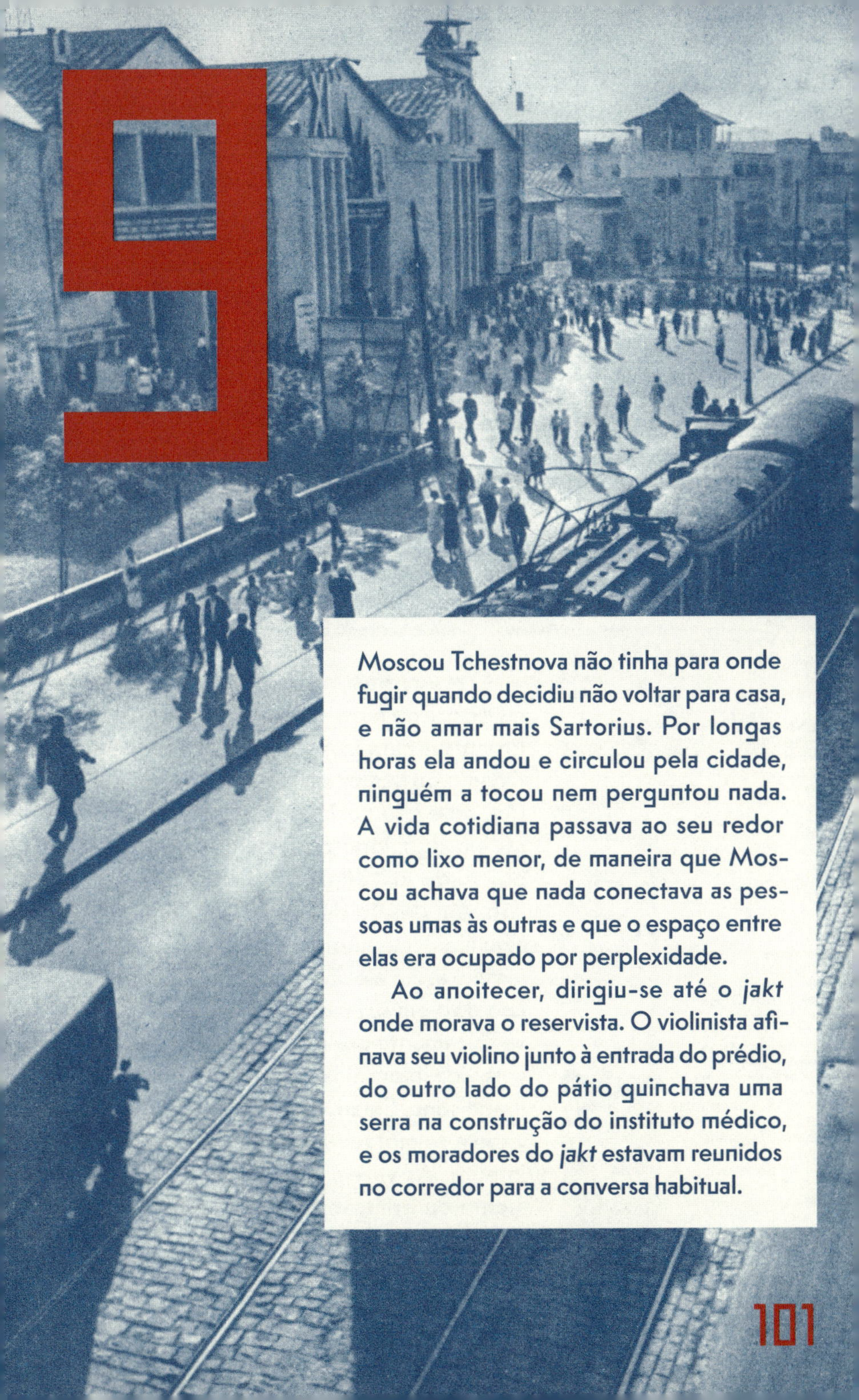

Moscou Tchestnova não tinha para onde fugir quando decidiu não voltar para casa, e não amar mais Sartorius. Por longas horas ela andou e circulou pela cidade, ninguém a tocou nem perguntou nada. A vida cotidiana passava ao seu redor como lixo menor, de maneira que Moscou achava que nada conectava as pessoas umas às outras e que o espaço entre elas era ocupado por perplexidade.

Ao anoitecer, dirigiu-se até o *jakt* onde morava o reservista. O violinista afinava seu violino junto à entrada do prédio, do outro lado do pátio guinchava uma serra na construção do instituto médico, e os moradores do *jakt* estavam reunidos no corredor para a conversa habitual.

O reservista Komiáguin estava deitado num catre de ferro em seu pequeno quarto. Procurava em vão algum pensamento, sentimento ou humor em si mesmo e percebia que nele não havia nada. Tentando pensar em algo, logo perdia o interesse pelo objeto de sua reflexão e abandonava, por isso, seu desejo de pensar. Se por acaso algum enigma surgisse em sua consciência, mesmo assim ele não conseguia resolver, e isso doía em sua mente até que o destruísse fisicamente por meio, por exemplo, de uma vida intensificada com mulheres e um longo sono. Então, despertava novamente vazio e calmo, sem se lembrar do desastre interior. Às vezes, nele brotava um sofrimento ou irritação, como ervas daninhas em local abandonado, porém com seus meios Komiáguin rapidamente os transformava em vã indiferença.

ОЛЮЦИЯ ПОКАЗАЛА ИМ, КАКОЙ
САМЫМ ОТСТАЛЫМ НАРОДАМ.
ЕУЧИВАТЬСЯ, ИСКАТЬ ВЫХОДА
ЗАТЬСЯ В ХВОСТЕ У НАРОДОВ,
СТАЛЫХ В ПЕРЕДОВЫЕ.
ОТСЯ ЯБЛОКИ ЖЕМТАЛЫ, С ЕГО
СИПЕДАМИ — ВЕЛОСИПЕДЫ ПСЫ-
ВАЛ-КАБАРДИНОК И БАЛКАРОК

СОТНИ ГЕКТАРОВ КОЛХОЗНЫХ
ДИНО-БАЛКАРИЯ ХОЧЕТ СТАТЬ
Г МИНСКА ДО ВЛАДИВОСТОКА
ВОВ И ВАРЕНИЙ.

Mas nos últimos anos ele já estava cansado de lutar consigo mesmo como pessoa e vez por outra chorava no escuro, cobrindo o rosto com um cobertor que não era lavado desde o dia de sua fabricação. No entanto, houve um tempo distante em que Komiáguin levava uma vida extraordinária. Até hoje, nas paredes de seu quarto pendem quadros a óleo inacabados, retratando Roma, paisagens, diversas isbás e uma plantação de centeio nas ravinas. Um dia Komiáguin começou a pintar, mas não conseguiu terminar quadro nenhum, embora tivesse passado um tempo desde que os iniciara, uns dez anos ou mais; por isso as isbás permaneciam em ruínas — sem telhados, o centeio sem crescer até a espiga, Roma parecendo uma província. Em algum lugar debaixo da cama, entre objetos bem vividos, repousava um caderno com poemas iniciados na juventude e um diário inteiro, também em nada concluído, interrompido no meio das palavras, exatamente como se alguém tivesse golpeado Komiáguin e ele tivesse deixado cair a caneta para sempre. Uns três anos antes, quis fazer uma lista de seus pertences e objetos, mas tampouco a terminou, conseguiu introduzir nela apenas quatro itens: a si mesmo, a cama, um cobertor e uma cadeira, enquanto o resto aguardava ser computado em algum tempo futuro melhor.

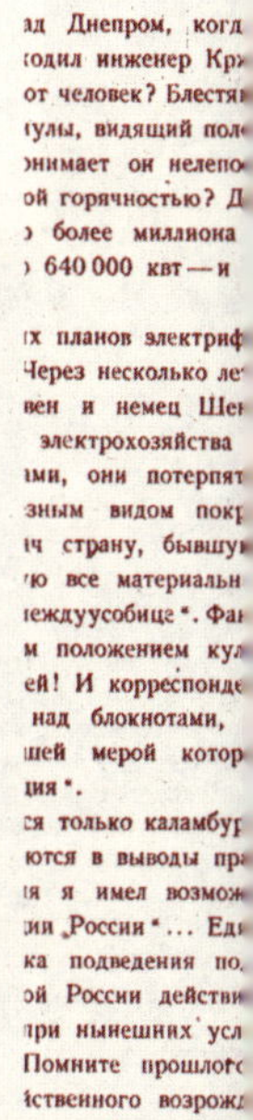

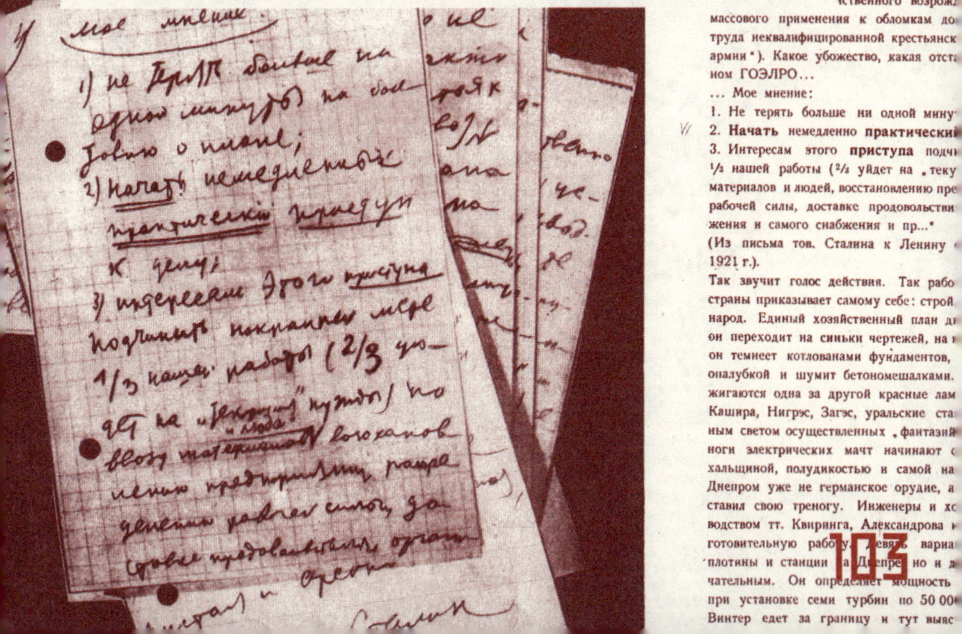

Recentemente, Komiáguin procurou por toda parte um botão e encontrou um caderno com seus poemas começados. Ele escrevera sobre a vida rural e leu o início de um poema:

Naquela noite, oh, naquela noite,
Dormiam leve campos e aldeias.
Em silêncio as estradas chamavam
Partindo rumo às estrelas.
E respirava a estepe lânguida,
De coração tranquilo, corpo nu,
Como espantada em ponte ondulante e trêmula.

Fim o poema não tinha; a única cadeira não ficava de pé e precisava de conserto urgente. Komiáguin um dia até trouxera dois pregos para isso, mas ainda não se pusera a trabalhar.

Às vezes, Komiáguin pensava consigo: daqui a um ou dois meses começarei uma nova vida — terminarei de pintar meus quadros, concluirei meus poemas, refletirei cabalmente sobre minha visão de mundo, validarei meus documentos, conseguirei um trabalho duro, vou me tornar um *udárnik*, vou me apaixonar por uma mulher amiga e me casar... Ele tinha a esperança de que em um ou dois meses algo de especial aconteceria no próprio tempo e que este, detendo-se por um instante, o levasse em seu movimento, mas os anos passavam incessantes por sua janela e sem acaso feliz. Então levantava da cama e saía, para, como membro da Osodmil, multar o público nos locais de aglomeração.

E eis que chegou o mês de agosto de um desses anos. Caía a noite, espalhando pelo céu um som longo e triste que se afastava rápido, de tal modo que em cada coração aberto penetrassem a angústia e o arrependimento. Naquela noite, Moscou Tchestnova bateu à porta de Komiáguin. Sem se levantar da cama, ele tirou com a mão esquerda o trinco da fechadura e convidou a visitante a entrar. Ela entrou, estranha e familiar, em seu vestido caro, e olhou o quarto como se fosse sua morada habitual. O reservista decidiu imediatamente se entregar: seus documentos seguiam irregulares, sem nenhuma justificativa. Mas Tchestnova apenas perguntou como ele estava vivendo, se não era entediante ficar sozinho sem que nem por quê.

— Por mim, não faz mal — Komiáguin disse. — Afinal, eu nem vivo, estou apenas envolvido na vida, como se me tivessem enrolado nesse assunto... Mas foi à toa!

— O que foi à toa? — Moscou perguntou.

— Não tenho vontade — Komiáguin disse. — O tempo todo tem que ficar a postos: ora pensar, ora falar, ir a algum lugar, fazer alguma coisa... Mas não tenho vontade de nada, esqueço que estou vivo, quando lembro, fico assustado...

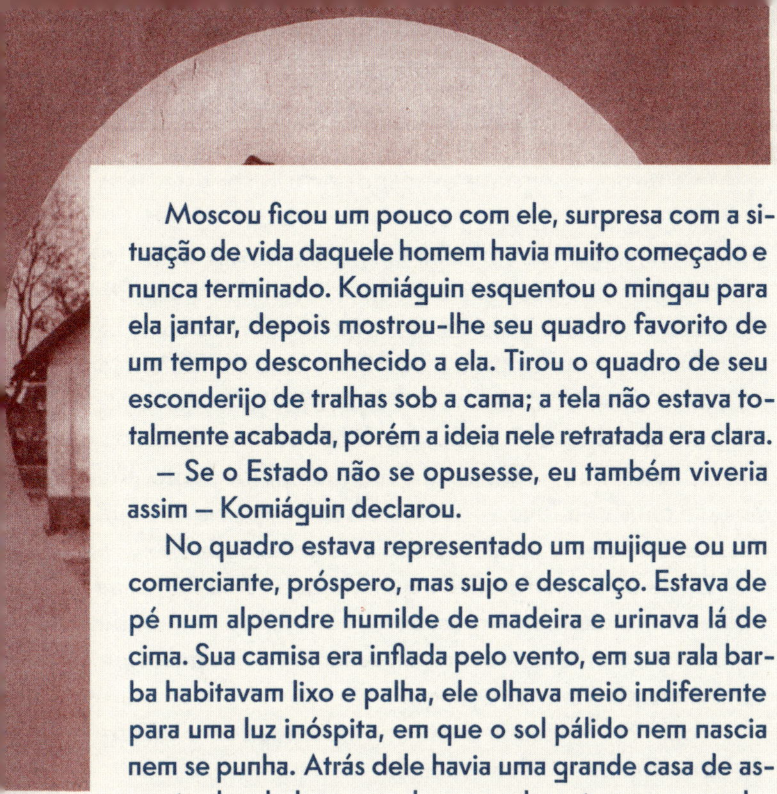

· В панской
мещались в
обучали тольк
Теперь дети
языке.

выглядела се.

Moscou ficou um pouco com ele, surpresa com a situação de vida daquele homem havia muito começado e nunca terminado. Komiáguin esquentou o mingau para ela jantar, depois mostrou-lhe seu quadro favorito de um tempo desconhecido a ela. Tirou o quadro de seu esconderijo de tralhas sob a cama; a tela não estava totalmente acabada, porém a ideia nele retratada era clara.

— Se o Estado não se opusesse, eu também viveria assim — Komiáguin declarou.

No quadro estava representado um mujique ou um comerciante, próspero, mas sujo e descalço. Estava de pé num alpendre humilde de madeira e urinava lá de cima. Sua camisa era inflada pelo vento, em sua rala barba habitavam lixo e palha, ele olhava meio indiferente para uma luz inóspita, em que o sol pálido nem nascia nem se punha. Atrás dele havia uma grande casa de aspecto desolado, na qual provavelmente eram guardados potes de geleia, tortas e havia uma cama de madeira, quase que adaptada para o sono eterno. Uma idosa estava sentada no anexo envidraçado do pátio — só dava para ver a cabeça dela — e com uma expressão de boba olhava para um lugar vazio no pátio. O mujique acabara de acordar e agora saía para se desculpar e verificar se não acontecera nada de especial, mas tudo permanecera igual, soprava o vento dos campos feios e esfolados, e o homem agora voltaria ao repouso — dormir e não sonhar para viver rapidamente uma vida sem memórias.

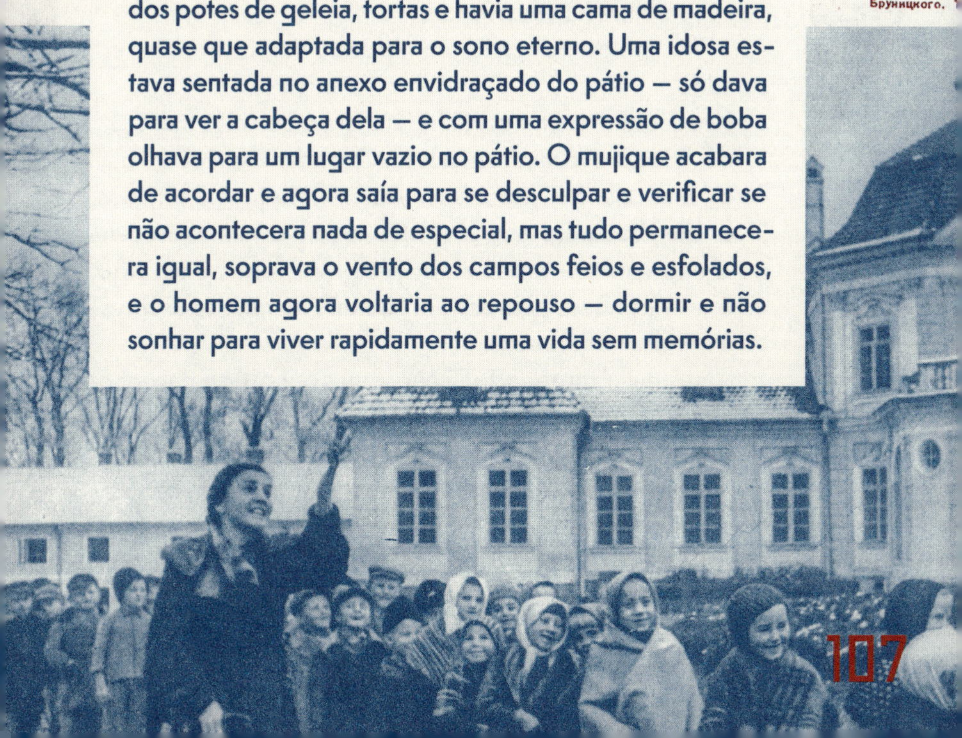

Так выгляд
Брунницкого.

Mais tarde, chegou a ex-esposa do reservista, uma mulher desgastada e atormentada havia muito tempo. Ela visitava Komiáguin muito raramente e, pelo visto, ainda tocava seus sentimentos com lembranças do antigo afeto. Ele ofereceu um lanche às visitas, mas a ex-esposa bebeu o chá em silêncio e logo se preparou para ir embora, para não atrapalhar o marido com a nova moça corpulenta, como ela avaliava Tchestnova. Para essa mulher, todos eram corpulentos, só ela não interessava a ninguém. Entretanto, Komiáguin conduziu Tchestnova ao corredor e pediu-lhe que desse um passeio e voltasse depois, se precisasse.

— É que eu fico angustiado quando não estou com uma mulher — Komiáguin confessou. — Não tenho para onde ir, interesse também não tenho... A senhora, me desculpe, não vai criar intimidade comigo.

— Vou, sim — Moscou disse, constrangida com a tristeza de Komiáguin. — Vá ficar com ela.

Mas Komiáguin ainda ficou com Moscou no corredor.

— A senhora não se ofenda...

— Não me ofendo, gosto um pouco de você — ela respondeu.

Komiáguin mesmo assim ficou triste e baixou a cabeça.

— É que ela era minha esposa... Cheirava mal, teve meus filhos, e as crianças morreram... Dormíamos juntos sem nos lavar. Ela virou para mim um irmão, agora está emagrecendo e enfeiando — nosso amor já se transformou em algo melhor — na nossa pobreza em comum, no nosso parentesco e tristeza nos abraços...

— Isso eu compreendo — Moscou concordou baixinho. — Você é como um pequeno réptil que vive em sua toca na terra. Quando moça, deitada de bruços no campo, eu os via.

— Isso é totalmente compreensível — Komiáguin concordou de bom grado. — Eu não sou ninguém.

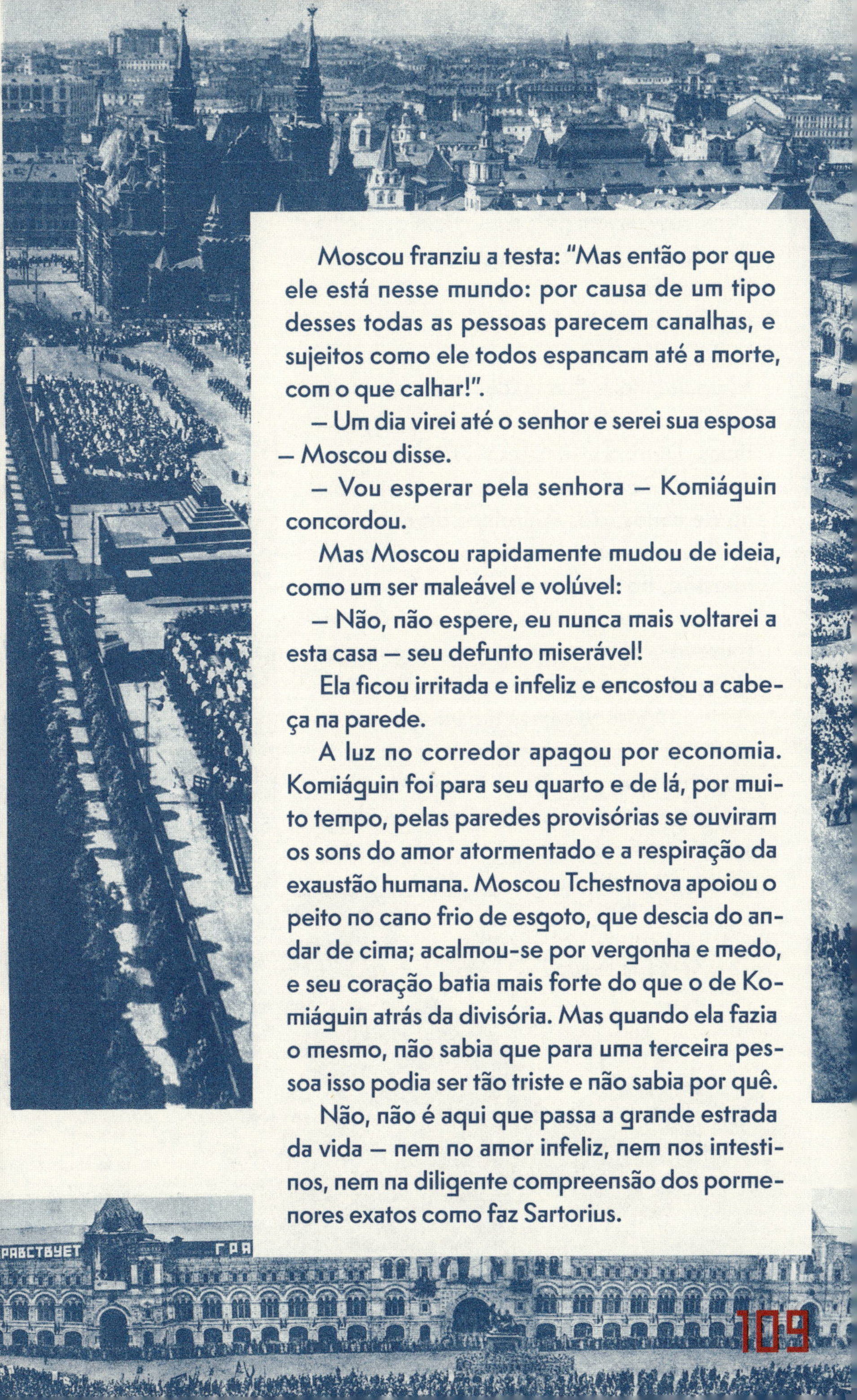

Moscou franziu a testa: "Mas então por que ele está nesse mundo: por causa de um tipo desses todas as pessoas parecem canalhas, e sujeitos como ele todos espancam até a morte, com o que calhar!".

— Um dia virei até o senhor e serei sua esposa — Moscou disse.

— Vou esperar pela senhora — Komiáguin concordou.

Mas Moscou rapidamente mudou de ideia, como um ser maleável e volúvel:

— Não, não espere, eu nunca mais voltarei a esta casa — seu defunto miserável!

Ela ficou irritada e infeliz e encostou a cabeça na parede.

A luz no corredor apagou por economia. Komiáguin foi para seu quarto e de lá, por muito tempo, pelas paredes provisórias se ouviram os sons do amor atormentado e a respiração da exaustão humana. Moscou Tchestnova apoiou o peito no cano frio de esgoto, que descia do andar de cima; acalmou-se por vergonha e medo, e seu coração batia mais forte do que o de Komiáguin atrás da divisória. Mas quando ela fazia o mesmo, não sabia que para uma terceira pessoa isso podia ser tão triste e não sabia por quê.

Não, não é aqui que passa a grande estrada da vida — nem no amor infeliz, nem nos intestinos, nem na diligente compreensão dos pormenores exatos como faz Sartorius.

Ela saiu para a rua, já era noite. Nuvens imensas, iluminadas apenas pela própria luz fraca, resvalavam pela superfície dos telhados da cidade e dissipavam-se na escuridão dos campos, nos espaços ceifados de terra vazia e desenfreada.

Tchestnova foi até o centro, olhando todas as janelas iluminadas das casas pelas quais passava e parando junto a algumas delas. Dentro visitas tomavam chá com a família, moças encantadoras tocavam piano de cauda, dos aparelhos de rádio soavam óperas e danças, os jovens discutiam questões do Ártico e da estratosfera, mães banhavam seus filhos, dois ou três contrarrevolucionários cochichavam para que suas palavras fossem inaudíveis para os vizinhos... Moscou estava tão interessada no que acontecia no mundo que se punha na ponta dos pés para fitar o interior dos apartamentos até que os transeuntes começassem a zombar dela.

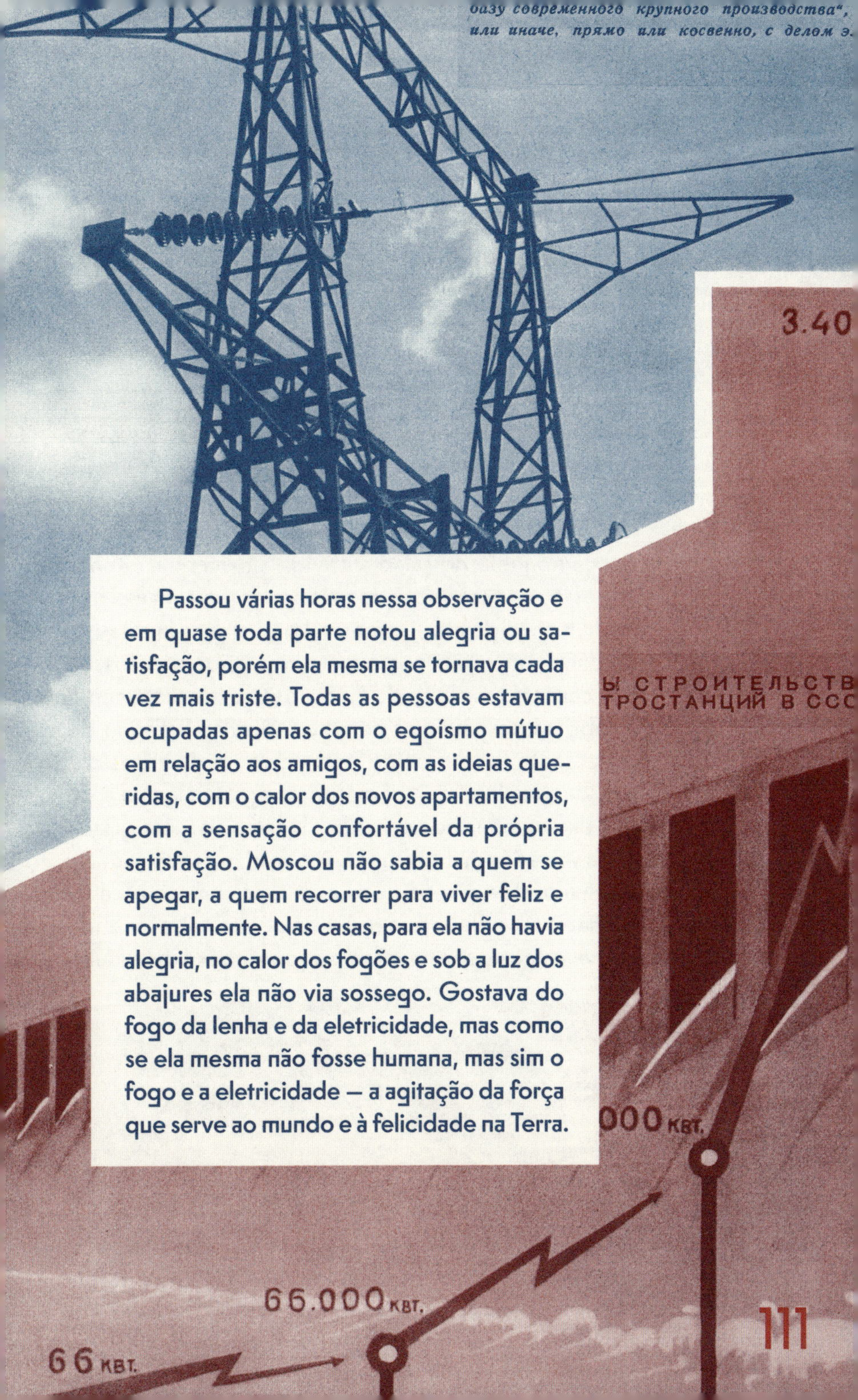

Passou várias horas nessa observação e em quase toda parte notou alegria ou satisfação, porém ela mesma se tornava cada vez mais triste. Todas as pessoas estavam ocupadas apenas com o egoísmo mútuo em relação aos amigos, com as ideias queridas, com o calor dos novos apartamentos, com a sensação confortável da própria satisfação. Moscou não sabia a quem se apegar, a quem recorrer para viver feliz e normalmente. Nas casas, para ela não havia alegria, no calor dos fogões e sob a luz dos abajures ela não via sossego. Gostava do fogo da lenha e da eletricidade, mas como se ela mesma não fosse humana, mas sim o fogo e a eletricidade — a agitação da força que serve ao mundo e à felicidade na Terra.

Moscou havia muito já estava com fome, por isso entrou num restaurante noturno. Ela não tinha nenhum dinheiro, mas sentou-se e pediu o jantar. O tempo todo a orquestra ficou tocando alguma música europeia insana contendo forças centrífugas; depois das danças ao som dessa música dava vontade de enrolar o corpo no calor e deitar por um bom tempo num caixão estreito e isolado. Sem prestar atenção nisso, Moscou entrou na dança no meio do salão; convidaram-na quase todas as pessoas no recinto, que nela encontravam algo que haviam perdido em si mesmas. Logo alguns já estavam chorando, mergulhando o rosto no vestido de Moscou por causa do excesso de vinho, outros imediatamente se abriam nos mínimos detalhes. O salão esférico do restaurante, ensurdecido pela música e os gritos das pessoas, repleto da incômoda fumaça de cigarro e do gás das paixões comprimidas, o salão parecia girar — cada voz ecoava duplamente e o sofrimento se repetia; lá, uma pessoa não conseguia de jeito nenhum escapar do habitual — da esfera redonda de sua cabeça, onde rolavam seus pensamentos por caminhos havia muito

traçados, da bolsa do coração, onde velhos sentimentos lutavam como se capturados, sem deixar nada de novo entrar, sem perder o habitual e o breve esquecimento na música ou no amor por uma mulher encontrada ao acaso, que acabava em irritação ou lágrimas de desespero. Quanto mais o tempo passava, mais engrossava a diversão, mais rápido girava o feérico salão do restaurante, e vários fregueses se esqueceram onde ficava a porta, e assustados giravam sem sair do lugar, no centro, supondo que dançavam. Um homem não muito velho, em silêncio por muito tempo, com um brilho sombrio nos olhos, com deleite e sadismo alimentava Moscou, só que não lhe oferecia um doce, mas o próprio coração bondoso. Porém Tchestnova se lembrava de outras noites passadas com seus coetâneos; pelas janelas abertas de verão ela via ali o campo simples, aberto para a planície do infinito, e no peito de seus companheiros não girava aquele pensamento esférico, eternamente repetitivo, chegando ao desespero — lá havia uma flecha de ação e esperança, tensionada para um movimento irreversível ao longe, ao espaço reto e rígido.

A noite curvava-se à manhã. Em algum lugar, Komiáguin dormia com uma mulher magra, Sartorius refletia sobre a solução de todos os problemas, a orquestra tocava e variava o mesmo compasso, como se o rolasse pela superfície interna de uma esfera oca e sem saída; o interlocutor de Moscou murmurava pensamentos seculares sobre seu amor e tristeza, sobre solidão, e pressionava os lábios contra a pele limpa do cotovelo dela. Tchestnova ficou em silêncio. Então, seu conhecido, depois de beber um pouco de vinho para fazer uma pausa, novamente lhe falou de sua afeição, da eventual felicidade futura, se Moscou lhe respondesse com o mesmo amor.

— Pare de ficar dando voltas — respondeu Tchestnova. — Se se apaixonou, então se desapaixone...

O interlocutor de Moscou não concordou.

— Nós nascemos e morremos no seio de uma mulher — ele sorriu de leve. — Assim se estabelece o enredo de nosso destino, em todo o círculo da felicidade...

— Então viva em linha reta, sem enredo nem círculo — Moscou aconselhou; ela tocou de leve seus seios com o dedo indicador. — Veja, vai ser difícil morrer sobre mim, não sou macia...

Uma luz forte e bondosa surgiu na escuridão dos olhos do súbito companheiro de Tchestnova; ele olhou atentamente seus seios e disse:

— Você tem razão, minha querida. Ainda é muito rígida, provavelmente não a espremeram até a morte... Até seus mamilos apontam para a frente, como duas pontas perfurantes... Como me é estranho e pesado olhar!

Ele desviou a cabeça angustiado; era claro que seu amor por Moscou se fortalecia a cada novidade notável dela, até a cor das meias. Também a amava Sartorius, certamente — e Sambíkin... Moscou olhou indiferente para seu amigo; ela não estava a fim de encontrar em novos rostos aquele que deixara para trás. Se diante dela estivesse alguém igual a Sartorius, então seria melhor voltar para o primeiro Sartorius e não o deixar nunca mais.

Antes do amanhecer tocaram o mais enérgico foxtrote, que fazia efeito até na digestão. Moscou saiu para dançar com seu novo amigo; eles dançavam quase sozinhos no meio do salão, devastado tanto pelas longas alegrias quanto pelas desgraças. Muitos convidados já caíam de sono, alguns pareciam mortos, empanturrados de comida e de sofrimentos imaginários.

A música girava rápido, como a angústia na cabeça ossuda e redonda, de onde não é possível sair. Mas a energia oculta da melodia era tão imensa que prometia um dia esfregar os preguiçosos ossos da solidão ou sair pelos olhos, nem que fosse em lágrimas. Tchestnova compreendeu as banalidades que fazia então com os pés e as mãos, porém ela gostava de tantas coisas, até das desnecessárias.

Chegava o alvorecer pela janela do salão esférico do restaurante. Do lado de fora crescia uma árvore, agora visível à luz da aurora. Seus galhos cresciam retos para cima e para os lados, sem cessar, sem voltar atrás, e a árvore terminava abrupta e subitamente — lá, onde não lhe restavam forças e meios de partir mais para o alto. Moscou olhava para essa árvore e dizia para si: "Esta sou eu, que bom! Agora vou-me embora daqui para sempre".

Despediu-se do cavalheiro, que começou a sofrer por ela.

— Aonde vai? Não precisa ter pressa... Vamos para outro lugar. Espere um pouquinho, vou pagar a conta...

Moscou ficou em silêncio. Ele continuou a sugerir:

— Vamos embora daqui para o campo — adiante não há nada no mundo, apenas sopra um vento vindo das sombras! E na sombra é sempre bom...

Ele sorriu tenso, escondendo a frustração, contando os últimos segundos até a separação.

— Ah, não! — Moscou disse alegremente. — Vai você, bobão... Obrigada e adeus.

— Onde posso te beijar? No rosto ou na mão?

— Nenhum dos dois — Moscou ria. — Pode ser nos lábios. Deixa comigo...

Ela o beijou e partiu. O homem ficou pagando a conta sem ela, surpreso com a falta de coração da nova geração, que beija com paixão como se amasse, mas na verdade está se despedindo para sempre.

Tchestnova caminhava sozinha pela capital sob a aurora. Ia imponente e zombeteira, de modo que os zeladores já de antemão desviavam suas mangueiras e nem uma gota caía no vestido de Moscou.

Sua vida ainda seria longa, adiante estendia-se quase à imortalidade. Nada assustava seu coração, e, para proteger sua juventude e liberdade, dormitavam canhões em algum lugar ao longe, como dorme a tormenta nas nuvens no inverno. Moscou olhou para o céu: dava para ver o vento soprando como um ser vivo, agitando no alto a vaga névoa, aquecida à noite pelo hálito da humanidade.

Na praça Kalanchióvskaia, atrás das tábuas que cercavam a escavação do metrô, fungavam os compressores. Junto à entrada dos funcionários, havia um cartaz: "*Komsomoliets, komsomolka*! Venha participar da escavação do metrô!".

Moscou Tchestnova confiou e cruzou o portão; ela desejava participar de tudo e estava repleta daquela incerteza da vida, que é tão feliz quanto a sua resolução final.

10

Sartorius resolveu o problema das balanças para os colcozes. Ele inventou um meio de pesagem do grão sobre uma pedra de quartzo. Era uma pedra pequenina, de apenas alguns gramas. Sob a compressão da carga, a pedrinha de quartzo emitia uma fraca descarga elétrica, intensificada por válvulas termiônicas de um rádio que movia, conforme o necessário, o ponteiro do mostrador que indicava o peso. O rádio estava por toda parte: nos pontos de coleta, nas moradias colcozes e nos clubes, portanto a balança consistia apenas de uma plataforma de madeira, uma pedrinha de quartzo e um mostrador, era três vezes mais barata do que as antigas balanças de quintais e não exigia ferro.

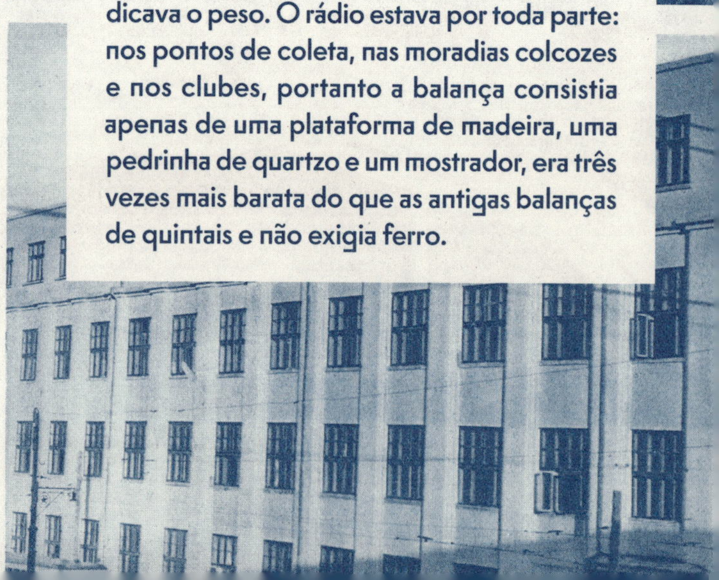

. . . Нефтяной институт в Баку . . .

Фото А. Шайхета.

ЛЕНИНСКО-СТАЛИНСКИЙ ПЛАН ЭЛЕКТРИФИКАЦИ

Agora Sartorius convertia toda a indústria de balanças da república para a eletricidade. Ele queria substituir a constante passiva universal — a gravidade da Terra — por uma constante ativa: a energia do campo elétrico. Isso seria capaz de dar aos mecanismos de pesagem um agudo senso de precisão e tornaria as balanças mais baratas.

O verão terminou, vieram as chuvas, tão longas e entediantes quanto na infância sob o capitalismo. Sartorius raramente ia para casa: era-lhe terrível ali permanecer com a saudade de sua amada e desaparecida Moscou. Por isso, dedicava-se com diligente concentração aos projetos, e seu coração se acalmava, consciente do benefício da economia de milhões de rublos para o governo e para os colcozes, graças ao aperfeiçoamento técnico da indústria de balanças.

Ali mesmo, no velho Gostiny Dvor, em um instituto ligado a uma empresa pobre e meio esquecida, Sartorius encontrou não apenas reconhecimento por seu trabalho, mas também consolo humano para seu pesar.

От Волховстроя
к Днепрострою,
от Днепростроя

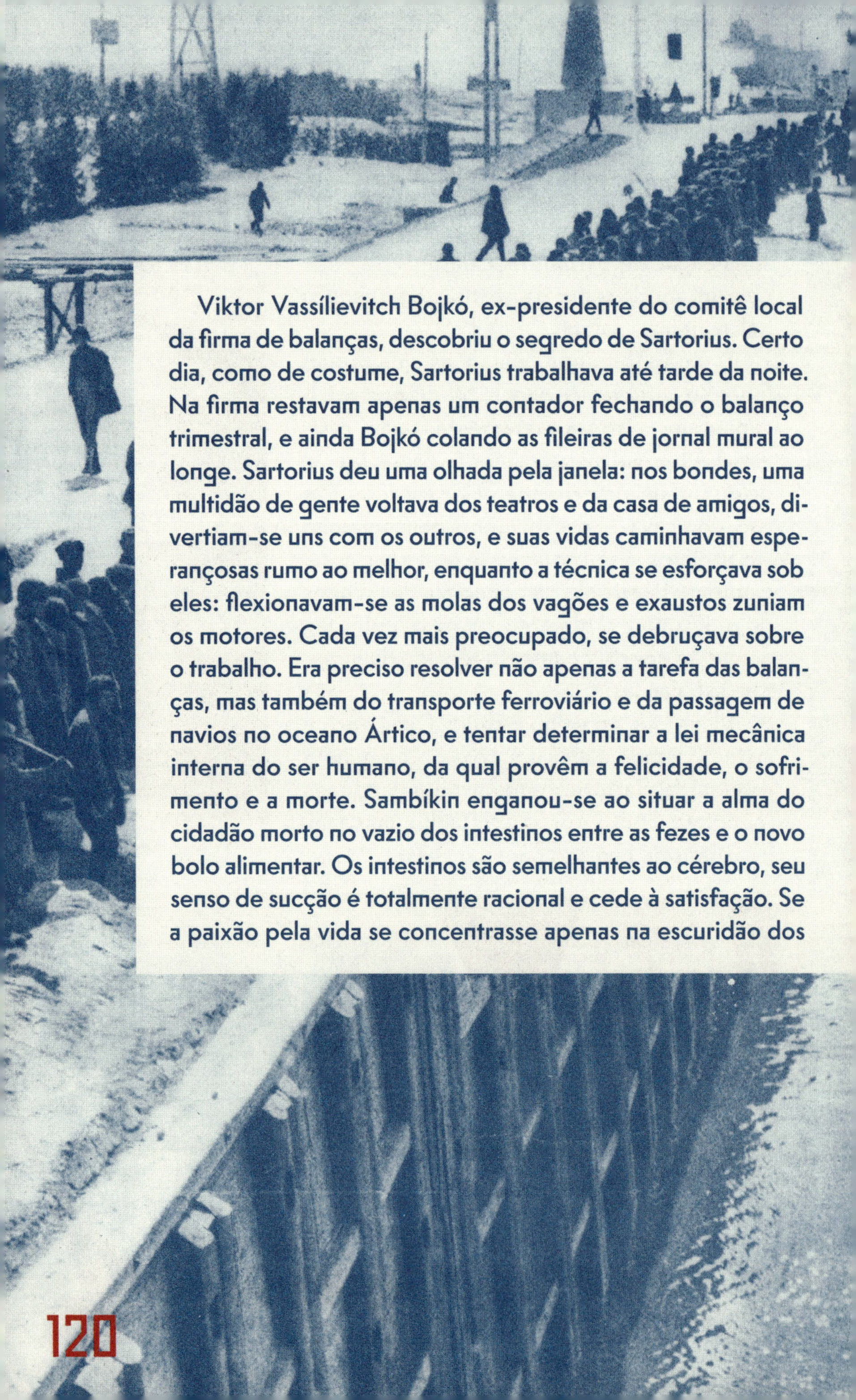

Viktor Vassílievitch Bojkó, ex-presidente do comitê local da firma de balanças, descobriu o segredo de Sartorius. Certo dia, como de costume, Sartorius trabalhava até tarde da noite. Na firma restavam apenas um contador fechando o balanço trimestral, e ainda Bojkó colando as fileiras de jornal mural ao longe. Sartorius deu uma olhada pela janela: nos bondes, uma multidão de gente voltava dos teatros e da casa de amigos, divertiam-se uns com os outros, e suas vidas caminhavam esperançosas rumo ao melhor, enquanto a técnica se esforçava sob eles: flexionavam-se as molas dos vagões e exaustos zuniam os motores. Cada vez mais preocupado, se debruçava sobre o trabalho. Era preciso resolver não apenas a tarefa das balanças, mas também do transporte ferroviário e da passagem de navios no oceano Ártico, e tentar determinar a lei mecânica interna do ser humano, da qual provêm a felicidade, o sofrimento e a morte. Sambíkin enganou-se ao situar a alma do cidadão morto no vazio dos intestinos entre as fezes e o novo bolo alimentar. Os intestinos são semelhantes ao cérebro, seu senso de sucção é totalmente racional e cede à satisfação. Se a paixão pela vida se concentrasse apenas na escuridão dos

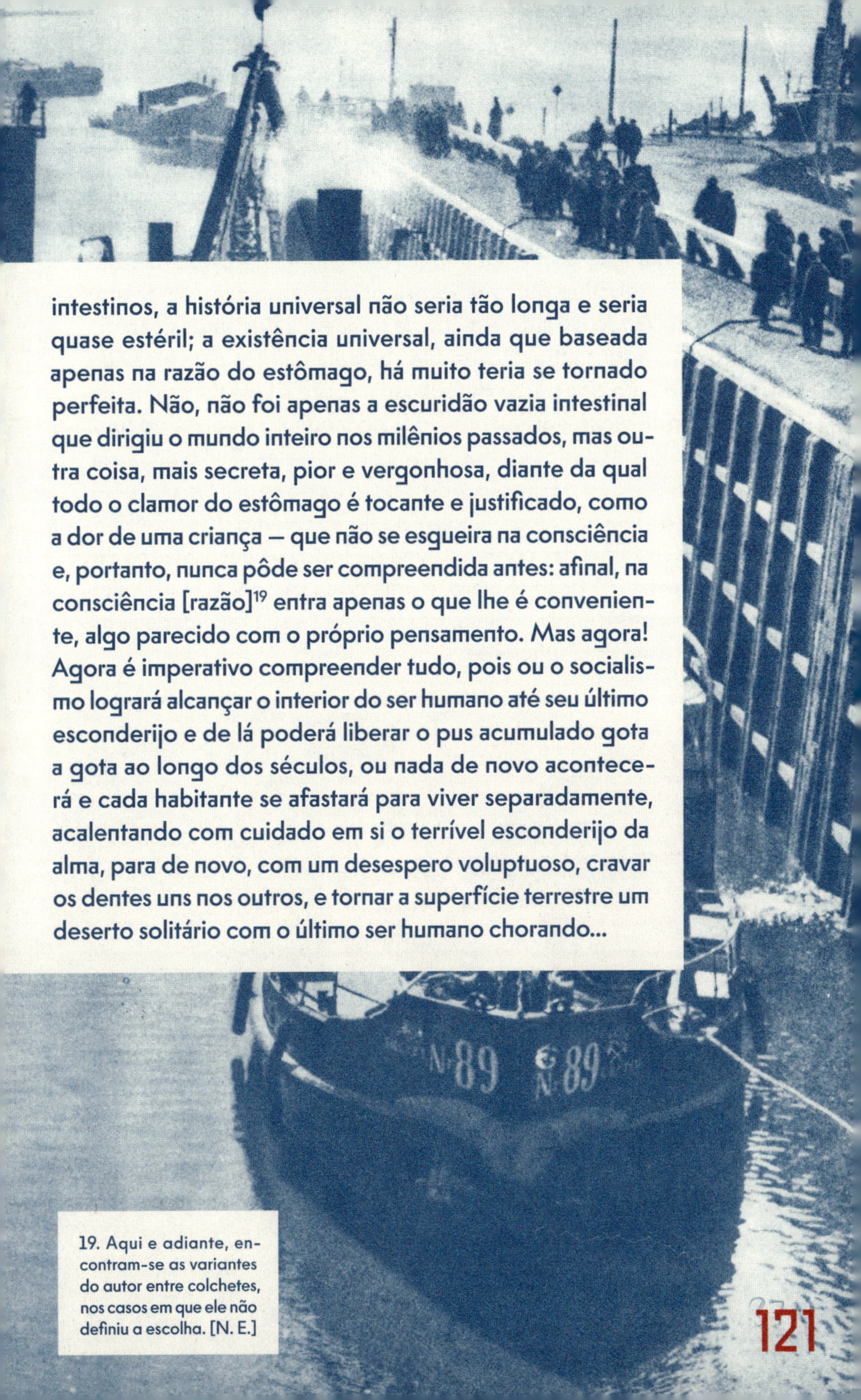

intestinos, a história universal não seria tão longa e seria quase estéril; a existência universal, ainda que baseada apenas na razão do estômago, há muito teria se tornado perfeita. Não, não foi apenas a escuridão vazia intestinal que dirigiu o mundo inteiro nos milênios passados, mas outra coisa, mais secreta, pior e vergonhosa, diante da qual todo o clamor do estômago é tocante e justificado, como a dor de uma criança — que não se esgueira na consciência e, portanto, nunca pôde ser compreendida antes: afinal, na consciência [razão][19] entra apenas o que lhe é conveniente, algo parecido com o próprio pensamento. Mas agora! Agora é imperativo compreender tudo, pois ou o socialismo logrará alcançar o interior do ser humano até seu último esconderijo e de lá poderá liberar o pus acumulado gota a gota ao longo dos séculos, ou nada de novo acontecerá e cada habitante se afastará para viver separadamente, acalentando com cuidado em si o terrível esconderijo da alma, para de novo, com um desespero voluptuoso, cravar os dentes uns nos outros, e tornar a superfície terrestre um deserto solitário com o último ser humano chorando...

19. Aqui e adiante, encontram-se as variantes do autor entre colchetes, nos casos em que ele não definiu a escolha. [N. E.]

— Quanto trabalho temos pela frente! — Sartorius disse em voz alta. — Não venha, Moscou, agora não tenho tempo...

À meia-noite Bojkó ferveu a água para o chá numa chaleira elétrica e, com profunda reverência, começou a servir Sartorius. Ele respeitava de coração o jovem e trabalhador engenheiro, que de bom grado viera trabalhar numa empresa pouco importante e desconhecida, deixando de lado a glória da aviação, a decomposição do átomo e as viagens ultravelozes. Eles bebiam o chá e conversavam sobre a extinção dos pesos defeituosos, sobre a vigésima primeira regra de verificação dos instrumentos de medição e coisas do tipo, aparentemente assuntos chatos. Mas por trás deles, Bojkó ocultava uma paixão de todo o coração, pois o peso exato implicava parte do bem-estar da família colcoz, ajudava no florescimento do socialismo, encorajava, no final das contas, a alma de todos os desprovidos do globo terrestre. O peso, é claro, é uma coisa pequena, mas Bojkó também se considerava mínimo, por isso para a sua felicidade sempre houvera material suficiente.

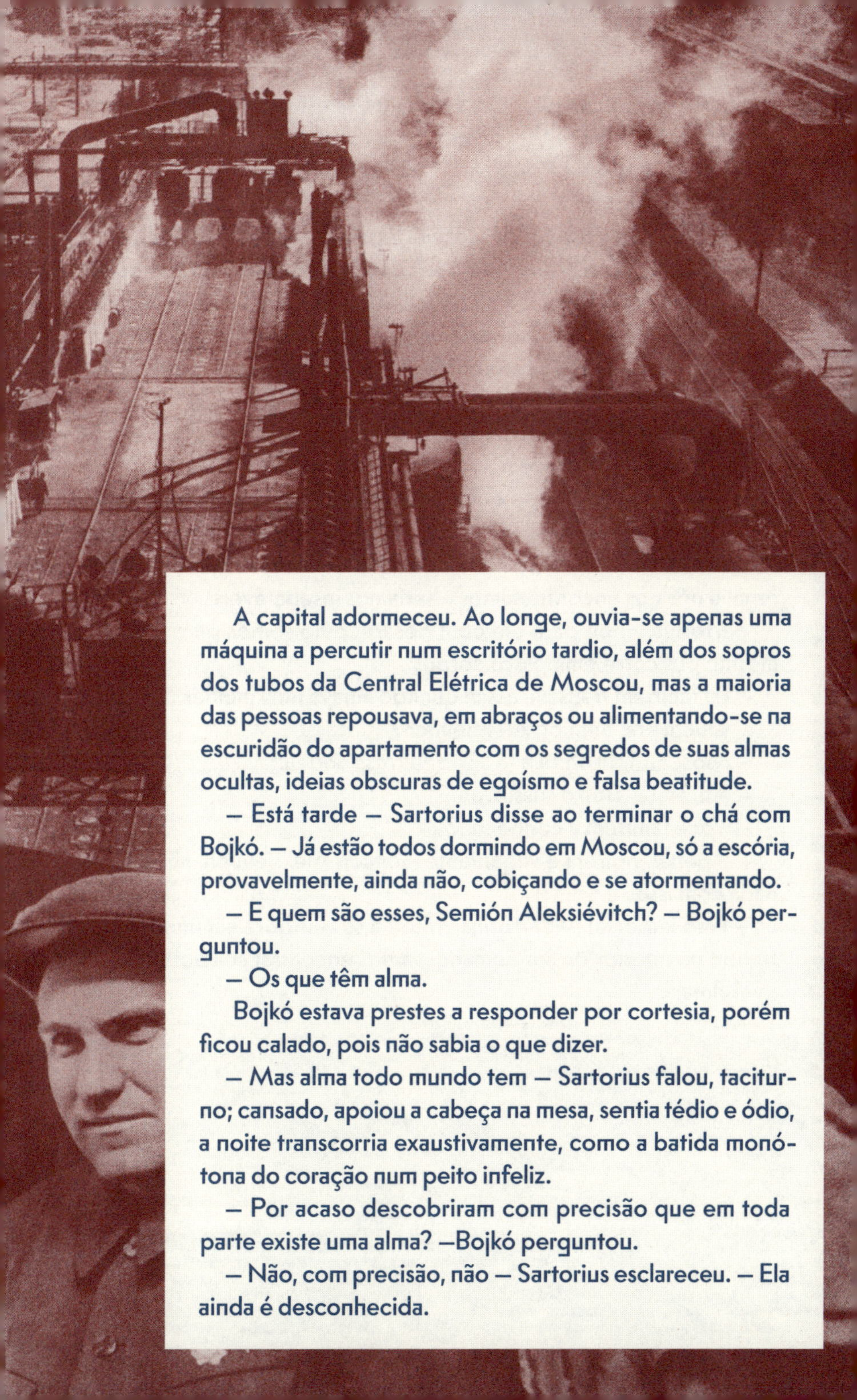

A capital adormeceu. Ao longe, ouvia-se apenas uma máquina a percutir num escritório tardio, além dos sopros dos tubos da Central Elétrica de Moscou, mas a maioria das pessoas repousava, em abraços ou alimentando-se na escuridão do apartamento com os segredos de suas almas ocultas, ideias obscuras de egoísmo e falsa beatitude.

— Está tarde — Sartorius disse ao terminar o chá com Bojkó. — Já estão todos dormindo em Moscou, só a escória, provavelmente, ainda não, cobiçando e se atormentando.

— E quem são esses, Semión Aleksiévitch? — Bojkó perguntou.

— Os que têm alma.

Bojkó estava prestes a responder por cortesia, porém ficou calado, pois não sabia o que dizer.

— Mas alma todo mundo tem — Sartorius falou, taciturno; cansado, apoiou a cabeça na mesa, sentia tédio e ódio, a noite transcorria exaustivamente, como a batida monótona do coração num peito infeliz.

— Por acaso descobriram com precisão que em toda parte existe uma alma? —Bojkó perguntou.

— Não, com precisão, não — Sartorius esclareceu. — Ela ainda é desconhecida.

Sartorius ficou em silêncio; sua mente se esforçava na luta contra seu sentimento, estreito e carente, que amava sem cessar Moscou Tchestnova, e apenas à débil luz da consciência ficava o restante do mundo variegado.

— E não seria possível descobrir depressa a alma, o que ela é? — quis saber Bojkó. — Pensando bem: vamos transformar o mundo inteiro e tudo ficará bem. E quanta sujeira se acumulou na humanidade em milhares de anos de selvageria, é preciso depositá-la em algum lugar! Nem mesmo o nosso corpo é como deveria ser, nele existe algo de vil.

— Existe algo de vil — Sartorius reconheceu.

— Quando eu era jovem, muitas vezes quis que todas as pessoas morressem de repente, e que de manhã eu acordasse totalmente só — Bojkó disse. — Mas que todo o resto permanecesse: a comida, todas as casas e uma moça bonita e solitária, que também não morreria, e nós nos encontraríamos e seríamos inseparáveis...

Sartorius olhou para ele com pesar: como somos parecidos, o mesmo pus corre em nossos corpos!

— Eu também pensava assim quando amava uma mulher.

— Quem era, Semión Aleksiévitch?

— Moscou Tchestnova — Sartorius respondeu.

— Ah, ela! — Bojkó sussurrou.

— Você também a conheceu?

— Apenas indireta e vagamente, Semión Aleksiévitch, não tenho nada com isso.

— Não importa! — Sartorius voltou a si. — Agora estamos penetrando no interior do ser humano, vamos encontrar sua pobre e terrível alma.

— Já era hora, Semión Aleksiévitch! — Bojkó enfatizou. — Estou farto de ser sempre um velho homem natural: o tédio toma meu coração. Nos mutilou a mãe-história!

Logo Bojkó deitou-se para dormir sobre a mesa, depois de arrumar para Sartorius uma cama na poltrona do gerente. Bojkó estava mais satisfeito, pois os melhores engenheiros preocupavam-se com a reelaboração da alma interior. Havia muito ele temia em segredo pelo comunismo: será que um tremor frenético [um espírito estranho] não o profanaria, erguendo-se a cada minuto das profundezas do organismo humano? Afinal, a antiga e duradoura maldade cavara fundo na carne viva, até nosso próprio corpo é, provavelmente, uma úlcera coesa e paciente ou uma fraude que se separou de modo deliberado do mundo inteiro para vencê-lo e devorá-lo sozinha...

Na manhã seguinte, quando Bojkó despertou, viu que Sartorius não se deitara. Ele ficou preparando toda uma pilha de projetos esquemáticos e cálculos para a indústria de balanças elétricas, mas, ao mesmo tempo, seu rosto possuía lastros de lágrimas secas e sulcos da luta contra o desespero persistente da sensação de angústia.

Na noite do mesmo dia, Bojkó convocou uma reunião da presidência do comitê local, durante a qual, com tato, relatou a agrura pessoal do engenheiro Sartorius e delineou medidas de redução do seu sofrimento.

— Estamos acostumados a interferir apenas em questões gerais e superficiais — Bojkó disse no conselho supremo —, mas é preciso tentar ajudar também o que é particular e profundo. Pensem nisso, camaradas, de modo soviético e humano: os senhores devem se lembrar de como Stálin carregou a urna com as cinzas do engenheiro Fedosséienko...[20] Embora a dor do camarada Sartorius seja incomum, dada a profundidade de seu sentimento, é preciso consolá-la com uma medida comum, pois na vida, como já notei, provavelmente o mais forte é algo comum: é nisso que creio...

A datilógrafa Liza, membro do comitê local, com ingênua prontidão, se apaixonou secretamente por Sartorius, mas depois se envergonhou. Era gentil e indecisa, seu rosto possuía quase sempre uma cor rosada devido à tensão consciencioso com as pessoas. Virgem, ela encorpou cedo, seus cabelos escuros cresciam cada vez mais grossos e sua aparência se tornava tão atraente que muitos prestavam atenção e pensavam em Liza como em sua própria felicidade. Apenas Sartorius reparava pouco nela e não imaginava nada.

Dois dias depois, Bojkó o aconselhou a prestar atenção em Liza: ela era muito amável e bondosa, mas infeliz por causa da modéstia.

20. Pavel Fedosséienko (1898-1934), engenheiro e aeronauta soviético, morreu com outros dois tripulantes no acidente do balão estratosférico Osoaviachim-1, em 30 de janeiro de 1934. No funeral coletivo realizado na praça Vermelha, suas cinzas foram depositadas na necrópole do Kremlin. Segundo os relatos da época, publicados no jornal *Pravda*, Stálin teria carregado pessoalmente a urna de Fedosséienko até o muro do Kremlin. [N. T.]

Posteriormente, graças ao trabalho conjunto do escritório, Sartorius conheceu Liza mais de perto, e um dia, perplexo, sem saber o que dizer, acariciou a sua mão, pousada na mesinha da máquina de escrever. Liza não a recolheu e ficou em silêncio; já era noite, a lua rápida como o tempo subia no céu atrás das paredes do instituto, como se marcasse a juventude que se esgotava a cada minuto.

Liza e Sartorius saíram juntos para a rua, tão ocupada com o movimento cerrado entre as pessoas que parecia que ali ocorria a reprodução da sociedade. Eles foram de bonde para os arredores da cidade, onde já era fim de outono, nos campos acidentados estendia-se a fria secura, e o centeio outrora crescido, iluminado pela aurora moscovita sob o fulgor da meia-noite, estava então ceifado, e o lugar, deserto. Com medo das próprias lembranças, Sartorius abraçou Liza, contemplando a ampla escuridão da noite; ela, em resposta, aconchegou-se nele, aquecendo-se e tomando suas mãos como uma dona de casa sensata.

Desde então, Sartorius encontrou no instituto consolo para sua alma cansada, e sua dor melancólica por Moscou Tchestnova transformou-se numa memória triste, como dos entes falecidos... Pelas balanças de pedra, ele recebeu muito dinheiro, vestiu Liza com luxo e por algum tempo viveu leve e até alegre, rendendo-se ao amor, às visitas aos teatros e aos prazeres corriqueiros. Liza era fiel e feliz, só temia uma coisa: que Sartorius a deixasse, por isso observava longamente seu rosto enquanto ele dormia, e pensava num meio indolor e imperceptível de estragar a aparência dele, embora nem fosse lá muito bonito — assim, como uma aberração, outra mulher não o amaria e eles viveriam juntos até a morte. No entanto, Liza não conseguia bolar nada e não sabia o que fazer para que Sartorius se tornasse odioso para o mundo inteiro — e quando ele sorria durante o sono, num sonho leve e desconhecido, a dor do ciúme e a fúria crescente a levavam às lágrimas.

A mente de Sartorius acalmou-se, nele produziram-se de novo involuntariamente, como nos testículos, pensamentos e fantasias, e ele acordava cheio de ideias e fantasias. Ele pensava na empobrecida China meridional ou no cientista sueco Malmgren[21] congelado no gelo, já esquecido de todos. E inquieto com a responsabilidade pela própria vida, com medo de sua velocidade, leviandade e falsa saciedade, Sartorius trabalhava cada vez mais apressado, temendo morrer ou se apaixonar novamente por Moscou Tchestnova e, então, recomeçar a sofrer. Chegou o inverno. Sartorius passava muitas noites no instituto, enquanto ao longe Liza datilografava algo na máquina. Ele projetou balanças elétricas, que pesavam estrelas à distância quando elas apareciam no horizonte oriental, e por isso foi beijado pelo Vice-Comissário do Povo da Indústria Pesada. Porém, Sartorius perdia aos poucos o interesse tanto pelas balanças quanto pelas estrelas: sentia em si uma vaga agitação, inexplicável por sua feliz juventude, e o segredo da vida humana não era claro para ele; sentia-se como se pessoas não tivessem vivido antes dele e lhe coubesse sofrer todos os tormentos, experimentar tudo pela primeira vez para encontrar, para cada corpo humano, uma vida grandiosa ainda não existente. Numa angústia insuportável, apenas para esgotar e mudar seus pensamentos, beijava sua Liza, que levava a sério os sentimentos dele. Mas depois ele dormia por muito tempo com o coração exaurido e despertava em desespero. Moscou Tchestnova estava certa: o amor não é o comunismo [futuro] e a paixão é triste.

21. Adolf Erik Johan Malmgren (1895-1928), explorador sueco que morreu no Ártico. [N. T.]

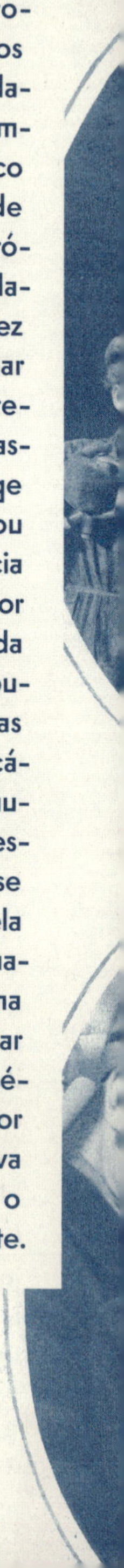

11

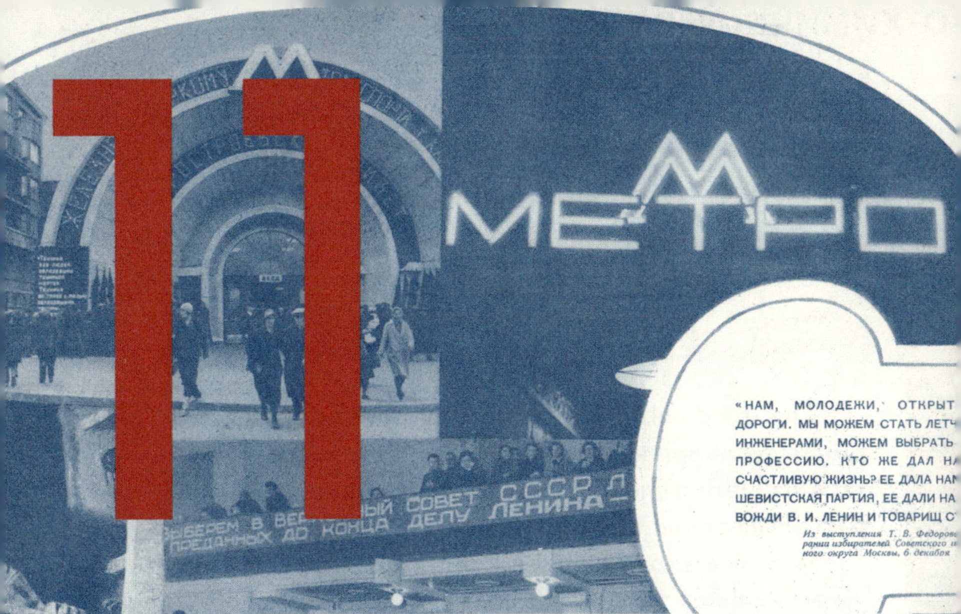

No inverno, às duas da manhã, o elevador número dezoito da escavação do metrô foi acionado com o alarme de emergência — uma jovem operária foi levada para cima e chamaram a ambulância. A moça teve a perna direita esmagada do joelho para cima.

— Sente muita dor? — O mestre de obras, cinza de cansaço e medo, inclinou-se sobre ela.

— Claro que sim, mas não tanto! — a operária respondeu segura. — Talvez eu até consiga me levantar logo.

Ela de fato levantou da maca, deu alguns passos e caiu na neve. Dela jorrava sangue; na neve, iluminada por um holofote, o sangue parecia amarelo, como se havia muito se esgotara no corpo, mas o rosto da mulher caída tinha olhos brilhantes, e os lábios estavam corados pela saúde ou a febre alta.

— Como é que isso foi lhe acontecer? — o mestre de obras perguntou, ajudando-a a se deitar sobre uma esteira.

— Não lembro — a acidentada respondeu —, uns carrinhos me atropelaram e me encurralaram num canto... Mas agora saia, vou dormir, não estou a fim de sentir essa dor.

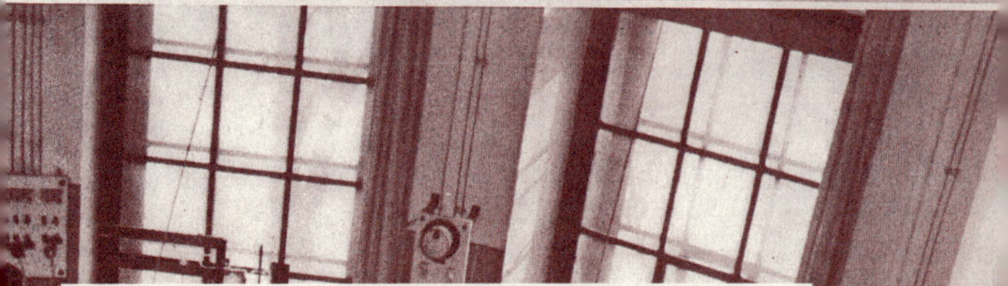

O mestre de obras se afastou, disposto a arrancar a própria perna apenas para que a moça sobrevivesse ilesa. A ambulância chegou e levou a operária adormecida para a clínica cirúrgica.

Na clínica experimental encontrava-se Sambíkin, encarregado do plantão médico noturno; não havia pacientes urgentes, então ele estava sentado sozinho com a matéria morta, tentando extrair dela aquela substância alegre e pouco conhecida, que fora estocada para uma longa vida que não aconteceu.

Diante de Sambíkin jazia na mesa de experimentos a criança que ele havia operado no outro dia. Ela sofreu por muito tempo no hospital, porém morreu na véspera e, antes da morte, enlouqueceu por um tempo, pois nas cavidades ósseas de sua cabeça submetidas à cirurgia surgira pus que, subitamente, na velocidade da combustão, envenenou sua consciência. A enfermeira contou a Sambíkin que o pequeno doente fechara os olhos num minuto de calma, com os olhos bem preenchidos, depois os abriu vazios e aborrecidos, como se perfurados.

Em longa solidão, Sambíkin acariciou o corpo nu do morto, como se fosse a mais sagrada propriedade socialista, e a dor ardia nele, desolada, insolúvel para todos.

Лаборатория химическо
коллоидной кинетики.

Институт, организова
и руководимый академ
А. И. Бахом—старым ре
ционером и крупнейшим
ным-химиком, в насто
время является основны
учным центром Союза во
гих областях физическо
мии—особенно в област
верхностных явлений, к
идной химии и электрохи
Авторитет института в
вопросах получил шир
признание не только в С
но и за границей.
Стремясь использовать
ретические достижения
практических целей, инст
разработал методы ряда
изводств, освобождающи

ИССЛЕДОВАНИЕ ПАРО-ОРТО-
ПРЕВРАЩЕНИЯ ВОДОРОДА.

УСТАНОВКА ДЛЯ ИЗУЧЕНИЯ ДИФФ
МЕДЛЕННЫХ ЭЛЕКТРОНОВ.

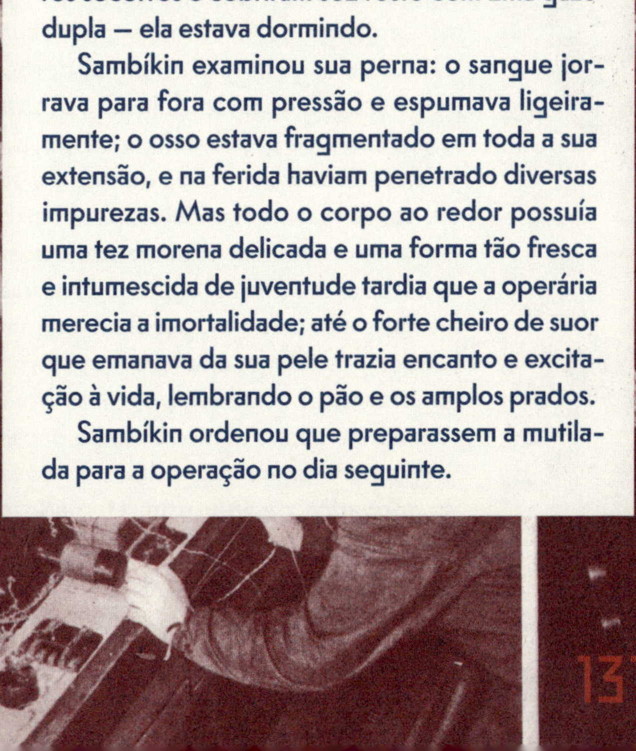

À meia-noite, ele extraiu do peito do defunto o coração, depois retirou a glândula da região da garganta e pôs-se a examinar esses órgãos com instrumentos e fármacos, procurando onde se armazena a carga não esgotada de energia vital. Sambíkin estava convencido de que a vida é apenas uma das peculiaridades da matéria eternamente morta, e de que essa peculiaridade se oculta na própria composição resistente da substância, portanto, os mortos precisam de tão pouco para reviver quanto do pouco que lhes foi necessário para morrer. Além disso, a tensão viva da pessoa consumida pela morte é tão imensa que o doente é mais forte que o saudável, e o morto mais viável que os vivos.

Sambíkin decidiu ressuscitar os mortos, porém o chamaram para uma mulher ferida, mas viva.

Deitaram a operária sobre a mesa de primeiros socorros e cobriram seu rosto com uma gaze dupla — ela estava dormindo.

Sambíkin examinou sua perna: o sangue jorrava para fora com pressão e espumava ligeiramente; o osso estava fragmentado em toda a sua extensão, e na ferida haviam penetrado diversas impurezas. Mas todo o corpo ao redor possuía uma tez morena delicada e uma forma tão fresca e intumescida de juventude tardia que a operária merecia a imortalidade; até o forte cheiro de suor que emanava da sua pele trazia encanto e excitação à vida, lembrando o pão e os amplos prados.

Sambíkin ordenou que preparassem a mutilada para a operação no dia seguinte.

De manhã, viu Moscou Tchestnova na mesa de operação. Ela estava consciente e o cumprimentou, mas sua perna se tornara escura, e as veias cheias de sangue morto incharam como as de uma velhinha esclerosada. Já haviam lavado Moscou e raspado os pelos da virilha.

— Bem, agora até logo! — Sambíkin falou, esfregando as mãos grandes.

— Até logo — Moscou respondeu e seus olhos começaram a vagar, pois a enfermeira a fizera inalar uma substância sonífera.

Ela perdeu a consciência e moveu os lábios farfalhantes sedentos por um corpo quente.

— Dormiu — a enfermeira disse, expondo Moscou inteira.

Sambíkin trabalhou por muito tempo na perna, até separá-la completamente, de modo a livrar o organismo da gangrena. Moscou estava calma; um sonho indefinido e triste navegava em sua consciência — corria pela rua onde moravam animais e pessoas — os animais arrancavam pedaços de seu corpo e os comiam, as pessoas cravavam-lhe os dentes e a seguravam, mas ela corria mais longe deles, para baixo, para um mar vazio, onde alguém chorava por ela; seu corpo diminuía a cada minuto, as roupas já havia muito tinham sido tiradas pelas pessoas, por fim restaram os ossos projetados — então, as crianças do entorno começaram a quebrar esses ossos também, mas Moscou, sentindo-se magra e cada vez menor, fugia pacientemente para longe, para nunca mais voltar a esses terríveis lugares abandonados, de onde estava fugindo, para sobreviver, nem que fosse como um ser insignificante com alguns ossos secos... Ela caiu sobre pedras cortantes e todos os que a dilaceraram e a comeram durante a fuga jogaram-se em cima dela com todo o peso.

ДОМ СОВЕТОВ В АРХАНГЕЛЬСКЕ.

УЛИЦА СОВРЕМЕННОГО АРХАНГЕЛЬСКА.

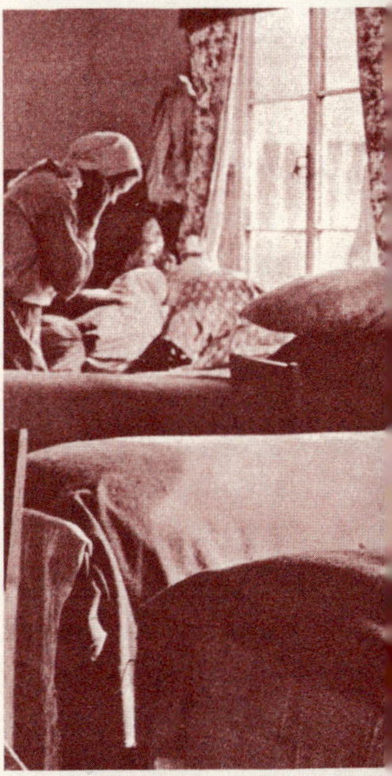

Moscou despertou. Inclinado, Sambíkin a abraçava e manchava de sangue seu peito, o colo e a barriga.

— Água! — Moscou pediu.

Não havia ninguém na sala de cirurgia, Sambíkin havia muito dispensara as enfermeiras-assistentes, em algum canto distante chiava um maçarico.

— Agora sou coxa — Tchestnova falou.

— Sim — Sambíkin respondeu, sem largá-la. — Mas dá no mesmo, não sei o que te dizer...

Ele a beijou na boca; de sua boca saía um cheiro sufocante de clorofórmio, porém agora ele poderia inalar tudo o que exalasse dela.

— Espere, estou doente — Moscou lhe pediu.

— Me desculpe — disse Sambíkin, se afastando. — Tem coisas que destroem tudo: você. Quando te vi, esqueci de pensar, achei que eu estava morrendo...

— Está bem — Moscou sorriu. — Me mostre a minha perna.

— Ela não está aqui, mandei enviarem para a minha casa.

— Por quê? Afinal, não sou uma perna...

— Então é o quê?

— Não sou uma perna, não sou um peito, não sou uma barriga nem olhos — eu mesma não sei quem sou. Me deixe dormir.

No dia seguinte, a saúde de Moscou se deteriorou, ela começou a ter febre e a urinar sangue. Sambíkin batia na própria cabeça para recobrar o juízo daquele amor, analisava seu estado fisiológica e psiquicamente, ria, franzia com força o rosto, mas sem sucesso. A correria e a pressão do trabalho o deixaram, ele errava como um vagabundo por ruas distantes, na solidão, ocupado com a ideia enfadonha e fixa do amor. Às vezes encostava a cabeça numa árvore no bulevar noturno, sentindo uma dor insuportável; lágrimas raras desciam por seu rosto, e ele, envergonhado, reunia-as com a língua em volta da boca e as engolia.

Na segunda noite, Sambíkin pegou o coração e a glândula tireoide da criança, preparou com eles uma suspensão misteriosa e a inoculou no corpo de Tchestnova. Como agora ele quase não conseguia dormir, perambulou pela cidade até o amanhecer e de manhã encontrou na clínica a mãe do menino falecido — ela fora buscar o filho para o funeral. Sambíkin a acompanhou e ajudou com a papelada necessária, e depois do meio-dia já caminhava junto à mulher magra e trêmula atrás da carroça, onde o menino de peito vazio jazia num caixão. Uma vida desconhecida, estranha, abriu-se diante dele — a vida da dor e do coração, das lembranças, de necessidade de consolo e de afeto. Essa vida era tão enorme como a vida da mente e do trabalho árduo, porém mais silenciosa.

Moscou Tchestnova demorou muito para se recuperar, ficou amarelada, suas mãos ressecaram devido à imobilidade. Mas pela janela ela via os magros galhos nus de uma árvore do hospital. Eles arranhavam o vidro da janela no curso das longas noites de março, congelavam e ansiavam, sentindo a chegada iminente do calor. Moscou ouvia o movimento do vento úmido e dos galhos, tamborilava os dedos no vidro em resposta a eles, e não acreditava em nada de pobre ou infeliz no mundo — não pode ser! "Logo irei até vocês!", sussurrava para o lado de fora, grudando a boca no vidro.

Num certo dia de abril, já de noite, quando era hora de dormir na clínica, Tchestnova ouviu ao longe os acordes de um violino. Apurou os ouvidos e reconheceu a música — quem tocava era o violinista daquele *jakt* próximo, onde morava Komiáguin. Mudaram a estação, a vida e o tempo — chegou a primavera, o músico da cooperativa tocava ainda melhor do que antes: Moscou ouvia e imaginava ravinas noturnas nos campos e pássaros voando necessitados adiante através da fria escuridão.

De dia, como de costume, as amigas do antigo trabalho subterrâneo visitavam Moscou. Depois da operação, o triunvirato do metrô veio duas vezes, trazendo caixas de bolo em nome do sindicato.

"Vou me recuperar e casar com Komiáguin", Moscou pensava à noite, ouvindo se espalhar pelo ar imenso a música do violinista do *jakt*. "Agora sou uma mulher coxa!"

Ela teve alta no final de abril. Sambíkin levou-lhe muletas novas e resistentes para o longo caminho da vida que tinha pela frente. Mas Moscou não tinha para onde ir, morava perto do hospital no Alojamento 45 da construção do metrô, mas agora o alojamento fora transferido para algum lugar, não sabia onde.

Sambíkin abriu a porta do automóvel e ficou esperando o endereço para levá-la, mas Moscou sorriu e não disse nada. Então ele a levou para a casa dele.

Alguns dias depois, sem esperar a cicatrização completa da ferida na perna de Moscou, Sambíkin foi com ela para o Cáucaso, para uma casa de repouso às margens do mar Negro.

Todas as manhãs, depois do café da manhã, Sambíkin acompanhava Moscou à beira do mar ruidoso, e ela contemplava por horas o espaço irreversível. "Vou embora, vou para algum lugar", ela sempre sussurrava. Sambíkin ficava calado perto dela, suas entranhas doíam como se lentamente apodrecessem, e na cabeça vazia sofria um único e miserável pensamento de amor pelo corpo atual e sem perna de Moscou. Sambíkin envergonhava-se de sua vida lamentável. Nas horas mortas após o almoço, escapava para um bosque na montanha e lá resmungava, quebrava galhos, cantava, implorava a toda a natureza que o libertasse e lhe desse finalmente paz e capacidade de trabalho, deitava sobre a terra e sentia que nada daquilo lhe interessava.

À noite, ao retornar, Sambíkin muitas vezes nem conseguia chegar perto de Tchestnova, de tanta atenção, cuidado e importunação de que a cercavam homens engordados nesse descanso. A deformidade de Moscou era agora quase imperceptível: levaram-lhe uma prótese de Tuapse e ela caminhava sem muletas, com uma bengala sobre a qual todas as pessoas de quem Moscou gostava já haviam gravado nome e datas e desenhado símbolos de louca paixão. Examinando bem sua bengala, Moscou compreendeu que seria preciso se enforcar se os desenhos fossem sinceros: pessoas conhecidas desenharam, essencialmente, apenas uma coisa: como gostariam de ter filhos com ela. Uma vez, Moscou estava com desejo de comer uvas, mas elas não crescem na primavera. Sambíkin percorreu os arredores dos colcozes, todavia a uva havia muito fora transformada em vinho. Moscou ficou muito chateada – depois da perda da perna e de adoecer, surgiu nela um capricho diferente na forma de impaciência em relação a qualquer ninharia. Todos os dias, por exemplo, lavava a cabeça, porque sentia seus cabelos sempre sujos e até chorava de desgosto, pois achava que a sujeira não saía de jeito nenhum. Certa noite, quando ela, como de costume, lavava a cabeça numa bacia no jardim, um ancião da montanha aproximou-se da cerca e a observou em silêncio.

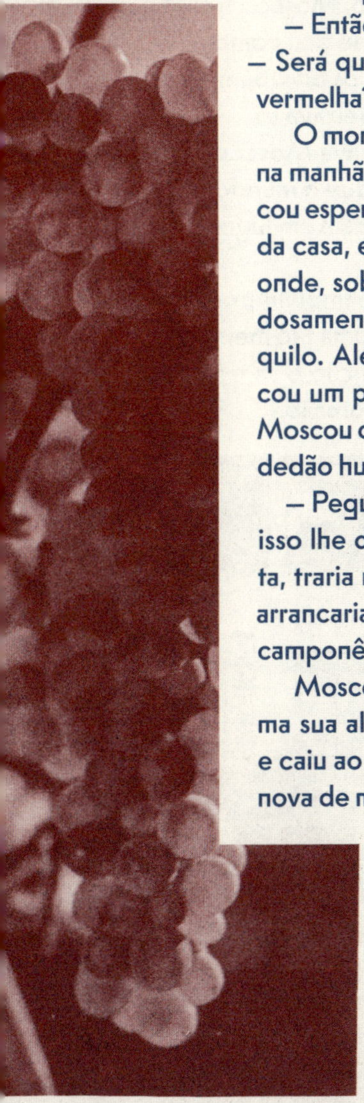

— Vovô, me traz uvas! — Moscou lhe pediu. — Ou o senhor não tem nenhuma?

— Não tenho — o montanhês respondeu. — Onde é que vou arranjar uva nesta época?

— Então pare de me olhar — disse Tchestnova. — Será que o senhor não tem nem uma frutinha vermelha? Não está vendo? Sou coxa...

O montanhês foi embora sem responder, mas na manhã seguinte Moscou o viu de novo. Ele ficou esperando até que ela saísse para o alpendre da casa, e deu-lhe de presente uma cesta nova, onde, sobre folhas frescas, estavam uvas cuidadosamente selecionadas, pesando mais de um quilo. Além da cesta, o montanhês deu a Moscou um pequeno objeto: um paninho colorido. Moscou o desembrulhou e nele viu a unha de um dedão humano. Ela não entendeu nada.

— Pegue, filha russa. Tenho sessenta anos, por isso lhe dou minha unha. Se eu tivesse quarenta, traria meu dedo, e se tivesse trinta, também arrancaria a perna que você não tem — o velho camponês explicou.

Moscou fechou a cara para conter com calma sua alegria, depois virou-se, saiu correndo, e caiu ao bater na pedra da soleira com a perna nova de madeira.

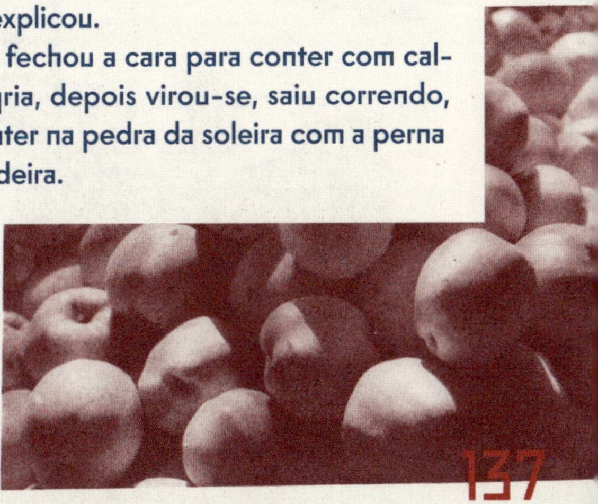

O montanhês não queria saber tudo sobre o ser humano, apenas o melhor, portanto voltou imediatamente para sua casa e nunca mais retornou.

Passou o tempo de repouso e tratamento, Moscou finalmente se recuperou e dominou a perna de pau como se fosse uma perna viva. Como antes, todos os dias, Sambíkin a acompanhava até a beira do mar e a deixava só.

O movimento da água no espaço lembrava Moscou Tchestnova do grande destino de sua vida, que o mundo é realmente infinito e seus confins não se tocam em lugar nenhum — o ser humano é irrevogável.

No dia da volta da viagem, o amor de Sambíkin por Moscou já se transformara para ele num enigma tão mental que se entregou totalmente à sua resolução e se esqueceu da sensação de sofrimento em seu coração.

12

Sartorius perdeu sua fama de engenheiro na União Soviética e se concentrou totalmente nos assuntos do instituto pouco conhecido, assim, pouco a pouco, os antigos camaradas dos institutos célebres o perderam de vista. Ele pernoitava cada vez menos em casa, ficando para descansar no próprio instituto, até que um dia seu direito de residência foi cancelado no livro de registro de domicílios, e seus pertences entregues ao depósito do departamento de polícia. Absorto em sua vida silenciosa, Sartorius pegou as coisas no depósito e as despejou num canto onde geralmente dormitava o vigia da firma em sua luta contra um possível roubo de propriedade. Desde então, o instituto se tornou para Sartorius definitivamente uma família, um refúgio e um mundo novo: lá ele vivia com a fiel namorada Liza, tinha uma profunda amizade com os colegas, e o comitê local — liderado por Bojkó — o resguardava de qualquer tristeza e infortúnio.

Durante o dia, quase sempre ficava feliz e satisfeito com o trabalho atual, mas, à noite, quando se deitava de costas sobre as pastas de assuntos antigos, dentro dele nascia uma angústia, que crescia sob suas costelas como uma árvore se ergue para o teto abobadado do velho Gostiny Dvor e lá agita suas folhas negras. Como ele praticamente não sabia sonhar, podia apenas sofrer e observar o que era aquele sofrimento.

Sua mente se empobrecia cada vez mais, a coluna enfraquecia por causa das atividades, mas com paciência ele suportava a si mesmo, apenas de vez em quando seu coração doía — persistente e longamente, nos recônditos profundos do corpo, ressoando ali como uma voz sombria e clamorosa. Então Sartorius fugia para trás do armário dos assuntos antigos e ficava entre os inventários por algum tempo, até que essa grande sensação de angústia desaparecesse em solidão e monotonia.

À noite ele dormia pouco. Visitava a família da datilógrafa Liza, bebia chá com ela e sua mãe velhinha, que gostava de falar sobre literatura contemporânea, mas sobretudo sobre os caminhos do desenvolvimento das artes plásticas — e sorria docilmente de desespero. Às vezes Viktor Vassílievitch Bojkó também estava lá: em outros tempos, antes de Sartorius, Bojkó considerava Liza sua noiva, porém, às voltas com os assuntos do instituto, com a atmosfera cotidiana entre os colegas de trabalho, ele ainda não via urgência em se confinar no casamento e até convenceu Liza a consolar Sartorius. O bem e a felicidade do colega de trabalho eclipsaram em Bojkó o fenômeno natural das paixões do coração, e o fogo que aquecia sua alma pessoal era a firma de pesos e medidas. Ao encontrar Sartorius e Liza na casa da velhinha, Viktor Vassílievitch passou a se empenhar para que eles ficassem noivos. Cativava-o a ideia de que os dois jovens se apaixonassem e permanecessem no mesmo instituto e sindicato, assim não saindo do pequeno mas fechado sistema da indústria de balanças.

апряже
ізико-т

решении проблем
о ядра (мельчайше
і материи) Советски
інимает одно из пер
ст в мире.
› известны труд
амова, автора теори
атомного ядра, труд
кобельцына о косм
лучах; профессор
льникова и профе
К. Вальтера, предл
живших схему, при помощ
которой можно сравнительн
легко и просто увеличит
почти в произвольное колич
ство раз сверхвысокие пост
янные напряжения для бо
бардировки атомного ядр
труды И. В. Курчатова, п
чьим руководством построе
мощная установка для бо
бардировки атомных ядер б
стрыми частицами; А. И. Ле
пунского (Укр. ФТИ), повт
рившего совместно с С
нельниковым замечател
ные опыты английских ф
зиков Кокрофта и Уолто
и разложивших атом лити

вого в мире пролетарского государства.
Москва охватывается новыми и новыми поясами кварталов, поселков и пригородов. В ранние утренние часы поезд
скву

Quando Sartorius não visitava Liza, caminhava quilômetros pela cidade, observando longamente como pesavam o pão e os legumes nas lojas em balanças elétricas de sua concepção, e suspirava pelo processo opressivo e deprimente da substância imutável dentro de si. Então, quando os bondes noturnos vazios corriam apressados em suas últimas viagens, Sartorius ficava um longo tempo olhando para os incompreensíveis rostos estranhos dos raros passageiros. Esperava ver Moscou Tchestnova em algum lugar, seus adoráveis cabelos pendendo da janela aberta do bonde quando sua cabeça recostava no peitoril da janela e dormia ao vento do movimento.

Gostava dela de modo constante; sua voz lhe soava sempre no ar em volta: bastava lembrar de qualquer palavra de Moscou e, imediatamente, ele via em suas lembranças a boca conhecida, os fiéis olhos carrancudos e o calor de seus lábios dóceis. Às vezes ela lhe aparecia em sonho, miserável ou já falecida, deitada na pobreza do último dia diante da sepultura. Sartorius despertava tomado pela dor e crueldade e logo se atinha a algum assunto útil no instituto a fim de ofuscar em si pensamento tão triste e impróprio. Porém, em geral, Sartorius não sonhava, pois não possuía a capacidade de ter uma experiência vazia.

Durante vários meses o tempo passou quase do mesmo jeito, apenas com pequenas variações. As mulheres havia muito portavam chapéus quentes, as pistas de patinação foram abertas, as árvores no bulevar adormeceram, conservando a neve nos galhos até a primavera, as estações de energia elétrica trabalhavam sob pressão cada vez maior, iluminando a treva crescente. Moscou Tchestnova não estava em lugar algum: nem em carne e osso, nem nos livros de registro de endereços.

ЖЬЕ

дин из замечательных со-
т победивший пролетариат.
архитектурой, ровны-
цей, поликлиникой,
ранцев. Город
евьев поса-

нтр

Num dia de inverno, Sartorius visitou o doutor Sambíkin, que voltara do trabalho noturno na clínica e permanecia imóvel, seguindo o curso do próximo enigma em sua mente. Estranho que os dois camaradas tivessem se encontrado sem alegria após a separação, embora Sambíkin, como de costume, tenha divisado na visita de Sartorius um evento significativo. Ele até ficou confuso.

Então, descobriu-se que Sambíkin amava Moscou de forma irracional e que dela se afastara conscientemente para resolver o problema do amor como um todo, pois essa é uma tarefa muito séria — se jogar de cabeça num assunto desconhecido é inadmissível. E só depois de esclarecer sua questão sentimental, Sambíkin pensava se encontrar com Moscou, com o intento de viver com ela o tempo que restasse até a cremação fúnebre.

— Ela agora é coxa — Sambíkin ainda disse —, e vive no cômodo do membro da Osodmil, o camarada Komiáguin. O sobrenome dela também não é mais Tchestnova.

— Por que você foi largá-la coxa e sozinha? — Sartorius perguntou. — Afinal, você a amava.

Sambíkin ficou extremamente surpreso:

— Estranho se eu amasse uma só mulher no mundo quando elas existem aos milhões, e entre elas com certeza há outras com encanto superior. É preciso esclarecer bem isso, aqui há um claro mal-entendido do coração humano — nada mais.

Ao descobrir o endereço de Moscou, Sartorius deixou Sambíkin sozinho. O médico não levou Sartorius até a porta e permaneceu sentado em plena meditação acerca das tarefas mais importantes da humanidade, desejando clareza mundial e consenso sobre todos os pontos da felicidade e do sofrimento.

À noite, Semión Sartorius entrou no pátio do *jakt* no bairro Báumanski, onde morava Komiáguin. O Instituto de Medicina Experimental tinha sido construído atrás da cerca do edifício e era iluminado pelo fogo puro da eletricidade.

Junto à entrada da administração do prédio estava sentado um velho mendigo com a cabeça calva, seu chapéu estava no chão, com a abertura para cima, e atravessado sobre ele estava o arco do violino. Sartorius depositou no chapéu algum dinheiro e perguntou ao pobre homem por que seu arco estava no chão.

— Este é o meu sinal — disse o velho homem. — Afinal, não estou pedindo esmola, mas a aposentadoria: a vida inteira toquei com deleite em Moscou, aqui me ouviram com prazer todas as gerações da população — que me deem o bastante para comer enquanto a morte não chega!

— Pois então toque o violino — pra que mendigar? — Sartorius aconselhou.

— Não posso — o velho se recusou. — Minha mão treme de agitação pela fraqueza. E isso não é bom para a arte — não posso ser desleixado. Mendigo, sim.

O longo corredor do velho edifício ainda cheirava a antigos resquícios de iodofórmio e hipoclorito de cálcio. Ali, provavelmente, em algum momento durante a Guerra Civil,[22] era um hospital que acolhia os soldados do Exército Vermelho — agora abriga inquilinos.

Sartorius aproximou-se da porta de Komiáguin; atrás dela ouvia-se baixinho a voz de Moscou Tchestnova; talvez estivesse deitada e conversasse com o marido-coinquilino.

— Lembra? Eu te contei que na infância vi um homem escuro com uma tocha acesa: ele corria pela rua à noite, o outono estava escuro e o céu tão baixo que não dava pra... respirar...

— Lembro — disse uma voz masculina. — Já te falei que era eu que estava correndo naquele dia contra os inimigos: era eu.

— Aquele era velho — Moscou duvidou tristemente.

— Que seja. Quando uma pessoa vive na forma de uma menina pequena, para ela dezesseis anos parece um idoso.

— É verdade — Moscou disse. Sua voz estava um tanto maliciosa, um tanto triste, como se ela fosse uma mulher de quarenta anos do século dezenove e a história se passasse num grande apartamento. — Agora você está queimado e carbonizado.

22. A Guerra Civil Russa (1917-22) opôs os bolcheviques (Exército Vermelho) às forças contrarrevolucionárias, conhecidas como Brancos, além de nacionalistas e forças estrangeiras. O conflito, que registrou grandes perdas humanas, terminou com a consolidação do poder soviético. [N. T.]

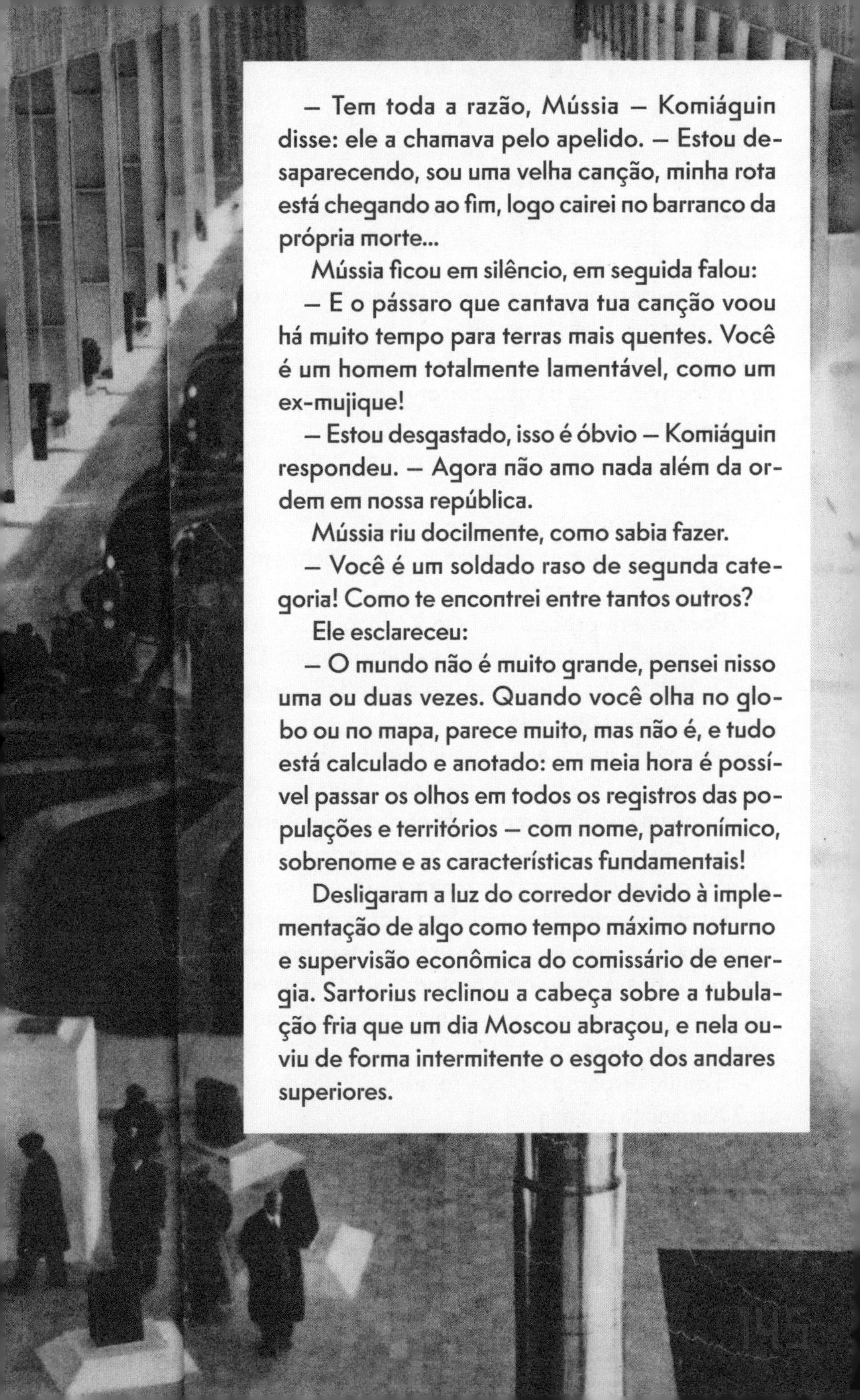

— Tem toda a razão, Mússia — Komiáguin disse: ele a chamava pelo apelido. — Estou desaparecendo, sou uma velha canção, minha rota está chegando ao fim, logo cairei no barranco da própria morte...

Mússia ficou em silêncio, em seguida falou:

— E o pássaro que cantava tua canção voou há muito tempo para terras mais quentes. Você é um homem totalmente lamentável, como um ex-mujique!

— Estou desgastado, isso é óbvio — Komiáguin respondeu. — Agora não amo nada além da ordem em nossa república.

Mússia riu docilmente, como sabia fazer.

— Você é um soldado raso de segunda categoria! Como te encontrei entre tantos outros?

Ele esclareceu:

— O mundo não é muito grande, pensei nisso uma ou duas vezes. Quando você olha no globo ou no mapa, parece muito, mas não é, e tudo está calculado e anotado: em meia hora é possível passar os olhos em todos os registros das populações e territórios — com nome, patronímico, sobrenome e as características fundamentais!

Desligaram a luz do corredor devido à implementação de algo como tempo máximo noturno e supervisão econômica do comissário de energia. Sartorius reclinou a cabeça sobre a tubulação fria que um dia Moscou abraçou, e nela ouviu de forma intermitente o esgoto dos andares superiores.

— E é até bom que a Terra seja pequena: nela se pode viver em paz! — Komiáguin disse.

Mússia-Moscou ficou em silêncio. Por fim, sua perna de madeira golpeou o chão. Sartorius percebeu que ela havia se sentado.

— Komiáguin, será que você era mesmo bolchevique? — ela perguntou.

— Ora, por quê? Não, não era, nunca fui!

— Então por que estava correndo com a tocha em 1917 quando eu era pequena?

— Porque era preciso — disse Komiáguin. — Afinal, naquela época não tinha polícia e muito menos a Osodmil. Os habitantes precisavam se defender por conta própria de todos os inimigos.

— Mas onde morávamos praticamente só tinha mendigo e faminto... Os bens do meu pai valiam uns três rublos e tinham que lhe arrancar do corpo, desenterrar da barriga! Quem vocês estavam defendendo, seus idiotas? Por que você corria com uma tocha?

— Eu era inspetor de autodefesa, corria para verificar os postos de controle... Quando todos têm pouco, ou seja, na pobreza, é preciso proteger ainda mais o que se tem, é a coisa mais preciosa: uma colher de pau vale ouro! Aí está o motivo!

— E quem disparou e o que foi essa gritalhada na prisão? Não minta pra mim!

— Pra que mentir?! A verdade é pior. Quem disparou foi um arruaceiro solitário [oculto], e na prisão estava acontecendo uma reunião, lá eles eram bem alimentados e ninguém queria ser solto — tiveram que expulsá-los a golpes. Eu também tomava sopa de repolho lá e era amigo do carcereiro.

Moscou ficou um longo tempo se despindo, fungando e remexendo sua perna de pau — ela provavelmente estava se preparando para dormir até a manhã seguinte.

Sartorius, temeroso, esperou o desfecho final. Pelo corredor às vezes os moradores passavam rumo ao banheiro coletivo, mas não ligavam para o estranho no escuro, já que estavam acostumados com muitos acontecimentos inexplicáveis, dos mais variados tipos.

— Você é um cego no meio do tiroteio — Moscou disse atrás da porta. — Não se deite comigo, seu nojento!

— Pode chiar, sua perneta! — Komiáguin falou, paciente. — Você não sabe patavinas da vida de gente como eu...

— Não, eu sei. Tinham que te matar, é isso a vida.

— Espera um pouco, ainda não concluí nenhum negócio, não acabei de pensar nas ideias mais importantes...

— Bem, e quando vai conseguir? Afinal, está ficando velho... Está esperando o quê?

Komiáguin informou modestamente que esperava ganhar alguns milhares de rublos com um título do governo e que, então, reconsideraria sua vida e terminaria todos os negócios iniciados.

— Mas pode ser que isso não aconteça logo! — Moscou disse com tristeza.

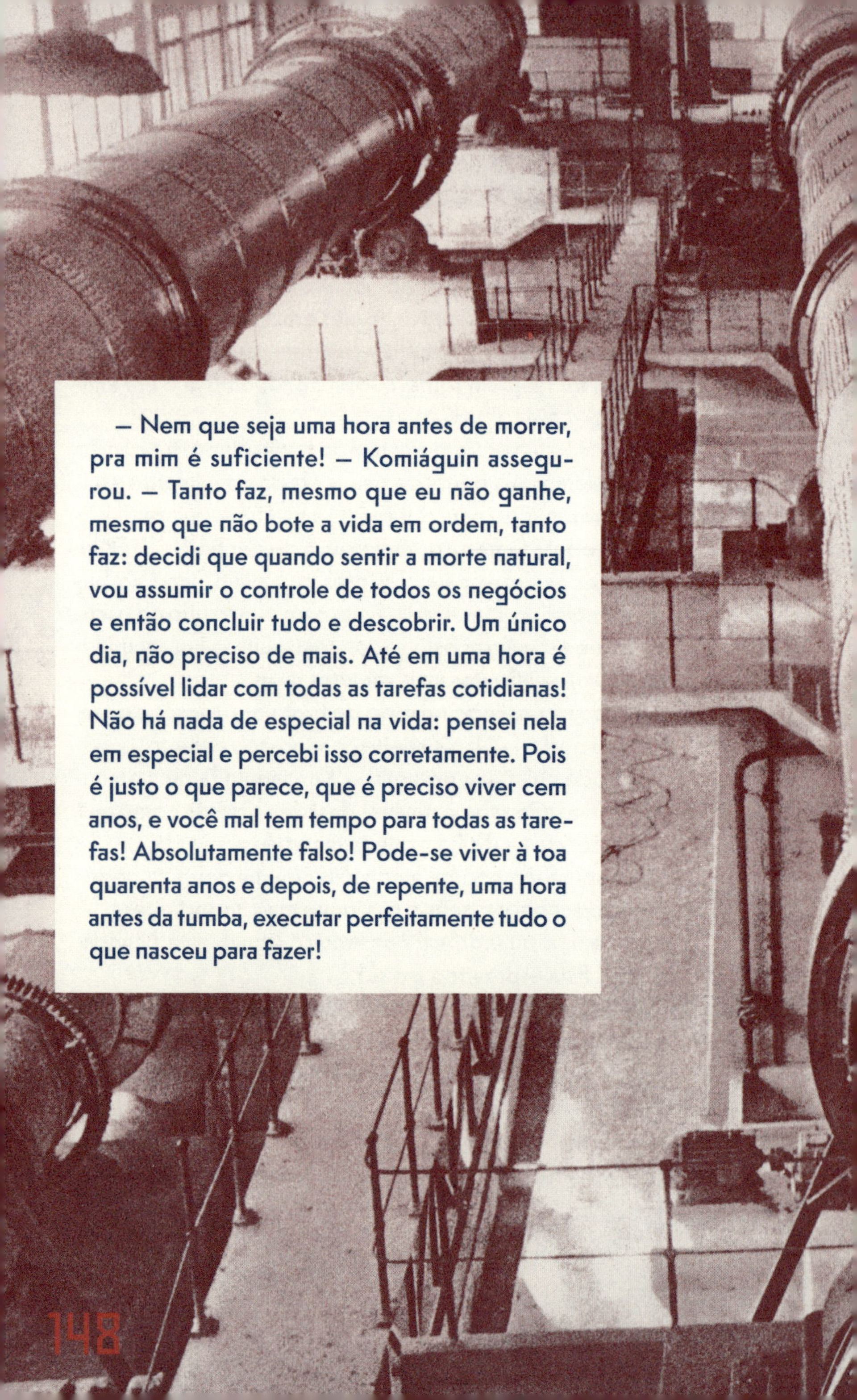

— Nem que seja uma hora antes de morrer, pra mim é suficiente! — Komiáguin assegurou. — Tanto faz, mesmo que eu não ganhe, mesmo que não bote a vida em ordem, tanto faz: decidi que quando sentir a morte natural, vou assumir o controle de todos os negócios e então concluir tudo e descobrir. Um único dia, não preciso de mais. Até em uma hora é possível lidar com todas as tarefas cotidianas! Não há nada de especial na vida: pensei nela em especial e percebi isso corretamente. Pois é justo o que parece, que é preciso viver cem anos, e você mal tem tempo para todas as tarefas! Absolutamente falso! Pode-se viver à toa quarenta anos e depois, de repente, uma hora antes da tumba, executar perfeitamente tudo o que nasceu para fazer!

Eles não disseram mais nada. Komiáguin, a julgar pelos sons, deitou-se no chão e suspirou longamente de desgosto, pois o tempo passava, mas seus assuntos ficavam parados. Sartorius se desanimou, não tomou nenhuma decisão. Ele ouvia a última pessoa trancando a porta de saída e indo para o quarto dormir. Mas ele não temia ficar a noite inteira na escuridão do corredor. Esperava que Komiáguin morresse logo, para entrar no quarto e lá ficar com Moscou. Na expectativa, não dormiu, observando no silêncio escuro como, pouco a pouco, segue o tempo da noite, cheio de acontecimentos. Atrás da terceira porta, contando a partir da tubulação de esgoto, começaram os sons regulares de uma cópula; uma caixa de descarga vazia chiava cheia de ar, ora mais forte, ora mais fracamente, sinalizando o trabalho do potente abastecimento de água; ao longe, no fim do corredor, um morador solitário começou a gritar de terror em sonho, mas como ele não tinha consolo, então se acalmou sozinho; no quarto oposto ao de Komiáguin, alguém acordou especialmente para rezar a Deus num sussurro: "Lembrai-vos de mim, Senhor, no Vosso reino, pois eu me lembro de Vós, dai-me algo real: por favor, eu Vos rogo!". Nos demais quartos do corredor também se desenrolavam acontecimentos – ínfimos, mas ininterruptos e necessários, de modo que a noite era carregada de vida e de ação com a mesma intensidade do dia. Sartorius ouvia e compreendia quão pobre era por possuir apenas um único peito fechado por todos os lados: Moscou e Komiáguin dormiam atrás da porta; seus corações batiam mansos, e no corredor se ouvia a tranquila respiração geral, como se no peito de cada um houvesse apenas bondade.

Sartorius definhava. Com cuidado bateu à porta para acordar alguém, para que algo acontecesse. A sensível Moscou remexeu-se e chamou Komiáguin. Este respondeu irritado: o que ela queria no meio da madrugada, se de dia ele não servia para nada?

— Verifique seus títulos de empréstimo do governo — Moscou disse. — Acenda a luz.

— O que é que foi? — Komiáguin assustou-se.

— Talvez você tenha ganhado... Se ganhou, vai começar a viver nos conformes, se não, deite e morra. Você é o único assim na União Soviética, como não tem vergonha?

Komiáguin com esforço organizava os pensamentos em sua cabeça.

— E o que eu tenho a ver com a União Soviética? União Soviética! Todo mundo agora resmunga sobre isso, e eu vivo nela, como no calor do peito...

— Chega de viver assim, morra como um herói — Moscou insistiu na sugestão como uma víbora.

Komiáguin ponderou: não seria nada de especial, na verdade, se morresse de fato — milhões de almas já passaram pela morte e ninguém voltou para reclamar. Mas a vida dele, pelo visto, ainda agrilhoava seus ossos, recobria sua carne e a rede de suas veias — demasiado confiável e familiar era a durabilidade mecânica de seu próprio ser. Arrastou-se de joelhos até os arquivos inacabados e pôs-se a folhear os títulos, enquanto Moscou lia para ele a lista dos ganhadores da série no boletim do Comissariado do Povo para Finanças.[23] Os ganhos se revelaram na soma de uns dez rublos, mas como Komiáguin tinha apenas um quarto do título agraciado, então de lucro líquido ele receberia dois rublos e meio: a vida melhoraria de forma insignificante, e como resultado de novo ele não conseguiria alcançar um ponto de equilíbrio.

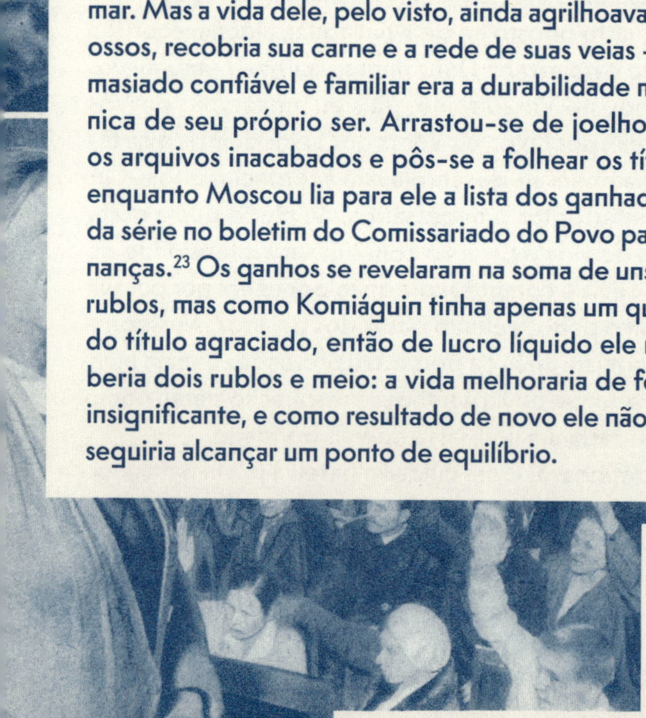

23. Dom Naródnogo Komissariata Finánsov SSSR: o órgão governamental soviético equivalente ao Ministério das Finanças, criado após a Revolução de 1917. No período soviético, os ministérios eram chamados de Comissariados do Povo. [N. T.]

В 1937 ГОДУ А. А. СЛАВНОВО ПАРТИЙНОЙ РАБОТНИЦЕ, ПЕРЕДОВОЙ СОВ ЖЕНЩИНЕ, ВЫПАДАЕТ СЧАСТЬЕ ПЕРВОЙ ВЫДВИНУТЬ В ВЕРХОВНЫЙ СОВЕТ КАНДИДАТУРУ ВЕЛИКОГО

— Bem, o que vai fazer agora? — Moscou perguntou.

— Morrer — concordou Komiáguin. — Não dá mais pra viver. Amanhã leve ao departamento de polícia a caderneta de quitação de multas — vai te render juros de cinco rublos: vai dar pra comer depois que eu me for.

Em seguida, ele se deitou sobre algo e se calou.

Logo Moscou repetiu a pergunta num sussurro:

— E então, Komiáguin? — ela o chamava somente pelo sobrenome, como se fosse um estranho. — Está dormindo de novo? E depois vai acordar?

— Duvido — Komiáguin respondeu. — Estava aqui pensando... E se eu trabalhasse na Osodmil por mais uns dez anos? Assim eu aprenderia a impor ao povo disciplina, depois poderia ser um Gengis Khan!

— Pare com essa conversa! — Moscou se irritou. — Oportunista! Você está roubando tempo do governo para si!

— Não — Komiáguin negou, e acrescentou carinhoso: — Muss, me faz um carinho, assim morrerei rapidinho, pela manhã serei um anjo: morrerei.

— Vai ver só o carinho! — Moscou respondeu ameaçadora. — Vou te pisotear já, já com a minha perna de pau se você não morrer!

— Claro, claro! Dizem que antes da morte é preciso se lembrar da vida inteira — não me insulte, vou me lembrar de tudo sem demora.

Teve início um silêncio enquanto, na mente de Komiáguin, passava a sequência dos longos anos de sua existência.

— Lembrou? — Moscou o apressou.

— Não tenho nada pra lembrar — Komiáguin disse. — Só lembro das estações do ano: outono, inverno, primavera, verão, e depois de novo outono, inverno... Em 1911 e 1921, o verão foi quente, o inverno nu, sem neve, em 1916, ao contrário, choveu, em 1917 o outono foi longo, seco e conveniente para a revolução... Lembro como se fosse hoje!

— Mas você já amou muitas mulheres, Komiáguin, talvez isso tenha te dado felicidade.

— E que felicidade existe para uma pessoa como eu? Isso não é felicidade, mas só a pobreza da luxúria! O amor é uma necessidade amarga, e nada mais.

— Mas você não é nada bobo, Komiáguin!

— Na média — Komiáguin concordou.

— Bem, o bastante — Moscou disse com voz clara.

— O bastante — Komiáguin repetiu.

Eles se calaram novamente e por um longo tempo. Sartorius esperava indiferente atrás da porta para entrar no apartamento quando Komiáguin morresse. Ele sentia seus olhos começarem a doer por causa da escuridão e pelo longo sofrimento do coração.

Por fim, Komiáguin pediu a Mússia que lhe cobrisse bem a cabeça com o cobertor e o amarrasse na parte inferior com um barbante para que não escorregasse. Moscou desceu da cama com sua perna de pau e o envolveu como pedira, depois deitou-se de novo suspirando.

A noite se arrastava. Sartorius sentou no chão, exausto: ninguém tinha acordado no corredor, a manhã ainda se encontrava em algum ponto sobre o espelho do oceano Pacífico. Mas todos os sons cessaram, os acontecimentos, pelo visto, estavam mergulhando no fundo dos corpos adormecidos, apenas os pêndulos dos relógios se faziam ouvir nos apartamentos, como se uma fábrica produzisse algo importantíssimo. E, de fato, a tarefa dos relógios era importantíssima: eles conduziam o tempo acumulado para que os sentimentos pesados e felizes atravessassem rápido o ser humano, sem detê-lo nem arruiná-lo definitivamente.

No quarto de Komiáguin, o relógio não soava; de lá só se ouvia a respiração clara e regular do sono de Moscou; não se ouvia outra respiração — Sartorius não conseguia discerni-la. Esperou mais um pouco e bateu à porta.

— Quem está aí? — Moscou imediatamente perguntou.

— Eu — Sartorius disse.

Sem se levantar, Tchestnova soltou o trinco da porta com o dedão do pé da perna ilesa.

Sartorius entrou. No quarto, a luz estava acesa, não a apagaram desde a hora em que verificaram os títulos. Komiáguin estava no chão, sobre um pano, com a cabeça enrolada firmemente numa manta grossa; em volta de seu peito o cobertor era mantido bem apertado por um barbante. Moscou estava sozinha na cama, coberta por um lençol; ela sorriu para Sartorius e começou a conversar com ele. Em seguida, Sartorius lhe perguntou:

— Como você veio parar aqui, no quarto de um estranho, por quê?

Moscou respondeu que não tinha para onde ir. Num primeiro momento, Sambíkin a amava, mas depois pensava nela como um problema, e ficava o tempo todo calado. Ela mesma ficou constrangida de viver em meio aos antigos amigos, na cidade toda organizada, coxa, emagrecida e psiquicamente doente, por isso decidiu refugiar-se na casa de seu pobre amigo, para dar um tempo e reencontrar a alegria.

Ela se sentou na cama, Sartorius estava ao lado dela. Logo ela baixou seu rosto pálido, seus cabelos escuros cobriam suas faces, e começou a chorar no bosque de suas tranças. Sartorius tratou de acalmá-la com um abraço, mas para ela era indiferente. Tinha vergonha e escondeu bem a sua perna de madeira sob a saia.

— Ele está dormindo? — Sartorius perguntou sobre Komiáguin.

— Não sei — Moscou disse. — Talvez tenha morrido: ele mesmo queria isso. Toque a perna dele.

Sartorius tentou a ponta dos pés de Komiáguin. Meias puídas vestiam seus pés, qual gravatas — de inteiro somente a parte de cima, enquanto as solas e os dedos estavam totalmente nus. Os dedos dos pés e os calcanhares estavam frios até os ossos, e o corpo inteiro jazia numa posição impotente.

— Provavelmente está morto — Sartorius disse.

— Já era hora — Moscou proferiu, baixinho.

Sartorius alegrou-se em silêncio com o fato de no aposento não haver ninguém mais vivo além de sua antiga e amada Moscou, ainda mais querida e calorosa para ele, pois a felicidade e a glória dela cessaram temporariamente, por isso diante dela tudo era somente adiante, e ele não tinha nenhuma pena de Komiáguin. A noite estava indo embora, ambos estavam exaustos e deitaram-se lado a lado na cama.

Komiáguin ficou imóvel no chão distante; para não sujar a roupa de cama, na noite anterior Moscou pusera sobre o chão velhos números do jornal *Izvéstia* de 1927, e agora a luz iluminava notícias de acontecimentos passados. Sartorius abraçou Moscou e se sentiu bem.

Umas duas horas depois, as pessoas começaram a circular pelo corredor, preparando-se para seus afazeres e trabalho. Sartorius acordou e se sentou na cama; Moscou dormia ao lado, e o seu rosto era tranquilo e bondoso no sono, como pão — nada parecido com o habitual. Komiáguin jazia do mesmo modo, a eletricidade ardia brilhante e iluminava o quarto inteiro, onde tudo exigia reforma e acabamento. Sartorius compreendeu que o amor provém da pobreza mundial ainda não erradicada, quando não há como se mover para um destino melhor e superior. Ele apagou a luz e se deitou para recuperar-se do estágio em que se encontrava. Uma luz débil, como a lua, começou a se espalhar pela parede acima da porta, penetrando pela janela do céu matinal e, quando clareou todo o quarto, ele se tornou ainda mais apertado e triste do que na madrugada sob a luz incandescente.

Sartorius aproximou-se da janela; através dela dava para ver a cidade invernal e esfumaçada; o próximo amanhecer rondava o ventre flácido de uma nuvem indiferente, da qual não se pode esperar nem vento nem tempestade. Mas milhões de pessoas já se agitavam nas ruas, levando consigo uma vida variada; em meio ao mundo cinzento, elas iam labutar em oficinas, refletir em escritórios e em gabinetes de planejamento – eram muitas, porém Sartorius continuava sozinho, jamais se separando de si. Sua alma e pensamento, bem como o corpo monótono, foram construídos para permanecerem iguais até a morte.

O defunto Komiáguin jazia como testemunha do amor novamente consumado de Sartorius [dos eventos transcorridos no quarto], mas não se movia nem se enciumava; Moscou dormia alheia, o rosto adorável voltado para a parede. Sartorius assustou-se com a possibilidade de que, no mundo inteiro, lhe coubesse apenas uma cálida gota conservada no peito, e que não sentisse nada do restante e logo jazesse num canto, igual a Komiáguin. Seu coração começou a ficar um tanto sombrio, mas ele o consolou com uma ideia banal que lhe veio à mente: é preciso investigar toda a vida atual por meio da própria transformação em outras pessoas. Sartorius acariciou as laterais do corpo, condenando-o a sofrer em outra existência, coisa proibida pela lei da natureza e pelo costume do ser humano consigo mesmo. Ele era um pesquisador e se esquecia de si pela felicidade secreta, pretendia destruir com eventos e circunstâncias a resistência de sua personalidade para que os sentimentos das pessoas desconhecidas nele pudessem entrar, um por um. Uma vez que há a vida, não se pode perder essa oportunidade, é preciso penetrar em todas as almas alheias – caso contrário, não há para onde ir; consigo mesmo não há como viver, e quem vive assim, morreu muito antes da sepultura [só se pode arregalar os olhos e assombrar-se com a idiotice].

ССР НА СТРОЙКЕ

Sartorius recostou o rosto no vidro da janela, observando a amada cidade que crescia a cada minuto rumo ao futuro com o animado trabalho, renunciando a si mesma, vagando adiante com um rosto jovem e irreconhecível.

— Por que estou sozinho? Serei como a cidade de Moscou.

Komiáguin remexeu-se no chão e inspirou o ar que ele mesmo expelira.

— Mússia! — ele chamou vacilante. — Estou congelando aqui embaixo: posso me deitar do seu lado?

Moscou abriu um olho e disse:

— Vem, deita!

Komiáguin começou a livrar-se das cobertas sufocantes, enquanto Sartorius saía pela porta e para a cidade sem se despedir.

Фотомонтаж Джона Гарфильда (Москва)

13

Sartorius ficou meio morto por algum tempo. Parou de visitar Liza, pois ela de fato casou com Viktor Vassílievitch Bojkó, e a firma de pesos e medidas foi liquidada e esvaziada de todos os funcionários. Restou apenas uma contínua no edifício vazio e frio do instituto — havia parido um bebê que ela mantinha e alimentava numa pasta macia de arquivos mortos.

Sartorius por duas vezes visitou seu antigo emprego, sentou-se à escrivaninha nua, tentou esboçar um projeto de pesagem de algo sem peso, mas não sentiu nada — nem pesar, nem prazer. Estava tudo acabado: a família do trabalho, que aliviava a alma das pessoas, fora dissolvida, a chaleira comunitária não esquentava mais ao meio-dia, e os copos ficavam vazios no armário pouco a pouco habitado por diminutos insetos pálidos feito papel. O bebê da contínua ora chorava, ora se consolava, os ponteiros do relógio acima dele avançavam, e sua mãe o acariciava com o habitual amor materno. Ela aguardava com medo a chegada do novo instituto ao edifício, pois não tinha onde morar, mas o novo instituto também fechara na véspera da sua mudança, e assim a área foi registrada como reserva do fundo de habitação e mais tarde nele se estabeleceram moradias familiares.

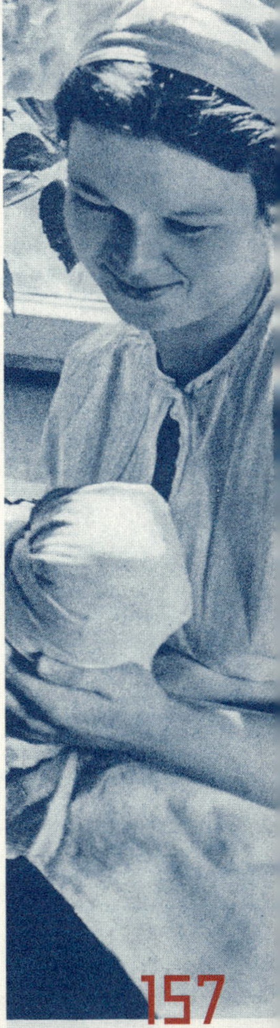

Зинаида Амалеева — помощник машиниста московского метро. Своего первенца она родила в родильн

Sartorius passou a enxergar cada vez pior, seus olhos estavam ficando cegos. Permaneceu deitado em casa um mês inteiro, até que voltasse a enxergar um pouco com a vista dolorida. A contínua da antiga firma vinha vê-lo dia sim, dia não, trazendo comida e cuidando da casa.

Por duas vezes Sambíkin o visitou com um oftalmologista, e eles deram seu parecer médico: a causa da doença dos olhos estava nos remotos recônditos do corpo, possivelmente no coração. De modo geral, disse Sambíkin, a constituição de Sartorius se encontrava em processo de indefinida transformação [destruição], e este ficou intrigado com tal pensamento dias a fio.

Finalmente, Sartorius saiu de casa. Alegrou-se com a multidão das ruas; a energia dos automóveis apressados fecundou o entusiasmo em seu coração, um sol perene brilhava nos cabelos descobertos das mulheres que passavam e nas folhas frescas das árvores encharcadas da umidade do nascimento.

De novo começava a primavera; o tempo afastava cada vez mais a vida pregressa de Sartorius. Muitas vezes ele piscava cego pela luz e esbarrava nas pessoas. Achava bom que houvesse tantas, que, consequentemente, sua existência não fosse imprescindível — que houvesse alguém que, sem ele, conseguisse fazer tudo o que era necessário e suficiente. Uma sensação pesada e sombria tomou conta dele. Carregava seu corpo como um peso morto — entediado, triste, vivido até um pobre fim. Sartorius espiava os muitos rostos que vinham ao seu encontro; enlanguescia com um pálido prazer: a vida alheia, descoberta em cada alma incógnita. Ele se afastou e se angustiou.

Ежегодно на Красной площади происходит демонстрация десятков тысяч московских физкультурников.

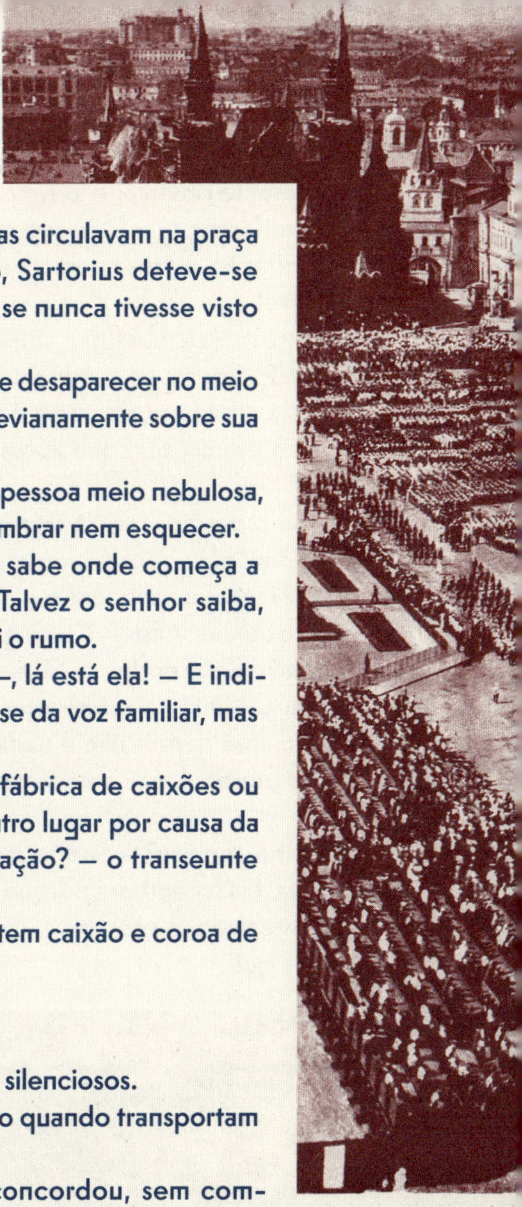

Cerca de dez mil pessoas circulavam na praça Kalantchóvskaia. Surpreso, Sartorius deteve-se perto da alfândega, como se nunca tivesse visto tal espetáculo.

"Agora vou me esconder e desaparecer no meio de todos!", pensou vaga e levianamente sobre sua intenção.

Dele se aproximou uma pessoa meio nebulosa, do tipo que não se pode lembrar nem esquecer.

— Camarada, por acaso sabe onde começa a passagem Dominíkovski? Talvez o senhor saiba, eu também sabia, mas perdi o rumo.

— Sei — Sartorius disse —, lá está ela! — E indicou a direção, lembrando-se da voz familiar, mas não do rosto.

— E sabe se lá tem uma fábrica de caixões ou se já foi transferida para outro lugar por causa da construção e da reorganização? — o transeunte quis saber.

— Não sei... Parece que tem caixão e coroa de flores — Sartorius explicou.

— E transporte?

— Provavelmente, sim.

— Devem ter automóveis silenciosos.

— É possível. Vão a fundo quando transportam um defunto.

— É, sim — o homem concordou, sem compreender "vão a fundo".

Eles se calaram. O transeunte olhava com fervor para as pessoas que se agarravam ao bonde em movimento, e até fez um movimento vago de fúria em direção a elas.

1 мая и 7 ноября — подсчитывая свои сил

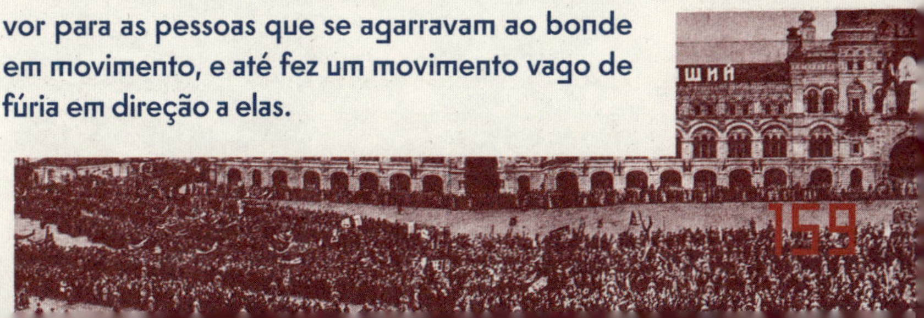

— Eu conheço o senhor — Sartorius disse —, me lembro da sua voz.

— É totalmente possível — o homem concordou, com indiferença. — Tive que multar muita gente por infração, e nessa hora a gente grita, é compreensível.

— Talvez eu esteja lembrando: como se chama?

— Nome não é nada — o transeunte falou. — O que importa é o endereço exato e o sobrenome, e isso ainda é pouco: tem que apresentar o documento.

Ele sacou o passaporte e Sartorius leu o sobrenome: Komiáguin, aposentado, e o endereço. O homem era um desconhecido.

— Não nos conhecemos — Komiáguin disse ao ver a decepção de Sartorius. — O senhor apenas achou que sim. Muitas vezes acontece isso, algo parece sério, mas depois não é nada. Bem, deixo o senhor por aqui, vou me informar sobre o caixão.

— Sua mulher morreu? — Sartorius perguntou.

— Está viva. Ela foi embora porque quis. O caixão estou antecipando pra mim.

— Mas pra quê?

— Como pra quê? É indispensável. Quero conhecer todo o itinerário de um defunto: onde obter permissão para abrir uma sepultura, quais as provas e os documentos necessários, como encomendar um caixão, em seguida o transporte, o enterro e como se completa no final o balanço da vida: onde e quais aspectos formais efetuam a exclusão definitiva do homem do conjunto de cidadãos. Quero, de antemão, percorrer todo esse caminho — da vida ao total esquecimento, até a eliminação de toda a existência sem deixar vestígios. Dizem que esse caminho tem uma forma difícil. E está certo, caro camarada: não se deve morrer, cidadãos são necessários... Mas o senhor vê o que fazem na praça? Os cidadãos se jogam de um lado pro outro, não conseguem caminhar normalmente. Quantas vezes, na sua época, o camarada Lunatchárski[24] pregou o movimento rítmico das massas, e agora temos que multá-las. Vida prosaica! Viva a heroica polícia da república!

Komiáguin partiu para a passagem Dominíkovski. Além de Sartorius, mais uns quatro estranhos e uma criança errante o escutaram. Essa criança, de uns doze anos, o seguiu com passos rápidos e falou-lhe com voz madura:

— Cidadão, já que você vai morrer de qualquer forma, me entregue as coisas da casa: vou passar a mão nelas.

— Está bem — disse Komiáguin. — Venha comigo, você vai herdar meus utensílios, mas vou carregar meu destino na vida ainda mais um tempo comigo. Adeus, vida minha: você existiu nos prazeres organizacionais.

24. Anatoli Vassílievitch Lunatchárski (1875-1933), político, crítico literário e teórico cultural russo, primeiro Comissário do Povo para a Educação após a Revolução de 1917. [N. T.]

— Ну, вот значит, отработали вы семь ча
етесь, идете в клуб,—рассказывал жителям кра

— É bondade sua morrer — disse a sensata criança, com complacência. — Preciso de recursos para a minha carreira...

A alma de Sartorius experimentou a paixão da curiosidade. Ele tinha consciência da inevitável pobreza do coração humano tomado individualmente; maravilhado havia muito com o espetáculo das pessoas vivas e variadas, ele queria viver uma vida alheia e não a inerente a ele.

Ele não tinha nenhuma obrigação de voltar: seu prédio estava vazio, a firma liquidada, os colegas de trabalho conhecidos haviam sido transferidos para alojamentos nas cercanias de outros institutos, Moscou Tchestnova desaparecera em algum ponto no espaço daquela cidade e da humanidade — essas circunstâncias deixaram Sartorius mais contente. Desapareceu o dever fundamental da vida — a preocupação com o destino pessoal, o sentimento de genuinidade, que grita constantemente por meio das sensações do corpo —, ele não podia mais ser a mesma pessoa incessantemente, nele surgiu a angústia.

Sartorius fez um movimento com a mão — segundo a teoria universal do mundo, ele produziu uma flutuação eletromagnética que agitaria até a estrela mais distante. Ele sorriu diante dessa noção tão pobre e lamentável sobre a grandeza do mundo. Não, o mundo é melhor e misterioso: nem movimento das mãos, nem trabalho do coração humano perturbam as estrelas, caso contrário havia muito tudo teria se desestabilizado com o tremor dessas ninharias.

Sartorius atravessou a praça entre pessoas que vinham em sentido contrário, viu uma trabalhadora da construção do metrô em calças de trabalho — a mesma silhueta de Moscou Tchestnova, e seus olhos doíam pela lembrança do amor; é impossível viver com um sentimento imutável. Ele tentou convencer a funcionária a estabelecer uma amizade preliminar, mas ela riu e se afastou apressada, suja e bela.

Sartorius enxugou seus olhos ofuscados, depois quis convencer seu coração, doente por Moscou e por todos os outros seres, mas percebeu que seu raciocínio não funcionava. No entanto, por falta de respeito por si mesmo, o sofrimento lhe era fácil.

Vagando pela cidade, muitas vezes notava os rostos felizes, tristes ou enigmáticos e escolhia quem ele viria a ser. A imaginação de outra alma, a sensação desconhecida de um novo corpo no seu não o abandonava. Ele pensava sobre as ideias na cabeça alheia, caminhava com um andar que não era o seu, e, ávido, alegrava-se com um coração vazio e pronto. A juventude do corpo transformou-se na luxúria da mente de Sartorius; um sorridente e modesto Stálin vigiava nas praças e ruas todos os caminhos abertos do mundo novo, desconhecido e socialista — a vida se estendia a uma distância sem retorno.

Sartorius dirigiu-se ao mercado Krestovski para comprar o necessário à sua existência futura. Ele se preocupava muito com sua nova vida. O local estava cheio de mendigos negociantes e burgueses misteriosos, em paixões secas e sob o risco do desespero para ganhar o pão de cada dia. Um ar impuro pairava sobre a massa numerosa de pessoas sussurrantes – algumas ofereciam mercadorias escassas, pressionando--as com as mãos contra o peito, outras perguntavam o preço como predadores, apalpando e desanimando, contando com a aquisição eterna. Ali vendiam-se roupas velhas estilo século dezenove, saturadas de pó e poupadas em décadas num corpo cuidadoso; ali havia casacos de pele, que no tempo da revolução passaram por tantas mãos que o meridiano do globo terrestre seria pouco para medir seu caminho entre as pessoas; na multidão também negociavam objetos que perderam seu sentido de ser – como mantos de algumas mulheres extraordinárias, vestes papais, bacias decoradas para o batismo das crianças, sobrecasacas de cavalheiros falecidos, berloques para corrente de cintura e outras coisas –, mas que andavam em meio à humanidade como símbolos de um rígido cálculo qualitativo. Além disso, muitos vendiam vestuário de pessoas recentemente mortas – a morte ainda existia – e enxoval para crianças pequenas, preparado para bebês concebidos, mas que depois a mãe, pelo visto, mudara de ideia e decidira abortar, e o enxoval pequenino e pranteado do não nascido era vendido junto com um chocalho comprado antes do tempo.

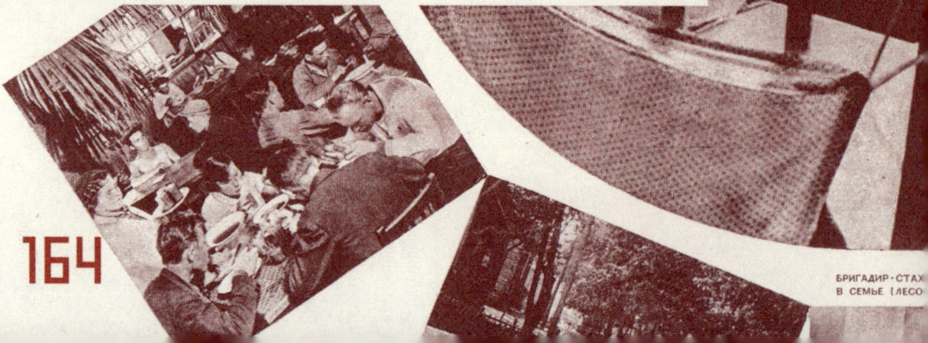

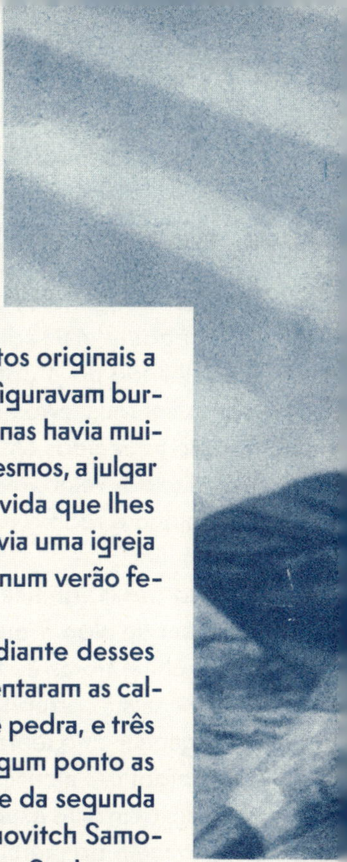

Em uma fileira especial vendiam-se retratos originais a óleo e reproduções artísticas. Nos retratos, figuravam burgueses, noivas e noivos de cidades provincianas havia muito falecidos; todos se regozijavam consigo mesmos, a julgar pelo rosto, e expressavam satisfação com a vida que lhes cabia. Detrás das silhuetas, às vezes se entrevia uma igreja na paisagem [natureza] e cresciam carvalhos num verão feliz, sempre pretérito.

Sartorius permaneceu um longo tempo diante desses retratos de pessoas passadas. Agora, pavimentaram as calçadas das novas cidades com suas lápides de pedra, e três ou quatro curtas gerações pisoteavam em algum ponto as inscrições: "Aqui jaz o corpo do comerciante da segunda guilda da cidade de Zaraiska, Piótr Nikodímovitch Samofálov, sua vida foi plena... Lembrai-vos de mim, Senhor, no Vosso reino", "Aqui estão as cinzas da donzela Anna Vassílievna Strijova... Nós choramos e sofremos, mas ela contempla o Senhor...".

Em vez de Deus, quem agora se lembrava dos mortos era Sartorius e ele estremecia de horror ante a ideia de viver entre eles — na época em que não derrubavam as florestas, o coração miserável era sempre fiel ao sentimento de solidão, as relações se estabeleciam apenas por parentesco e a visão de mundo era mágica e paciente, e a mente chorava de saudade das noites sob o lampião de querosene ou ao meio-dia luminoso de verão — na extensa, ruidosa natureza; quando uma moça patética, devota e fiel abraçava a árvore por causa de sua angústia, tola e adorável, e agora esquecida e sem som. Ela não é Moscou Tchestnova, ela é Ksénia Innokéntievna Smirnova, ela não existe mais nem existirá.

Adiante vendiam-se esculturas, xícaras, pratos, suportes, garfos, partes de uma balaustrada, um peso de duzentos quilos, agachavam-se os últimos comerciantes privados de produtos químicos, os serralheiros dispensados e arruinados lucravam com seus tornos domésticos, cutelos de madeira, martelos, punhados de pregos — mais adiante estendiam-se os sapateiros, trabalhando no próprio local, senhorinhas da comida com *blini* frios, *pirojkí* recheados com restos de carne e sebo aquecidos em panelas de ferro sob paletós de algodão dos velhos maridos falecidos, restos de mingau de painço e tudo o mais que seria apenas engolido e ponto-final.

Ladrões insignificantes circulavam entre os que precisavam de algo e quem vendia, eles arrancavam das mãos chita, botas de feltro velhas, pãezinhos, uma galocha e saíam correndo rumo à selva de corpos errantes para ganhar cinquenta copeques ou um rublo por furto. No fundo, mal alcançavam a soma de um diarista, mas ficavam bem mais esgotados.

No meio do mercado assomavam algumas cabines de madeira para os policiais. De lá, olhavam para baixo, para o mar raso de um imperialismo limitado e furioso, onde os trabalhadores eram outros, mas ainda tinham o couro arrancado.

A comida barata encontrava a ruidosa digestão nas pessoas, por isso todos sentiam a gravidade, como se fosse uma difícil empreitada, e o ar sujo como fumo subia acima do Donbass.

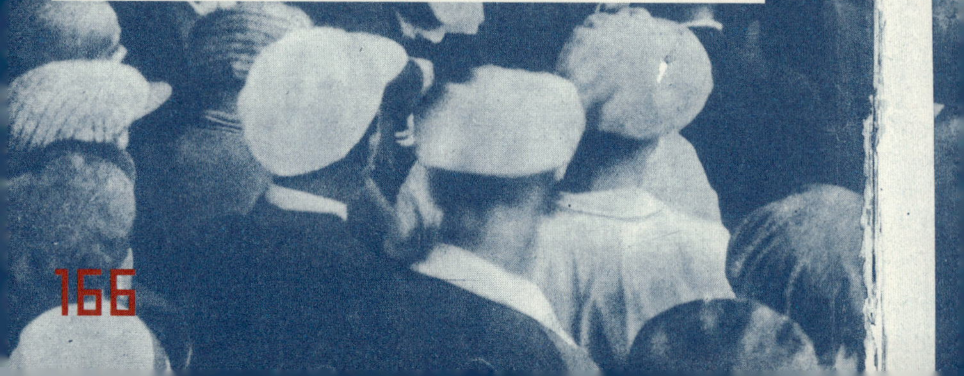

Nas profundezas do mercado eram frequentes os gritos de desespero, embora ninguém se apressasse para ajudar, e perto dos desastres as pessoas negociavam e compravam, pois sua própria dor exigia consolo urgente. Um homem frágil, vestindo um velho capote de soldado, foi enxotado por uma vendedora de pãozinho para uma poça de urina perto de uma latrina. Ela o esbofeteou na cara com um trapo. Em socorro à vendedora apareceu um arruaceiro errante que logo quebrou a cara do homem fragilizado, que tombou sobre a mureta da latrina. Ele não deu um grito tampouco tocou seu rosto, ensopado de sangue das têmporas: apressado, devorou o pãozinho seco roubado, sofrendo com os dentes podres e logo concluindo a tarefa. O arruaceiro ainda lhe deu mais um golpe na cabeça, e o comedor ferido, com uma enérgica e incompreensível força diante da mansidão silenciosa, desapareceu no meio da multidão como entre espigas de centeio. Ele encontrará comida em toda parte e viverá muito tempo sem recursos e sem felicidade, embora quase sempre saciado.

Um homem idoso de aspecto desmobilizado estava parado num ponto, só balançava levemente pela agitação circundante. Já era a segunda vez que Sartorius o notava e se aproximou dele.

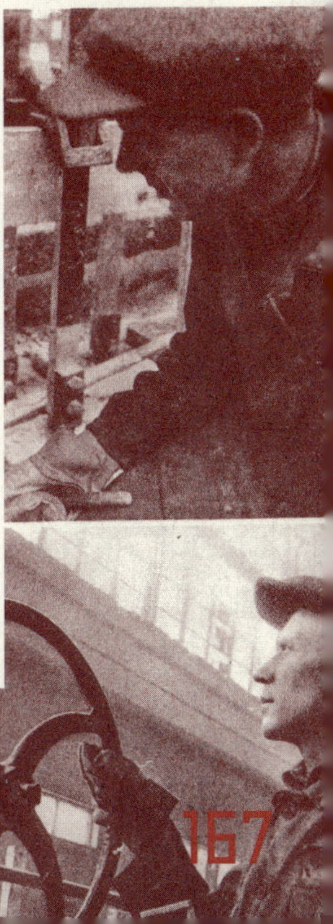

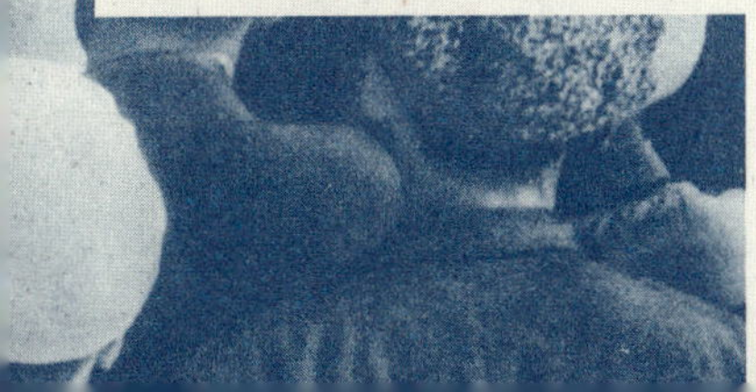

— Cupons de pão — o idoso disse depois de um momento de observação vigilante de Sartorius.

— Quanto custa? — Sartorius perguntou.

— Vinte e cinco rublos o de primeira categoria.

— Então me dá um — Sartorius falou.

O comerciante tirou com cuidado do bolso lateral um envelope com a seguinte inscrição: "Programa completo do Instituto de Processamento Mecânico de Recursos Minerais". Dentro do programa estava guardado o cupom de racionamento.

O comerciante também ofereceu a Sartorius um passaporte, caso precisasse, mas ele adquiriria um passaporte mais tarde — de um homem que vendia minhocas para isca de pesca. No passaporte constava: cidade natal Novy Oskol, Ivan Stepánovitch Grúniakhin, trinta e um anos, balconista, comandante do pelotão de reserva. Sartorius pagou pelo documento apenas sessenta e cinco rublos, além de entregar o próprio passaporte de homem de vinte e sete anos, com formação superior e célebre nos grandes círculos da sua especialidade.

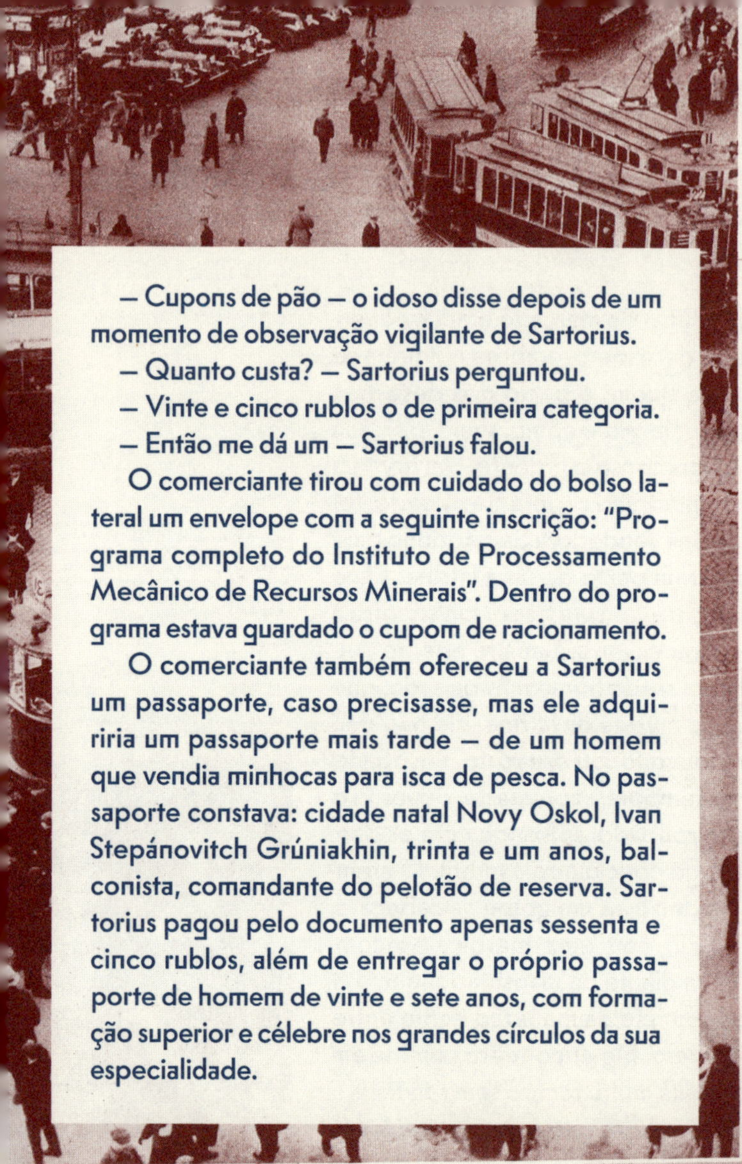

ичное движение Мо-
ючным. Между авто-
и, между мчащимися
звозчиками старались
ходы. Суетливая тол-
щадях тормозила дви-
го несчастных случаев.

Но вот появился на улицах Москвы новый дирижер движения. Электрическая сигнализация, ключ которой в руках постового милиционера, регулирует бег автомашин, трамваев и пешее хождение по мостовым.

Do mercado, Grúniakhin não sabia para onde ir. Foi até a grande praça e se sentou na barra de ferro da escadaria que levava à cabine de controle de tráfego. Semáforos mudavam de cor, pessoas passavam de carro, caminhões carregavam vigas e toras, um policial movia uma alavanca e concentrava a atenção — muitos desconhecidos postavam-se às margens do fluxo de trânsito e se esqueciam da vida solitária observando a dos outros. Grúniakhin achou que seus olhos já não doíam mais e que Moscou Tchestnova não lhe era mais necessária, pois muitas mulheres bonitas passavam por lá, do outro lado da rua, mas seu coração não era de mais ninguém.

No fim do dia, foi admitido no setor de produção de uma fábrica insignificante em Sokolnik, que produzia algum tipo de equipamento auxiliar, e o novo funcionário recebeu uma vaga no alojamento, já que o homem não possuía nada além da roupa do corpo encimado pelo rosto redondo e, pelo visto, pouco inteligente.

Depois de alguns dias, Grúniakhin já estava mergulhado na paixão pelo trabalho: cuidava do preparo das porções de pão para o almoço, regulava os legumes no caldeirão e calculava a carne para que cada um recebesse um pedaço justo. Agradava-lhe alimentar as pessoas, trabalhava com honra e diligência, as balanças da sua cozinha brilhavam de tão limpas e precisas, como um motor a diesel.

À noite, atormentado pela solidão e pela liberdade, Grúniakhin vagava pelos bulevares até o último bonde. Quando enfim dava uma hora da manhã e os vagões vazios se apressavam a toda velocidade rumo ao terminal, Ivan Grúniakhin sentava-se num deles e observava com interesse que os milhares de pessoas que passaram por ali à tarde haviam deixado sua respiração e seus melhores sentimentos naqueles lugares vazios. A condutora, ora velha, ora jovem, adorável e sonolenta, estava ali sozinha e puxava a cordinha em paradas vazias para terminar logo o último percurso.

ом экзамене
а. 1930 год.

Tendo se tornado o segundo homem de sua vida, Grúniakhin se aproximou da condutora e pôs-se a conversar com ela sobre algo incidental, sem relação com a visível realidade circundante, e no entanto ela começou a sentir em si o invisível. A condutora do vagão de reboque concordou com as palavras de Grúniakhin, e ele a abraçou em movimento; em seguida, eles foram para o corredor traseiro, onde a visão era mais difusa, e se perderam em beijos por três paradas até que um homem os notou do bulevar e começou a gritar "viva!".

A partir de então, ele repetia ocasionalmente sua relação com condutoras noturnas — às vezes com sucesso, mas quase sempre não. Estava cada vez mais ocupado, no entanto, não com esse amor privado, fluido e sem vestígios, mas com o desconhecido Grúniakhin, cujo destino o absorvia.

на лекциях 1938 г

«Мы хотим сделать всех рабочих и всех крестьян культурными и образованными, и мы сделаем это со временем».

И. Сталин.

Trabalhando no setor de produção, ele ficava cada vez mais fascinado pelo serviço e pelo ambiente e até começou a embriagar-se de vida. Ele adquiriu um armário, encheu-o de livros e se pôs a estudar filosofia mundial, desfrutando do pensamento universal e da ideia de que a bondade é inevitável no mundo, até se esconder dela é impossível. As leis da regra de ouro da mecânica e a proporção áurea do grande círculo atuavam em toda parte e continuamente. Concluía-se que graças apenas à simples ação da natureza, um pequeno trabalho sempre traria grandes resultados, e cada um alcançaria seu quinhão da proporção áurea — o maior e o mais farto. Consequentemente, não foi apenas o labor, mas o engenho, a habilidade e a alma pronta para se embriagar de felicidade que determinaram o destino do ser humano. Arquimedes e Heron de Alexandria já se regozijavam com as regras de ouro da ciência, que prometiam a felicidade geral da humanidade: afinal um grama sobre uma balança de braços desiguais pode erguer uma tonelada, até o globo terrestre inteiro, como calculava Arquimedes. O próprio Lunatchárski presumia acender um novo sol, se o atual se revelasse insuficiente ou simplesmente fastidioso e feio.

Consolado pela leitura, Ivan Grúniakhin trabalhava bem na produção. Ao cabo de um mês, por determinação do diretor do instituto, ele mudou totalmente a triste decoração do refeitório, dando-lhe um aspecto luxuoso e atraente. Grúniakhin fechou um acordo de um ano com uma firma de paisagismo, com a Moscou Móveis e outras organizações. Introduziu vasos de flores e passadeiras; em seguida, aumentou a circulação de ar e consertou ele mesmo, a muito custo, o motor elétrico de um segundo ventilador quebrado, lembrando-se de conhecimentos de eletrotécnica que não lhe interessavam mais. Nas paredes do refeitório e da linha de montagem, ele pendurou grandes quadros retratando episódios históricos da vida de antanho: a queda de Troia, a jornada dos argonautas, a morte de Alexandre, o Grande — e o diretor da fábrica elogiou seu bom gosto.

— Precisamos disso, de algo misterioso e bonito, como que irrealizável — o diretor disse a Grúniakhin. — Mas tudo isso é uma bobagem comparado à nossa realidade! Mas deixe pendurado: a história antes era pobre e não se pode pedir muito dela.

Sob a influência da decência coletiva e da prosperidade, Grúniakhin envergonhou-se e passou a adquirir, para uso pessoal, roupa íntima, botas, frutas e já começava a sonhar com uma esposa amorosa e companheira. Às vezes lembrava da pobre antiga firma de pesos e medidas, quando ele ainda era Sartorius — lá seu coração era triste e cálido e ele não tinha necessidade de uma esposa; mas agora, tendo se tornado outro homem, Grúniakhin precisava pelo menos do calor artificial de uma família e de uma esposa.

Na oficina de novas construções, trabalhava o supervisor de montagem Konstantin Arabov, homem de cerca de trinta anos, membro do clube Dínamo,[25] cheio de si, conhecedor da obra de Púchkin de cor. Ivan Stepánovitch Grúniakhin, engenheiro de plantão, encontrara-o algumas vezes mas não prestara atenção a ele — quantas vezes acontece de as pessoas, cujo destino está em nosso coração, viverem por muito tempo imperceptíveis... Arabov envolveu-se com uma chefe de brigada, uma *komsomolka* francesa, Kátia Bessonet-Favor, moça divertida e sensata, e foi viver com ela feliz para sempre, deixando a mulher e os dois filhos: um de onze, o outro de oito anos. A mulher de Arabov, ainda jovem, mas triste, ia à fábrica pouco antes do fim do expediente para dar uma olhada no marido, de quem talvez seu coração não conseguisse se libertar de imediato. Depois ela parou de ir; seu amor exauriu-se e cessou. Logo Grúniakhin soube por Kátia Bessonet que o filho mais velho de Arabov se deu um tiro com a arma de um vizinho de apartamento, deixando um bilhete, feito gente grande. Kátia, aflita, narrava em lágrimas que, em algum lugar do quarto, uma criança se deprimia e morria, ao mesmo tempo que ela se embriagava de felicidade com o pai da dita criança. Grúniakhin estremeceu de susto e assombro com tal morte, como se um grito fraco ecoasse diante dele em meio ao silêncio geral. Lamentou não ter conhecido essa criança, ter deixado escapar a sua existência.

Kátia Bessonet, atormentada por sua consciência, rejeitou Arabov, que queria apaziguar o desespero dela com um amor ainda mais apaixonado, como em geral ocorre. Mas ela não podia ficar sozinha, então foi ao cinema com Grúniakhin, e de lá eles foram juntos até a casa da ex-mulher de Arabov. Kátia sabia que o funeral tinha sido na manhã daquele dia, e quis ajudar a mãe na separação eterna da pessoinha que lhe fora a mais fiel.

25. Referência ao clube esportivo fundado na Rússia em 1923, originalmente ligado às forças de segurança soviéticas. [N. T.]

A mulher de Arabov recebeu-os com indiferença. Estava limpa e bem-vestida, adequada para uma celebração modesta, estava calma e não chorava. Obviamente, já conhecia Kátia Bessonet, porém só vira Grúniakhin uma vez na fábrica, e não entendeu por que ele estava ali.

Kátia tomou a iniciativa de abraçá-la, mas a mulher de Arabov manteve os braços caídos e não esboçou reação, agora tudo lhe era indiferente, pouco importava o que lhe ia acontecer. Ela acendeu mecanicamente o fogareiro e ferveu o chá para as visitas estranhas. Grúniakhin gostou daquela mulher de rosto feio e ridículo de dar dó; o nariz era enorme e fino, os lábios cinza e os olhos sem cor, silenciados pelo solitário labor de cuidar da casa; seu corpo, apesar de não avançado em anos, já ressecara e lembrava uma silhueta masculina, enquanto os seios caídos pendiam sem função.

Findo o chá, os convidados prepararam-se para partir. O encontro não resultou em consolo, e Kátia Bessonet, no fundo, sentiu a frustração da impotência de seu coração excessivamente sensível, mas inútil. Ao sair, porém, a dona da casa súbito voltou-se para o vazio do cômodo. Grúniakhin logo olhou na mesma direção, e lhe pareceu que todos os objetos, de repente, tinham se tornado semelhantes, distorções de algum conhecido, de uma pessoa comum talvez — dele mesmo, ou seja, todos eles voltaram a atenção para as pessoas presentes e sorriram sombrios com seus rostos e posturas difusos. A ex-mulher de Arabov deve ter visto a mesma coisa, pois de repente começou a chorar seu eterno pesar e deu as costas envergonhada. Instintivamente ela sabia que a ajuda dos outros era impossível e que era melhor se esconder na solidão.

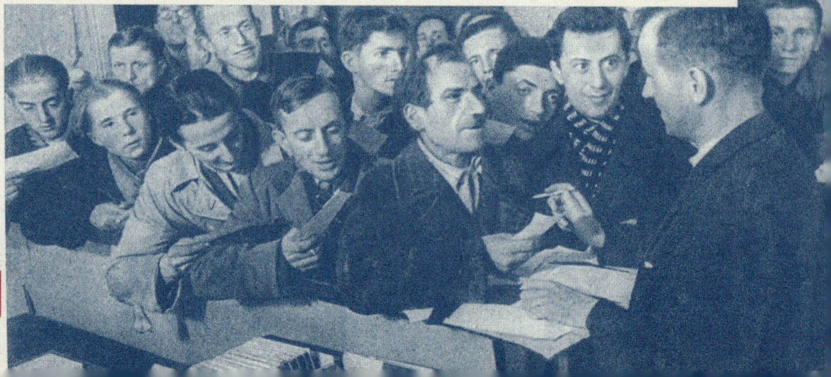

Amargurado com tal vida, Grúniakhin saiu para a rua com Bessonet-Favor e disse:

— A senhora já ouviu falar que existem regras de ouro da mecânica. Alguns pensaram em trapacear a natureza inteira, toda a vida, por meio dessas regras. Kóstia Arabov também queria conseguir com a senhora ou da senhora — como dizer isto? — algo, algum ouro de graça... E no final ele conseguiu um pouco...

— Um pouco, sim — Bessonet concordou.

— Mas quanto conseguiu? Não mais de um grama! E do outro lado da balança teve que colocar para equilibrar uma tonelada inteira de terra da sepultura que agora soterra e sufoca seu filho...

Kátia Bessonet franziu o cenho perplexa.

— Nunca viva segundo a regra de ouro — Grúniakhin acrescentou. — É ignorante e infeliz, sou engenheiro e por isso sei que a natureza é mais séria, nela não tem pistolão. Bem, adeus, lá vem o seu ônibus.

— Espere um pouco — Kátia Bessonet pediu.

— Não, não tenho tempo — Grúniakhin disse. — Não tenho interesse, não gosto quando as pessoas se embriagam de si mesmos e depois não sabem para onde ir e ficam atrás mim. É preciso viver com cuidado.

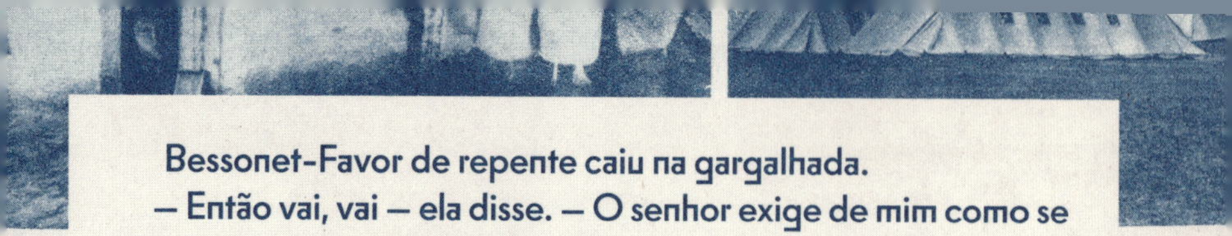

Bessonet-Favor de repente caiu na gargalhada.

— Então vai, vai — ela disse. — O senhor exige de mim como se eu mesma tivesse me criado. Não sou assim de propósito, é sem querer. Mas não serei mais, perdoe-me...

Grúniakhin voltou para o cômodo da esposa de Arabov. Ela o recebeu com a mesma indiferença, porém ele, ao cruzar a soleira, a pediu em casamento — não tinha mais nada a oferecer. A mulher empalideceu, como se de súbito uma doença a assaltasse, e não respondeu. Ivan Stepánovitch permaneceu sentado no cômodo até tarde da noite, quando o movimento na rua já cessara. Então adormeceu involuntariamente, e a esposa de Arabov ajeitou o pequeno sofá para que ele se deitasse direito.

De manhã, como de costume, Grúniakhin foi trabalhar, mas à noite voltou. Matriona Filípovna Tcheburkova (ela deixou de usar o sobrenome do marido Arabov depois da traição) não lhe dava as boas-vindas, tampouco o expulsava. Ele lhe dava dinheiro — deixava-o sobre a mesa —, e ela automaticamente lhe preparava o chá e esquentava algum resto de comida para que comesse. Depois de alguns dias, certa noite o zelador ordenou a Matriona Filípovna que registrasse o novo morador — que fizesse o que se deve: botá-lo para fora ou casar-se com ele, mas viver daquele jeito não era permitido. O zelador outrora era kulak e por isso atinha-se à lei com o máximo rigor: ele mesmo sofrera e sobrevivera à força do Estado.

— Veja bem, cidadã Tcheburkova, para não tomar uma multa: o fisco não gosta de perder.

— Está bem, então... Antes não multavam e agora que fiquei sem marido, fraca...

— Pois registre-o — o zelador apontou para Grúniakhin —, não perca as formas femininas, senão vai perder seu lugar e acabar como Pichka[26] no cinema, só que esmirrada.

— Amanhã registro, vai dar tempo — Matriona Filípovna disse. — Agora as mulheres precisam de um tempo para pensar.

— Estou vendo! — o zelador disse e saiu. — Antes não pensavam nada, viviam sem tolices, como pessoas sensatas — falou atrás da porta.

Dois dias depois, Grúniakhin registrou-se como morador temporário, mas Tcheburkova ordenou que alterasse para morador permanente.

— Quem vai acreditar que num cômodo com cozinha, um homem e uma mulher dormem separados? — disse irritada. — Não sou uma depravada, sou uma mulher: aí está, amanhã você vai comigo ao cartório nem que eu morra! Senão pode sair por onde entrou!

26. Referência ao filme homônimo de Mikhail Romm (1934), baseado no conto "Bola de sebo", de Guy de Maupassant. [N. T.]

Tudo correu de modo formal e rápido, e a vida de Grúniakhin resignou-se àquele quarto alheio. Ele trabalhava, Matriona Filípovna cuidava da casa, expressava diversas insatisfações e raras vezes se lembrava do filho — muito provavelmente apenas para que depois das lágrimas viesse o alívio, que também deleitava o coração. Não podia experimentar outra felicidade, ou nunca tivera a oportunidade. Em segredo, a morte do filho se tornara para ela a causa da felicidade tranquila e constante da sua vida — depois de breves lágrimas, em lentas lembranças detalhadas; e recrutou Ivan Stepánovitch para participar de seu pobre sentimento, no qual havia, porém, o calor reconfortante da intoxicação sombria do próprio pesar e toda a paciência de sua alma. Nessas horas, ela sempre se tornava mais bondosa e dócil do que seu caráter exigia, Grúniakhin até gostava quando Matriona Filípovna de repente começava a chorar o filho falecido — então, da mulher transbordava também em Ivan Stepánovitch uma espécie de ternura ou de proveito.

В детском саду Магнитогорска.

Em geral, porém, Tcheburkova não permitia que o marido fosse a lugar algum além do trabalho e controlava o horário — se chegava na hora ou não, e não acreditava em reunião e começava a chorar e a insultar, dizendo que o segundo marido era igualmente um canalha que a traía. Se o marido ainda assim chegasse atrasado, Matriona Filípovna abria a porta e punha-se a bater nele com o que tivesse à mão — uma velha bota de feltro, um cabide ainda com roupas, a tampa de um antigo samovar, um sapato do próprio pé e outras coisas ao acaso — só para descarregar a própria irritação e infelicidade. Nesses instantes, Ivan Stepánovitch a olhava espantado, enquanto ela chorava desconsolada — isso porque uma dor se transformara em outra, mas não desaparecera por completo. Como Grúniakhin tinha visto muito da vida, não se atormentava em especial com esse tipo de comportamento.

O filho caçula de Matriona Filípovna assistia indiferente às brigas da mãe com o novo pai, uma vez que a mãe sempre ganhava dele. Mas quando certa vez Ivan Stepánovitch agarrou as mãos da mulher, pois ela começara a cravar as unhas na garganta dele, o menino deu um aviso:

— Camarada Grúniakhin, não bata na mamãe! Senão vou cravar um furador na tua barriga, seu filho da puta! A casa não é tua, ponha-se no seu lugar!

Grúniakhin imediatamente se recompôs: tinha se esquecido sem querer, por causa da dor intensa. Diante dele, banhada no suor quente do desespero, do cansaço, Matriona Filípovna agitava-se com veemência: protegia o marido da devassidão e assegurava sua fidelidade à família. Ivan Stepánovitch ouvia, pacientava e aprendia.

À noite, ao lado da mulher ele pensava que tudo era como devia ser, caso contrário seu coração ganancioso e leviano rapidamente se consumiria e pereceria na esterilidade, ligando-se a diferentes mulheres e amigos, em perigosa prontidão para se lançar em toda a opulência que há sobre a Terra.

Numa manhã, o filho caçula de Matriona Filípovna — também Semión, como antes Grúniakhin se chamava — disse a Ivan Stepánovitch:

— Por que é que você dorme com a minha mãe? Acha que gosto de ver vocês? Acha?

Grúniakhin se intimidou com a pergunta. A esposa não estava, tinha ido ao mercado para comprar comida. Era fim de semana, quando as pessoas vivem com seus sentimentos domésticos, com reflexões gerais e levam os filhos ao cinema. Ivan Stepánovitch também foi ao cinema com Semión assistir a uma comédia soviética. O menino estava contente, embora tivesse criticado o filme — segundo ele, na história havia uns problemas minúsculos, ele mesmo já passara por coisas piores. Em casa, Matriona Filípovna estava sentada diante do retrato do ex-marido e chorava por ele, mas quando viu Ivan Stepánovitch, envergonhou-se e parou; de amor maior Grúniakhin não precisava, ele entendeu o embaraço de Matriona Filípovna como elevada ternura e mansa confiança. Ele não levava em conta seus tormentos com aquela mulher, pois o ser humano ainda não aprendeu a coragem da felicidade ininterrupta — ainda está aprendendo.

De madrugada, quando a esposa e o filho dormiam, Ivan Stepánovitch se inclinava sobre o rosto de Matriona Filípovna e observava como ela era toda indefesa, como seu rosto patético se contraía de angustiada fadiga e os olhos fechados pareciam bondosos, como se nela, quando deitada e inconsciente, repousasse um anjo ancestral. Se toda a humanidade estivesse deitada assim, adormecida, então pelo rosto seria impossível saber seu verdadeiro caráter e seria possível se enganar.

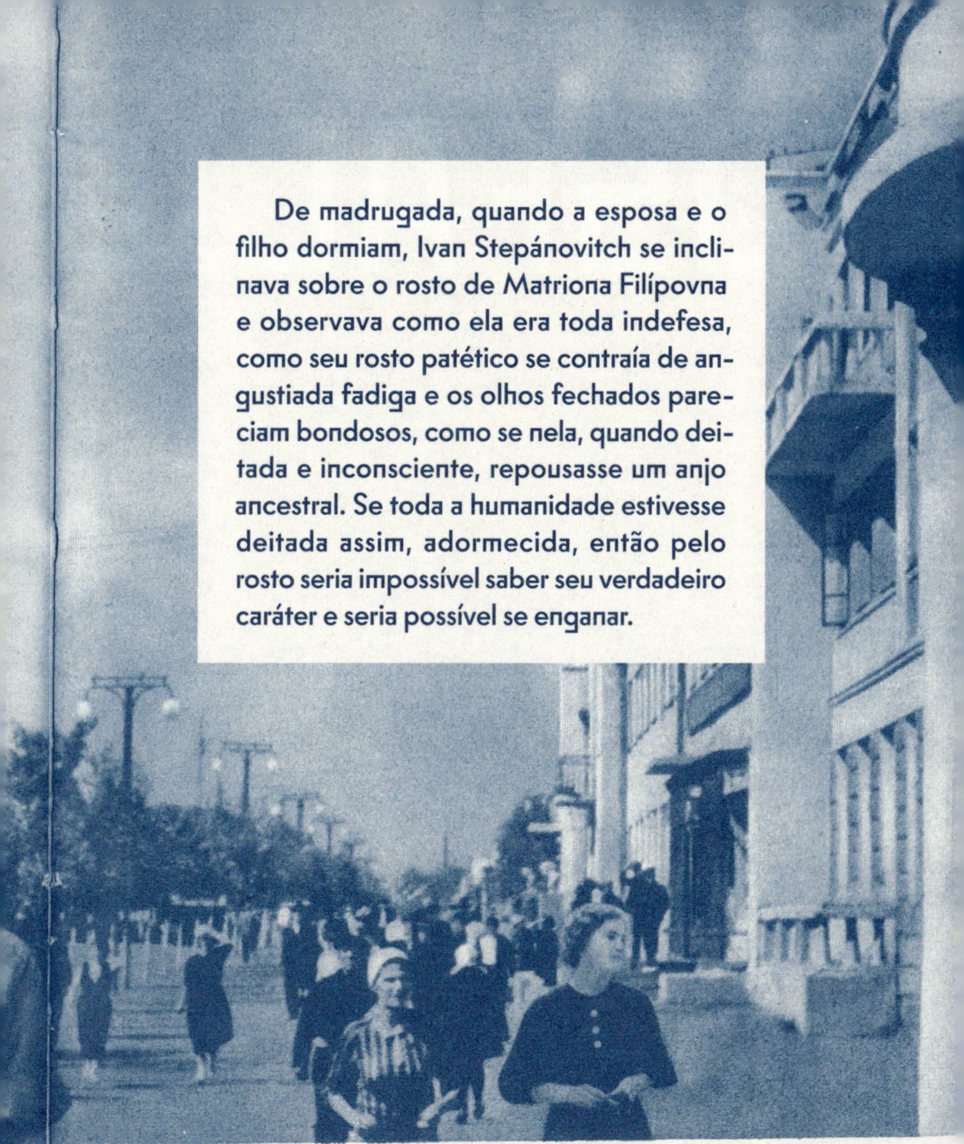

Одна из улиц новой Макеевки.

POSFÁCIO

Letícia Mei

Andrei Platónov: uma literatura da angústia

Traduzido pela primeira vez no Brasil, o romance inacabado *Moscou feliz* — considerado uma das obras-primas de Platónov — foi escrito entre 1933 e 1936 e publicado postumamente apenas em 1991 — quarenta anos após a morte do autor —, no número 9 da revista russa *Nóvi Mir*. A presente edição, assim como todas, se baseia, portanto, em um manuscrito inacabado, não editado em vida, que nos coloca de antemão a questão das incertezas no estabelecimento do texto final. Nesta obra, Platónov propõe uma língua original, deformada e mutilada como alguns de seus personagens. Língua com energia capaz de se transformar e de transformar a realidade social, como afirma a tradutora especialista na obra do autor russo Maria Vragova, que compara essa sua peculiaridade à de Guimarães Rosa.[1] Assim, os jogos de palavras e a linguagem que descreve o choque com a realidade beiram o absurdo, o registro burocrático penetra o discurso amoroso, o léxico é empregado de forma incomum, a sintaxe é contorcida além dos limites da flexível língua russa. Procedimentos radicais que não temem a incompreensão e o mal-estar que inevitavelmente provocam nos próprios leitores russos. O estilo de Platónov é único a ponto de seu nome ter se tornado justamente sinônimo de irreverência literária. O poeta russo Joseph Brodsky, ganhador do prêmio Nobel de Literatura em 1987, considera-o um dos maiores escritores do século XX ao lado de Proust, Kafka e Beckett — todos escritores que, de alguma forma, cultivaram a linguagem da incompreensão, do absurdo, da espera, do vazio e da angústia.

Após a Revolução de Outubro de 1917, no decorrer da guerra civil (1917-22), Platónov colaborou com o Exército Vermelho como engenheiro e foi um dos primeiros escritores a se lançar na criação de uma literatura soviética, pois, como muitos contemporâneos

1. Andrei Platónov, *Tchevengur*, trad. Maria Vragova e Graziela Schneider. Belo Horizonte: Ars et Vita, 2021, p. 16. A propósito, *Tchevengur* é o único romance finalizado de Platónov.

seus, ele acreditava no papel libertador e transformador da revolução. Entretanto, mesmo não sendo um dissidente, seus livros logo seriam proscritos pelas autoridades por escancararem o abismo entre a expectativa e a realidade pós-revolução. Ao invés de celebrar cegamente as benesses do novo regime, sua prosa expunha o ridículo, esmiuçava as contradições na vida e no espírito do novo homem soviético. Os anos que antecederam a revolução testemunharam a explosão das vanguardas russas, que, capitaneadas por Khlébnikov, Khrutchônikh, Maiakóvski e outros iconoclastas da linguagem, nasceram e cresceram em estreita troca com a corrente teórica do Formalismo Russo. Em "A arte como procedimento" [*Iskusstvo kak priόm*] (1917), texto fundamental do movimento, Viktor Chklóvski formula o conceito de "estranhamento" [*ostraniénie*], segundo o qual a função da arte é se contrapor à percepção automática do mundo, ou seja, a linguagem literária é aquela que resgata as palavras do uso desgastado do cotidiano e as ressuscita.[2] Sua linguagem árdua e difícil era, pois, uma escolha, um procedimento consciente (ou não) capaz de provocar um permanente estado de angústia ao representar personagens que ignoram seu devir e prosseguem à deriva.

Segundo Lacan, a angústia é um afeto que não se vincula a uma rede de significantes, ou seja, ela se manifesta precisamente diante daquilo que a linguagem não é capaz de representar.[3] Em outras palavras, quando um resto real — por ele denominado "objeto a" — escapa da representação pela linguagem que estrutura o nosso inconsciente, produz-se a angústia: "Do real, portanto, de uma forma irredutível sob a qual esse real se apresenta na experiência, é disso que a angústia é sinal".[4] A angústia escancara os limites da linguagem e sinaliza, enfim, o real não simbolizável. É nesse estado de angústia perene que se encontram os personagens platonovianos, cuja linguagem leva à irrupção do mesmo afeto nos leitores. A prosa de

2. Em 1914, Chklóvski já esboçava a ideia no ensaio "A ressurreição da palavra", impulso inicial para a formação da Sociedade para o Estudo da Língua Poética (Opoiaz). In *Rus*, v. 11, n. 16, set. 2020, trad. Letícia Mei, Priscila Nascimento Marques e Raquel Toledo.

3. Cf. Jacques Lacan, *O seminário, Livro 10: A angústia*, texto estabelecido por Jacques-Alain Miller, trad. Vera Ribeiro. Rio de Janeiro: Jorge Zahar, 2005.

4. Ibid., p. 178.

Platónov – estranha, disconforme, inefável, mutiladora das normas da língua russa – representa a angústia do seu tempo: o tempo incógnito da revolução na política, na vida e na linguagem.

Se, como Ernst Cassirer, consideramos que a origem da linguagem é mítica, que mito e linguagem nasceram juntos para dar significado ao mundo,[5] outra chave de leitura possível para compreender a linguagem de Platónov é sua aproximação do folclore e da mitologia dos contos maravilhosos russos [*skázki*]. O novo homem que a literatura deveria forjar e edificar buscaria a harmonia e seria representado pelo arquétipo do herói positivo, um ser humano exemplar movido pela fraternidade. Embora seus personagens busquem um sentido positivo e sejam animados por um grande entusiasmo e esperança no futuro, alguns representam a falta total de motivação. De todo modo, a linguagem de uns e outros só corrobora a angústia e a frustração por meio de imagens impactantes, de uma semântica da mutilação e da exaustão física e psíquica em busca da utopia – do regime e da linguagem –, e de fórmulas feitas para um sonho sem realização. Em Platónov, a utopia, gênero por excelência do realismo soviético, esbarra nas impossibilidades – cercas em ruínas, violinistas solitários, pernas mutiladas, cérebros consumidos pelo pus –, que travam uma luta entre a vida (a promessa de um devir comunista auspicioso) e a morte (a fome, a coletivização forçada das terras, os gulags, o silenciamento da censura). O cansaço e a angústia que seus personagens experimentam ao lidar com um futuro incerto transparece na linguagem do romance, e assim nós também ofegamos ao avançar. Claudicamos na leitura como Moscou Tchestnova, erramos nos devaneios, vagamos na dúvida, tateando um caminho que nunca nos é dado.

Se buscarmos na tradução da literatura de Platónov um movimento conciliador, que apazigue a todo custo a angústia da incompreensão, chegaremos a um texto totalmente outro, pois sua linguagem não se deixa apreender e resiste à interpretação monolítica. O tradutor,

5. Cf. Ernst Cassirer, *Linguagem e mito*. São Paulo: Perspectiva, 1972.

como leitor, se sustém nesse vazio insolúvel no nível simbólico. Retomando Lacan, a linguagem busca organizar o sujeito, mas sempre deixa um resto irredutível. Pouco importa se a angústia de fato era o afeto que animava Platónov, que, como tantos outros, entusiasmou-se com a revolução e se frustrou no embate com o real. O que ele cria *literariamente* é uma linguagem da angústia, do enigma e da esperança que esbarra no desespero e sempre se renova. Assim, o leitor permanece angustiado diante de uma linguagem que não organiza o mundo — antes expõe sua inconsistência —, que não lhe confere sentido pleno, porque não apreende as incógnitas do novo mundo.

Meus projetos de tradução são sempre elaborados sobre os traços da poética do escritor traduzido. Portanto, as características platonovianas antes elencadas balizaram as soluções que busquei alcançar. Afinal, conforme diz o escritor e crítico russo Tchukóvski, "o mais importante [é transmitir] a personalidade artística do autor traduzida em toda a originalidade do seu estilo".[6] Tentei manter a arquitetura verbal do texto ao optar por não explicar ao leitor aquilo que é enigmático no original, ou seja, não adaptei expressões estranhas, não organizei em demasia a sintaxe deformada, não explicitei aquilo que mal foi sugerido. Além disso, busquei recuperar as imagens e recriar a sonoridade poética de sua prosa, empregando aliterações e assonâncias. A tradução pretendeu, pois, apresentar ao leitor a complexidade e a potência da prosa platonoviana, mantendo o estranhamento que ele optou por criar.

Toda tradução, como profundo exercício crítico que é, se faz a partir de uma posição assumida, mas os sentidos do texto literário se (re)constroem sempre na interação das diversas leituras. Não se pode falar, então, de estabilidade total. A tradução pode ser vista como um comentário de uma leitura de um texto. Como o teórico da tradução Antoine Berman, carrego a certeza de que não existe intraduzibilidade absoluta, assim como não há tradução definitiva.

6. Kornei Tchukóvski, *La traduzione: una grande arte*. Veneza: Cafoscarina, 2003 apud J. C. Barreiros, "'O que é uma boa tradução?' 'É uma tradução bem-feita.' 'E o que é uma tradução bem-feita?...'". *Babilónia*, Lisboa, n. 2-3, 2005, p. 129.

Ela é um processo perene. Nesse continuum defendido por outro importante pesquisador, Yves Gambier,[7] tradução é ato inacabado — como aliás a redação original de *Moscou feliz* —, um eterno refazer, interlocução constante em busca de uma perfeição inalcançável, à espera da tradução derradeira que nunca se concretizará.

A propósito da posição liminar que ocupa o tradutor, evoco o personagem do folclore eslavo Baba Iagá, figura iniciática e de transição entre o humano e o mágico, que protege a fronteira do mundo dos vivos e dos mortos. Feiticeira da linguagem, com sua sabedoria ancestral, negocia os riscos da travessia, protege os limiares, reinventa em seu caldeirão. No meio da floresta, em sua cabana absurda apoiada sobre pernas de galinha, Baba Iagá é ao mesmo tempo antagonista e mentora do herói, ela ajuda ou devora: para atravessar a orla da floresta que ela guarda é preciso dar prova de engenho, coragem e humildade. Nessa fronteira entre dois mundos está, como Baba Iagá, o tradutor angustiado, a calcular riscos, equilibrando um pé de cada lado da fronteira, transmutando linguagem. A angústia é o afeto que revela um vazio, mas que também denuncia uma presença. Fundamentalmente humana, ela se instala quando a linguagem não é mais capaz de desvelar e só oferece enigmas, algo típico dos períodos históricos convulsos como o de Platónov. Talvez sua linguagem seja justamente uma tentativa labiríntica de ressimbolizar pelo mito, porém uma tentativa frustrada, pois os mitos e os heróis antigos foram mortos. E assim, balbuciando com o que lhe sobrou de língua, ele cria outra para encontrar novos mitos, novos heróis e reavivar a esperança.

LETÍCIA MEI nasceu em São Paulo, em 1979. É mestra e doutora em Letras pela Universidade de São Paulo, com pós-doutorado em Literatura Comparada pela Sorbonne Nouvelle. Traduz obras das literaturas russa, francófona, italiana e hispânica. Do russo, verteu para o português autores como Anna Starobínets, Valéri Perelechin, Kazimir Maliévitch e Liev Trótski. Recebeu os prêmios Jabuti, APCA e Boris Schnaiderman pela tradução comentada do longo poema *Sobre isto*, de Vladímir Maiakóvski (Editora 34, 2018).

7. Yves Gambier, "La retraduction, retour et détours". *Meta*, Montreal, v. 39, n. 3, 1994, pp. 413-17.

Sobre as ilustrações

As imagens que ilustram esta edição são reproduções das páginas da revista fotográfica *SSSR na stroike* [URSS em construção], produzida em grande formato pela URSS para celebrar e promover a "construção socialista". Com circulação entre 1930 e 1941 e retomada em 1949, a publicação buscava retratar visualmente a grandeza e variedade das obras em curso na URSS, funcionando como vitrine dos Planos Quinquenais e da modernização stalinista. Com edições em russo, inglês, francês, alemão e espanhol, a revista atuava como propaganda do regime, ao mesmo tempo que reforçava internamente o prestígio do alto escalão stalinista.

Concebida como objeto gráfico sofisticado, com uso de fotomontagem, sequências cinematográficas e tipografia construtivista, cada número era um "álbum" temático: engenharia monumental, o poder do Exército Vermelho, a produção agrícola etc. Grandes nomes da vanguarda russa participaram de sua produção, como El Lissitzky, Aleksandr Rodchenko e Varvara Stepanova. A capa e a abertura deste livro usam especialmente o número 12 de 1935, edição dedicada a paraquedistas, que teve direção de arte de El Lissitzky e também incluía dobraduras.

Sobre o autor

Andrei Platónov nasceu na periferia de Voronej, Rússia, em 1899. Vindo de uma família da classe trabalhadora, foi operário antes de graduar-se engenheiro elétrico. Comprometido com os ideais da Revolução de 1917, participou de projetos de desenvolvimento tecnológico no início da União Soviética. Seus textos literários e ensaios, no entanto, marcavam um deslocamento crítico e irônico diante da burocracia e da ideologia soviética, o que lhe custou a censura e sua carreira como escritor. Morreu de tuberculose em 1951.

Entre suas principais obras estão *Tchevengur* (1929), *A escavação* (1930), *Dzhan* (1935) e *O rio Potudan* (1937), além de contos e novelas, como esta *Moscou feliz*, todas elas publicadas postumamente.

Título original: *Stchastlívaia Moskvá*

Edição utilizada para a tradução: Andrei Platónov. *Stchastlívaia Moskvá. Ótcherki i rasskázy 1930-khtgodov. Sobránie.* [Ensaios e contos dos anos 1930. Coletânea]. Moscou: Vrêmia, 2011.

Este livro foi publicado com o apoio do Institute for Literary Translation (Rússia).

Dados Internacionais de Catalogação na Publicação (CIP)
Elaborado por Odilio Hilario Moreira Junior CRB-8 / 9949

P718m Platónov, Andrei (1899-1951)
Moscou feliz / Andrei Platónov ; tradução e posfácio de Letícia Mei; prólogo de Juan Forn
São Paulo: Ubu Editora, 2025 / 192 pp.
ISBN 978 85 7126 247 8

1. Literatura russa. 2. Literatura soviética. 3. Revolução Russa. 4. Utopia. 5. Política. 6. Modernismo russo.
I. Mei, Letícia. II. Título.

2025-5107 CDD 891.7 CDU 821.161.1

Índice para catálogo sistemático:
1. Literatura russa 891.7
2. Literatura russa 821.161.1

edição Maria Emília Bender
revisão Karina Okamoto
tratamento de imagem Carlos Mesquita
produção gráfica Marina Ambrasas e Lilia Goes
projeto gráfico Elaine Ramos e Ana Lancman (assistente)
composição Ana Lancman

EQUIPE UBU
direção Florencia Ferrari
direção de arte Elaine Ramos; Julia Paccola e Ana Lancman (assistentes)
coordenação Isabela Sanches
coordenação de produção Livia Campos
editorial Gabriela Ripper Naigeborin e Maria Fernanda Galdini Chaves
comercial Luciana Mazolini e Anna Fournier
comunicação / circuito ubu Maria Chiaretti, Walmir Lacerda e Seham Furlan
design de comunicação Marco Christini
gestão circuito ubu / site Cinthya Moreira, Vic Freitas e Vivian T

tipografia F37 August e Rodchenko
papel Sirio Color Paglierino 115g/m² (capa), Sirio Color Lampone 140g/m² (guardas), ambos da Fedrigoni, e Pólen bold 90g/m² da Suzano
impressão Margraf

Apoio

FEDRIGONI SPECIAL PAPERS
KONITA BRASIL

UBU EDITORA
Largo do Arouche 161 sobreloja 2
01219 011 São Paulo SP
ubueditora.com.br
professor@ubueditora.com.br
/ ubueditora

ТАК ПРЫГНУТЬ!..